SKRUPELLOSE MAGIE

(LEGACY SERIE BUCH 3)

MCKENZIE HUNTER

Übersetzt von
ANNA DRAGO

McKenzie Hunter

Skrupellose Magie

Covergestaltung: Yocla Designs

Übersetzung: Anna Drago

Lektorat: Katrin Dolle

ISBN: 978-1-946457-28-8

DANKSAGUNGEN

Ich habe das Gefühl, dass ich mich wiederhole, aber ich kann nicht anders, als Stacy McCright für all ihre Unterstützung, Zuspruch und Hilfe im Laufe der Jahre zu danken. Vielen Dank an meine großartigen Beta-Leser*Innen, die immer konstruktives und nützliches Feedback geben, um meine Geschichten zu verbessern. Vielen Dank an Angie „Nana" Hatcher, Kylie Kniese, Kathryn Beard und Vanessa Jorgensen. Und meiner Familie möchte ich meinen Dank dafür aussprechen, dass sie auf dieser Reise für mich da war.

Außerdem danke ich Luann Reed, meiner Herausgeberin, und Orina Kafe für ihre wunderschöne Coverkunst.

Meinen Lesern*Innen möchte ich danken und meine Wertschätzung zum Ausdruck bringen, dass Sie meinen Büchern eine Chance geben und sich für die Legacy-Reihe entschieden haben.

KAPITEL 1

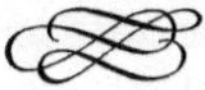

Avery blickte mehrmals zu mir auf, das letzte Mal ein paar Sekunden länger und mit einem Anflug von Verärgerung, dass ich es wagen würde, ihn zu bitten, einen Job zu machen, von dem er glaubte, dass er eine Strafe war, und den sein Onkel als Wiedergutmachung für den Schaden an seinem Auto betrachtete. Obwohl zwischen Neffen und Onkel nur eine vage Familienähnlichkeit bestand, waren sie in ihrer Sturheit praktisch Zwillinge. Onkel Gareth hatte seine über Jahrzehnte perfektioniert, und seine Position als Kommandant der Gilde der Übernatürlichen verstärkte sie nur noch. Avery hatte an seiner bisher nur achtzehn Jahre gefeilt.

„Ist dein Onkel in seinem Büro?" Ich stieß einen gereizten Seufzer aus, als er sich wieder seinem Handy zuwandte und eine SMS schickte.

„Ich weiß nicht."

Ich sah mich nach Beth um, die normalerweise am Empfang der Gilde arbeitete. Die freundliche Fee kannte ihren Job und machte ihn gut.

„Ist es nicht deine Aufgabe zu wissen, wo er ist?", fragte ich stirnrunzelnd.

Er legte sein Handy auf den Schreibtisch, beugte sich vor und warf mir den traurigen Hundeblick zu, von dem Gareth sagte, dass er damit bei seiner Mutter praktisch mit allem davonkam. Während seine Augen eine fast cartoonhafte Größe annahmen, sah ich einen Moment lang an seinem Man Bun und seinem übermäßig lässigen Outfit aus T-Shirt, Jeans und Flip-Flops vorbei, die ich bemerkt hatte, als er die Füße auf den Schreibtisch gelegt hatte.

„Ich bin nicht freiwillig hier. Ich kann nichts tun und gehe in ein paar Wochen zurück zur Schule."

„Aww. Du würdest mir wirklich leidtun, wenn du tatsächlich deinen Job machen würdest und der große, gemeine Löwe unvernünftig wäre. Hast du jemals darüber nachgedacht, den Job wirklich gut zu machen und zu sehen, ob er dich wegen guten Führung früher gehen lässt?"

Er verzog das Gesicht, als er über meinen Vorschlag nachdachte, nahm sich dafür aber nur ein paar Sekunden Zeit. „Scheint bei Ihnen nicht funktioniert zu haben." Dann schenkte er mir ein weiteres verschmitztes Lächeln. Selbst wenn es bei mir funktioniert hätte, vermutete ich, dass er meinen Vorschlag ignoriert hätte. Avery und Gareth schienen in einen subtilen Kampf um Dominanz und Sturheit verwickelt zu sein. Nach dem, was ich von Gareth gesehen hatte, war ich bereit, mein Geld auf ihn setzen. Avery war seinem Onkel nicht ebenbürtig, und nach all den Jahren, die er ihn kannte, hätte er das wissen sollen. Er nahm das Tischtelefon, wählte eine Nummer und lauschte eine Weile. „Er ist nicht in seinem Büro. Er war heute Morgen in einer seiner Launen. Wenn er so ist, wandert er normalerweise in Tiergestalt durch die Stadt oder lässt es an jedem aus, der dumm genug ist, sich mit ihm anzulegen. Die Leute hier sind jetzt ziemlich schlau." Er zuckte mit den Schultern. „Ich würde im Fitnessstudio nachsehen." Er griff in eine Schublade, holte einen Besucherausweis heraus, scannte ihn und gab ihn mir dann. Er war nicht inkompetent, er wollte nur, dass jeder dachte, dass es ihm am Allerwertesten vorbeiging.

„Wo ist das Fitnessstudio?"

„Untere Etage."

Avery hatte recht: Ich hörte das aggressive Grunzen, und als ich den Geräuschen folgte, kam ich in ein großes Fitnessstudio. Gareth, ohne Hemd und mit Jogginghose bekleidet, prügelte auf den schweren Boxsack ein. Bei jeder Bewegung tanzten seine Muskeln, und Schweiß lief über die Hügel und Täler seiner Rücken-, Brust- und Bauchmuskeln. Ich wandte den Blick ab. Wir hatten mehrere Momente gehabt, die nicht sehr weit gegangen waren. Einmal hatte ich damit aufgehört und bereute es noch immer. Das letzte Mal waren wir von Nachrichten unterbrochen worden, dass Tracker die Legacy befreit hatten, die die Gilde mit meiner Hilfe festgenommen hatte. Jetzt konnte ich Gareth nicht erreichen. Zwei Tage lang waren Anrufe und SMS unbeantwortet geblieben. Ich war mir nicht sicher, warum es mich störte, da es typisch für ihn war. Ich machte einen weiteren Schritt auf das riesige Fitnessstudio zu, das bis auf die größeren, massiveren Geräte nicht anders aussah als jedes andere. Wahrscheinlich notwendig, wenn Wandler hier trainierten, da sie stärker und schneller waren als die meisten anderen.

„Hey Livy", sagte er, immer noch mit dem Rücken zu mir, bevor er wieder auf den Sack einschlug. Dann drehte er sich um.

Ach ja, der berüchtigte Geruchssinn.

Ich hielt meine Augen auf seine gerichtet, als er auf mich zukam. Seine sanften, anmutigen Bewegungen erinnerten mich ständig daran, dass ich es mit einem Spitzenprädator zu tun hatte. Der Wandlerring, der um seine Augen pulsierte, war mehrere Schattierungen dunkler als das Kristallblau seiner Iriden. Das allgegenwärtige Grinsen auf seinen Lippen deutete an, dass ihm bewusst war, wie sehr ich mich bemühte, ihm in die Augen zu sehen, und nur dorthin. Das war ein geschäftliches Treffen.

Er bedeutete mir, ihm zu folgen, und wir kamen an den Umkleidekabinen vorbei zu einem anderen Aufzug als dem, den ich zuvor benutzt hatte. Er zog eine Schlüsselkarte durch einen Schlitz, und die Kabine öffnete sich.

„Du hast einen eigenen Aufzug?", fragte ich spöttisch. Dieser Mann brauchte wirklich keinen Ego-Boost, und jemandem seinen eigenen privaten Aufzug zu geben, war definitiv eine Möglichkeit, ein Ego aufzublasen.

„Du bist Batman", neckte ich, als sich die Tür schloss und der Aufzug losfuhr. Mit einem Handtuch in der Hand wischte er sich Brust und Arme ab und fuhr sich dann damit über den Kopf. Wieder richtete ich meine Augen auf etwas anderes als den halbnackten Mann vor mir.

Er verzog das Gesicht. Es war offensichtlich, dass er kein Comic-Fan war: Jedes Mal, wenn ich eine Bemerkung in die Richtung machte, bekam ich denselben fragenden Blick.

Der Aufzug hielt in einem kleinen Raum hinter seinem Schreibtisch. Jedes Mal, wenn ich sein Büro besuchte, war ich überrascht von der enormen Größe und den raumhohen Fenstern, die einen wunderschönen Blick nach draußen erlaubten. In der Ecke war eine kleine Kochnische, und er hatte eine Dusche. Sein Büro war im Grunde eine kleine Wohnung.

„Das ist ein geschäftlicher Besuch. Ich werde nicht mit dir duschen!"

Er hielt mitten im Schritt inne und drehte sich zu mir um. Er sah ein wenig amüsiert aus und betrachtete mich einige Augenblicke lang. „Wir können reden, während ich unter der Dusche bin. Dusch- und Ankleidebereich sind getrennt. Ich habe dich nicht eingeladen, mit mir zu duschen, aber anscheinend möchtest du, dass ich es tue." Er ging auf die Dusche zu, und das hochmütige kleine Lächeln, das seine Lippen umspielte und mit dem ich viel zu vertraut geworden war, war fest an seinem Platz. Ich verfluchte die Wärme, die in mein Gesicht stieg.

Soll ich ihm folgen? An dieser Situation war so viel Unangemessenes, dass ich keine Ahnung hatte, wo ich mit der Liste anfangen sollte.

Nach einigen Minuten des Zögerns folgte ich ihm. Kaum waren wir über der Badezimmerschwelle, fiel seine Jogginghose. Ich wandte den Kopf ab.

„Du hast doch sicher schon einmal einen nackten Mann gesehen?"

„Natürlich, und das liegt an den Wandlern – als ich an Forest Park vorbeigefahren bin, habe ich genug nackte Männer und Frauen gesehen, dass es für ein ganzes Leben reicht. Ich verstehe, dass euch Nacktheit nicht wirklich stört, aber es gibt einen Gesellschaftsvertrag. Man sollte zumindest den Namen des anderen kennen, bevor man anfängt, sich auszuziehen, oder Geld für die Show verlangen."

„Wer hat diese Regeln gemacht?", fragte er und trat durch die Tür, die den Dusch- vom Umkleidebereich trennte. Die weit geöffnete Tür bot nicht viel Privatsphäre, also hielt ich meinen Blick auf die khakifarbenen Wände der Umkleide gerichtet.

Ich drehte mich um, als ich das Wasser laufen und die Duschtür zufallen hörte.

„Die Gesellschaft", sagte ich und verdrehte die Augen.

„Nun, falls es dich tröstet, wenn ich diesen Anruf neulich nicht bekommen hätte, hätte ich vorgehabt, dich nackt zu sehen. Jeden Zentimeter von dir", betonte er mit einem leisen Schnurren.

Damit lag er nicht falsch. Das hatte ich auch vorgehabt, doch ich wollte nicht an unsere lüsternen Absichten denken. Es gab wichtigere Themen, die wir besprechen mussten. „Was wirst du wegen der Tracker und der Legacy unternehmen?"

Für einen langen Moment war alles, was ich hörte, das

Plätschern von Wasser. Ich wartete. Sogar über das Plätschern hätte ihm sein Wandlergehör erlaubt, mich zu hören.

Nach mehreren langen Sekunden der Stille sagte er schließlich: „Nichts."

„Was?" Ich hätte beinahe die Glastür der Dusche aufgerissen. Ich musste sein Gesicht sehen, wenn er mir sagte, dass die Gilde der Übernatürlichen zulassen würde, dass sieben Legacy und Conner durch die Hände von Trackern starben. Wut kochte in mir, und ich konnte sie nicht unterdrücken. Der dampfende Nebel, der den Raum erfüllte, half nicht und ließ alles nur klaustrophobisch und erstickt wirken. Ich hatte kein Mitgefühl für Conner – er war nicht zu retten, und schon gar nicht von mir. Auch nicht für Evelyn, die seine ergebenste Akolythin geworden war. Sie waren eine Bedrohung, und ich konnte auch sehen, dass die anderen Bedrohungen waren. Vielleicht war ich naiv, doch sie waren von dem Versprechen auf etwas anderes überzeugt worden als ein Leben, in dem sie sich im Schatten versteckten und darauf warteten, dass Tracker sie in dem Moment schnappten, in dem ihre Existenz bekannt wurde. Ich war nicht einverstanden mit ihrer Allianz mit Conner oder wie leicht sie sich von seiner Idee hatten verführen lassen, doch ich verstand, wie es passiert war. Ich war mir sicher, dass sie davon abgebracht werden konnten; vielleicht nicht so leicht, wie sie überzeugt worden waren, doch zumindest war es vorstellbar, dass sie die Seite wechseln könnten. Für einen kurzen Moment überlegte ich, wie ich reagiert hätte, wenn Conner nach dem Tod meiner Eltern auf mich zugekommen wäre. Das Bild ihrer leblosen Körper auszublenden, die auf dem Boden lagen, als ich eines Tages aus der Schule gekommen bin, war schwer. Ich blinzelte die Tränen weg, die mir übers Gesicht zu laufen drohten.

Ich wandte den Blick ab, als Gareth aus der Dusche kam, sonst hätte ich eine vollständige Frontalansicht bekommen. Er machte ein verärgertes Geräusch und sagte: „Ich bin nicht mehr nackt; deine Tugend ist bewahrt", mit einem Hauch von Sarkasmus.

Er stand nur wenige Zentimeter von mir entfernt, und es wurde immer schwieriger, mich zu zwingen, nicht auf das Handtuch zu blicken. Da ich wusste, dass er es wahrscheinlich fallen lassen würde, richtete ich meine Augen auf sein Gesicht. Obwohl ich es leid war, so zu tun, als würde ich mich nicht zu ihm hingezogen fühlen – das tat ich –, war jetzt nicht die Zeit dafür. Ob er mich mit seinem ansprechenden Körper absichtlich ablenken wollte oder nicht, ich wollte nicht abgelenkt werden. Das war wichtig, und ich wollte nicht zulassen, dass meine Libido mir in die Quere kam.

„Du wirst zulassen, dass die Tracker sie ermorden und nichts dagegen unternehmen?" Zorn ließ meine Worte hart klingen und machte den Blick, den ich auf ihn gerichtet hatte, eindringlich.

Er schwieg, und das einzige Geräusch waren das leise Rascheln und die Bewegungen, als er sich anzog. Er hielt jedoch meinem Blick stand, als er in eine dunkelblaue Hose und ein hellblaues Hemd schlüpfte. Erst als er anfing, sein Hemd zuzuknöpfen, sprach er. „Es war keine leichte Entscheidung – aber es ist eine gute", sagte er schließlich in einem emotionslosen Ton, was mich nur noch wütender machte.

„Und du bist mit den Morden an ihnen einverstanden?" Ich schaffte es, meine Stimme leise zu halten, doch ich zischte die Worte durch zusammengebissene Zähne heraus. Angezogen sah er so offiziell aus, und der Ausdruck stiller Entschlossenheit, den er mir zuwarf, ließ das eher wie ein dienstliches Treffen erscheinen, bei dem er mir Informationen gab. Es war egal, ob es mir gefiel, das war seine Entscheidung, und er hatte mich nur darüber informiert.

„Das ist nicht richtig."

„Was nicht richtig ist, ist, dass wir Ressourcen für eine

massive Jagd verschwenden, um Leute zurückzuholen, von denen niemand glaubt, dass sie existieren. Das ist eine gute Entscheidung – meine endgültige Entscheidung."

Die Wut war mehr als ein kleiner Anflug von Unbehagen; es war ein feuriges, unkontrolliertes Feuer, und ich hatte Mühe, es zu kontrollieren.

„Ist das deine Entscheidung oder die von Harrah? Die Menschen zu beschützen und die Presse um jeden Preis zu kontrollieren, scheint ein Schachzug aus ihrem Repertoire zu sein."

Als Vorsitzende des Magischen Rates war Harrah maßgeblich an der Aufrechterhaltung der Allianz zwischen den Menschen und den Übernatürlichen beteiligt. Es war schwierig, ihr voll und ganz zu vertrauen, weil sie alles tun würde, um den Anschein zu wahren, dass Übernatürliche harmlos waren. Jedem, der zu der Kunstfertigkeit fähig war, mit der sie diese Illusion aufrechterhalten hatte, während sie ein vornehmes Lächeln bewahrte, konnte man nicht trauen. Ich vermutete hinter ihrer seraphischen Erscheinung jeman-den, dessen Persönlichkeit und Absichten alles andere als engelsgleich waren. Sie hatte der Gilde der Übernatürlichen befohlen, jemanden zu ermorden, damit die Welt nicht von seinem Verrat erfuhr, als er Conner geholfen hatte, eine weitere Säuberung durchzuführen, nachdem er in den Besitz eines Nekrospeers gelangt war.

„Es war ihr Vorschlag, aber ich habe mich dafür entschieden."

Zumindest war er ehrlich zu mir darüber, wer auf eine so grausame Idee gekommen war. Ich kniff die Augen zusam-men. Ich war von Natur aus ein Zyniker – meine Vergangen-heit hatte mich dazu gemacht – und fragte mich, wie nahe er den Trackern immer noch stand. Er *war* einmal einer gewe-sen, aber er hatte gesagt, dass ihre „Töte auf den ersten Blick, egal, was passiert"-Strategie etwas sei, womit er nicht leben konnte. Hatte sich dieselbe Abneigung gegen meine Art so tief in ihn eingeprägt, dass es ihm leichtgefallen war, einer so gefühllosen und kalten Entscheidung zuzustimmen?

„Wie haben sie es herausgefunden?", fragte ich.

Derselbe erzürnte Ausdruck des Verrats, der meiner gewesen war, lag jetzt auch auf seinem Gesicht, als meine Frage in der Luft hing.

„Ich untersuche das immer noch, und wenn ich es herausfinde …" Er biss sich auf die Lippen, und der Wandlerring, der in seinen Augen aufblitzte, war eine weniger als subtile Erinnerung daran, dass hinter der schicken, professionellen Kleidung immer noch ein Raubtier in ihm lauerte.

„Die Vorstellung, dass ihr ein Leck bei der Gilde habt, ist ein Problem, aber …"

„Livy, ich bitte dich, das nicht zu was Persönlichem zu machen. Das ist kein Affront gegen dich. Ich werde dich beschützen …"

„Ich bin so lange ohne dich zurechtgekommen, ich bin mir sicher, dass ich das auch gut weiter schaffe. Woher soll ich wissen, dass du nicht irgendwann einen schlechten Tag haben und sie zu meiner Tür führen wirst?"

Damit drehte ich mich um und verließ die Umkleide. Meine Frustration über die Situation machte mich unnötig reizbar. Ich bemühte mich, mich zu beherrschen, doch ich kam nicht darüber hinweg, wie unbekümmert sie in Bezug auf die Morde an Legacy und Vertu, unseren stärkeren Verwandten, waren. Jeder ging so leichtfertig mit dem Verlust unseres Lebens um, und es war schwer, das Gefühl des Verrats deswegen zu ignorieren. Ich war selbst als Legacy auf die Welt gekommen und hatte gehofft, dass die Gilde der Übernatürlichen an der Resozialisierung der anderen arbeiten würde, die sich in Gilde-Gewahrsam befanden. Ich hatte mir eine gegenseitige Demonstration des guten Willens vorgestellt, die dazu führen würde, dass wir Teil des Gefüges der Gesellschaft wurden, anstatt für immer gefürchtet und gejagt zu werden wie die Menschen, die die Säuberung durchgeführt hatten. Die Geschichten darüber würden nur ein Teil unserer Geschichte sein und als solche betrachtet, um niemals wiederholt zu werden, sondern eine gemeinsame warnende Geschichte für Menschen, Übernatürliche und Legacy bleiben.

Ich ignorierte, dass Gareth meinen Namen rief, und ging zum Aufzug, und als er sich zum Erdgeschoss öffnete, hatte ich einen Plan. Es war kein großer Plan. Ich wollte die Tracker finden, die die Legacy entführt hatten. Ich hatte kein Überraschungsmoment, weil sie wussten, wer ich war. Das war ein Nachteil für mich, doch das war mir egal. Als ich den Flur hinunterging, waren meine Gedanken von gewalttätigen Vergeltungsmaßnahmen und den vielen Möglichkeiten, wie ich sie umsetzen wollte, verzehrt. Ich hatte nicht die Absicht, ihnen falsche Erinnerungen einzupflanzen, wenn ich fertig war. Ich wollte, dass sie sich an meinen Besuch erinnerten und möglicherweise noch tagelang Alpträume hatten.

Als ich zur Tür ging, erwarteten mich vier Leute, die mir den Ausgang versperrten. Zwei sehr mächtige Magier – ich konnte die magischen Wellen spüren, die von ihnen ausgingen – und zwei Wandler. Einer der letzteren musste definitiv ein Bär sein. Arme so dick wie Baumstämme ruhten an seiner Seite, und sein breiter Körper würde es verdammt schwer machen, daran vorbeizukommen. Selbst wenn ich es schaffen würde, mich um ihn herum zu ducken, hätte ich keine wirkliche Chance gegen den anderen Wandler, der schlank, sehnig und zweifellos schnell war.

„Miss Michaels", sagte der Magier und näherte sich mir langsam, während goldene und türkisfarbene Funken um seine Finger tanzten. Ein sympathisches Lächeln ruhte auf seinem Gesicht, doch seine Augen waren hart, tödlich – gefährlich. Aus Gewohnheit rutschten meine Hände auf meinen Rücken, wo ich normalerweise die Zwillinge, meine Sai, trug, doch ich hatte sie im Auto gelassen.

Er sagte noch einmal meinen Namen, leiser – eine Warnung, als Magie um meine Finger wirbelte, sich sammelte und eine kleine Kugel in meinen Händen formte. Er beobachtete mich genau, und die anderen drei taten es auch. *Will ich das tun?* Ja, auch wenn es nur eine Machtdemonstration war, eine Demonstration, dass sie sich nicht mit mir – einer Legacy – anlegen wollten. Doch das war das Problem. Niemand wollte mit uns zu tun haben, weshalb es für einen Haufen von Selbstjustiz übenden Auftragskillern akzeptabel war, inhaftierte Legacy zu entführen und sie zu töten.

„Mr. Reynolds hat uns angewiesen, Sie das Gebäude nicht verlassen zu lassen."

„Ach? Ich hatte keine Ahnung! Darum geht es bei dem Trara", sagte ich sarkastisch.

„Kommen Sie mit", forderte mich der Bärenwandler auf, als er sich vor mir aufbaute. Der andere Wandler flankierte mich auf der einen Seite und einen der Magier auf der anderen Seite. Der erste Magier bewegte sich, um mich von hinten zu sichern.

Sie brachten mich in einen Verhörraum, was nicht dazu beitrug, meine Verärgerung über die ganze Situation zu lindern. Ich saß ein paar Minuten da und ging dann durch den Raum, fühlte mich wie ein eingesperrtes Tier, machte große Schritte, starrte auf den doppelseitigen Spiegel und fragte mich, ob jemand auf der anderen Seite war.

Der Raum war besser als die, die ich im Fernsehen gesehen hatte, doch das war der einzige, in dem ich je gewesen war. Um einen langen Tisch standen sechs stabil aussehende Holzstühle. Doch im Gegensatz zu denen in den Fernsehsendungen, die normalerweise schlichte weiße oder cremefarbene Wände hatten, waren die Wände in diesem Raum mit Sigillen bemalt. Man musste ziemlich stark sein, um an ihnen vorbeizukommen und Magie auszuüben. Hinter einer mit Fenstern versehenen Stahltür war ein

Feuerlöscher. Die Tür schien zu groß, um nur einen Feuerlöscher dahinter aufzubewahren. Ich nahm an, dass sie dort „für den Notfall" andere Dinge unterbrachten, wie zum Beispiel für den Umgang mit einem aggressiven übernatürlichen Unzufriedenen. Oder jemandem, der es wagte, nicht auf den arroganten Kommandanten der Gilde der Übernatürlichen zu reagieren, wenn er ihren Namen rief.

Ich kann nicht glauben, dass ich fast mit diesem Arschloch geschlafen hätte!

Ich hörte auf, auf- und abzugehen und stellte mich vor den Zwei-Wege-Spiegel. Ich starrte ihn an und sagte: „Das ist ein flagranter Machtmissbrauch!"

Ja, er war auf der anderen Seite gewesen, denn in dem Moment, als die Worte aus meinem Mund drangen, kam er herein. Herablassende Belustigung glitt über die gemeißelten Ebenen seines Gesichts, als sich seine Lippen zu einem Grinsen verzogen.

„Möchtest du Beschwerde einreichen, *Miss Michaels*, in der mein grober Machtmissbrauch detailliert geschildert wird?" Er lehnte sich an die Wand, ein Bein über das andere geschlagen und die Arme vor sich verschränkt. Er wartete geduldig auf meine Antwort. Offensichtlich fand er in diesem Moment ein besonderes Vergnügen, so, wie der indigoblaue Wandlerring um seine hellblauen Augen leuchtete.

„Würdest du in den Bericht schreiben, dass ich die Kühnheit hatte, dich vor dir selbst schützen und dich davon abhalten zu wollen, dich und andere umzubringen?" Er stieß sich von der Wand ab und stand nur wenige Zentimeter von mir entfernt. „Vielleicht dokumentierst du auch deine Sturheit und wie du dich geweigert hast, mich die Situation erklären zu lassen, und stattdessen beleidigt von dannen gestürmt bist. Willst du hinzufügen, dass du die Augen verdreht hast und aus meinem Büro gestapft bist? Nun, das kann mich unmöglich schlecht aussehen lassen, oder, *Miss Michaels*?" Ich hasste es, wenn unsere Gespräche darauf reduziert wurden, dass er mich bei meinem Nachnamen nannte. Diese professionellen Höflichkeiten hatten wir seit Wochen hinter uns gelassen.

Er kam mir so nahe, dass ich die Wärme seines Körpers spüren konnte, als er meinen berührte. Sein Atem streifte meine Wange, als er sprach. „Willst du, dass ich jemanden rufe, der deine Aussage aufnimmt, *Miss Michaels?*"

Ich trat mehrere Schritte zurück. „Livy", sagte ich.

Er musterte mich ein paar Augenblicke lang, bevor er sprach. „Das bist nicht du", sagte er leise. „Niemand will dich tot sehen, aber bist du bereit, die Sicherheit der Menschen in dieser Stadt aufs Spiel zu setzen, weil du dir wünschst, dass die anderen Legacy besser sind als das Verhalten, das sie an den Tag gelegt haben? Ich verstehe deinen Wunsch, die Situation zu verbessern und offen leben zu können, ohne die Drohung, dass jemand versucht, dich zu verletzen. Das will ich auch für dich. Für alle, aber nicht für die, die wir in Gewahrsam hatten."

„Glaubst du, das kommt nicht raus? Dass es unter anderen Legacy keine Spekulationen oder Gerüchte darüber geben wird? Wenn es zu einem dieser Dinge wird, um die Harrah die Optik so geschickt dreht und sie auf nichts anderes als einen „Zwischenfall" reduziert, was erzählst du dann anderen? Was sie sehen werden, ist, dass die Gilde unsere Ermordung hinnimmt – einen gesetzlich sanktionierten Mord. Und diejenigen, die nie daran gedacht hätten, sich einem Arschloch wie Conner anzuschließen, sehen ihn möglicherweise als die Art von Retter, den sie brauchen. Wenn ein anderer Conner mit noch mehr Anhängern auftaucht, kannst du die Tracker wohl auch auf sie hetzen und hoffen, dass sie sie erwischen, bevor sie tatsächlich eine Säuberung durchführen, aus keinem anderen Grund als um sich zu *rächen.*"

„Glaubst du, ich habe das alles nicht bedacht? Wir werden die Tracker überwachen – alle. Hoffentlich arbeiten sie mit uns zusammen, um die Legacy zu finden und eine Allianz zu bilden, bevor ein anderer Conner auftaucht. Es wird eine präventive Operation sein. Alle wissen, was du bist, und sie werden sehen, dass es kein Problem mit dir gibt."

„,Alle' ist vielleicht ein bisschen übertrieben. Die Gilde weiß es, und der Magische Rat weiß es." Dann dachte ich über die Situation nach und zuckte mit den Schultern. „Vielleicht hast du recht. Da ihr ein Leck habt, kann man nicht sagen, wer sonst noch über mich Bescheid weiß." Ich warf ihm einen strengen Blick zu. Ich wollte meine Frustration wirklich nicht an ihm auslassen, doch seine gelassene Einstellung gegenüber der Situation störte mich. Ich war mir nicht sicher, ob das professionell stoische Gesicht eine Maske war, die er für mich und seine Kollegen aufsetzte, doch sie ließ ihn gleichgültig und kalt erscheinen. Ich hätte ihn lieber besorgt und ein bisschen unsicher gesehen. Jetzt sah ich ihn einfach als einen Mörder meiner Art, nicht anders als das, was er als Tracker gewesen war.

„Habe ich dein Wort, dass du das nicht weiterverfolgen wirst?", fragte er.

„Natürlich. Schließlich will ich nicht, dass du mir zum x-ten Mal mit Verhaftung drohst." Ich versuchte zu lächeln, doch es gelang mir nicht. Ich war mir nicht sicher, warum es so eine Herausforderung war, meine Emotionen zu kontrollieren. Vielleicht erwartete ich, dass die Dinge anders endeten. Das hier war nicht sauber und ordentlich, wie ich es erwartet hatte. Mein Bauchgefühl sagte mir, ich sollte Angst haben, und ich hasste es, Angst zu haben. Vorsichtig sein, ja. So lebte ich immer, doch ich hasste Angst. Angst brachte Leute dazu, sich irrational zu verhalten, und auch wenn man sich dessen bewusst war, konnte man nicht anders reagieren.

Er lächelte. „Okay, Livy."

„Oh, wir sind wieder bei freundlichem Schlagabtausch?"

„Ich war immer da. Du warst diejenige, die launisch war. Ich habe es einfach laufen lassen."

„Nein, hast du nicht. Du hast mich in ein Vernehmungszimmer gesteckt!"

Er verzog das Gesicht. „Da ist wieder diese Laune." Er lachte über meinen finsteren Blick und sagte: „Ich würde dich gerne heute Abend sehen."

„Ich kann heute nicht." Ich hielt seinem Blick stand. Es war keine wirkliche Lüge, und ich fragte mich, ob er es sehen konnte oder nicht.

„Hast du schon was vor?"

Wenn es ein Plan war, in meinem Zimmer zu sitzen und zu schmollen, dann ja, ich hatte was vor.

Ich nickte.

Er schenkte mir ein trauriges Lächeln. „Dann viel Spaß." Er ging zur Tür und schloss sie auf, öffnete sie und forderte mich mit einer Geste zum Gehen auf.

KAPITEL 2

Ich sah auf mein Handy, als ich die Tür öffnete. Mein Boss Kalen wusste, dass ich zu spät kommen würde, doch er hatte wahrscheinlich nicht damit gerechnet, dass ich so spät kommen würde.

„Tut mir leid, ich war in einem Vernehmungszimmer eingesperrt", platzte ich heraus, als ich das Büro betrat. Ich blieb stehen, als ich sah, dass Blu auf dem Schreibtisch saß und sich zum Bildschirm vorlehnte, den er in ihre Richtung gedreht hatte. Seine Kaffeetasse stand auf dem Tisch; ihre war in ihrer Hand. Beide waren gekleidet wie Barbie und Ken aus dem Mittleren Westen und lächelten, als wären sie auf einem Fotoshooting. Wie üblich trug er einen Anzug. Nachtblau, dazu ein schmal geschnittenes, weißes Hemd, der oberste Knopf geöffnet. Sie trug silberne High Heels, eine lange, rosa Strickjacke mit Kapuze, gepaart mit einer weißen Bluse und einer hautengen schwarzen Hose, die ihre Kurven betonte. Rosa Lipgloss ließ ihre geschmeidigen Lippen glänzen und betonte ihre walnussbraune Haut. Dicker Eyeliner umrandete ihre Augen, und Mascara sorgte für einen üppigen Wimpernschleier. Korkenzieherlocken aus dunkelbraunem Haar mit blauen Spitzen passten gut zu ihrem Ensemble.

Kalen richtete seinen Blick vom Bildschirm auf mich, und seine silbernen Augen verengten sich zu Schlitzen. „Sie ist es, von der ich rede", murmelte er Blu zu, der Hexe, die er nicht mit einem Zauber gestylt hatte, sondern die selbst einen Sinn für Mode besaß, was der sicherste Weg in sein Herz war.

Sie schenkte mir ein freundliches Lächeln, während beide mir den gleichen abschätzenden Blick zuwarfen, angefangen bei meinen grünen Chucks über meine Jeans bis hin zu dem hellgrünen T-Shirt, das ich unter meinem mehrfarbigen karierten Hemd trug.

Oh, schau, jetzt sind es zwei.

Blu lächelte weiter, als sie vom Tisch rutschte. Ich mochte sie, vor allem, weil Kalen, seit sie in unser Leben getreten war, sich nicht die Mühe gemacht hatte, mich zu fragen, ob ich mit ihm zu irgendeiner Modenschau gehen wollte, die mir piepegal war. Blu liebte sie. Wenn wir antike Stücke fanden, die sie gebrauchen konnte, bekam sie einen Rabatt – doch der kam von Kalens Hälfte, weil ich nicht zugestimmt hatte, ihr den „hübsche Fashionista"-Preis zu geben. Sie tauschte immer etwas dafür ein. Normalerweise brachte sie *herba terrae*, die Hexenversion von Marihuana, und pseudomagische Schutzamulette her, die zur Schau ein Feuerwerk abschossen, wenn die richtigen magischen Worte gesprochen wurden. Die Menschen liebten beides wirklich, und es ließ sich leicht im Laden verkaufen.

„Also, was für ein seltsames Spiel habt du und dein Freund gespielt, und warum war ein Vernehmungszimmer involviert?", fragte Kalen und wandte seine Aufmerksamkeit von Blu ab, die jetzt ging. Er winkte ihr zu, bevor sie hinausschlüpfte. Wieder sah er mich abschätzig an, doch als er seinen Finger hob, funkelte ich ihn an.

„Wenn du irgendetwas, das ich trage, änderst, kommen die Zöpfe zurück und bleiben."

Er schauderte, schon beim bloßen Gedanken an die Frisur peinlich berührt. Das war wahrscheinlich der Grund, warum ich es so oft als Drohung benutzte.

„Du und Gareth habt eure kleinen Spielchen gespielt, und dann hat er …"

Ich nahm ungefähr die gleiche Position ein, die Blu kurz zuvor eingenommen hatte, doch anders als sie schlug ich meine Beine übereinander, während ich alles erklärte, was in den letzten drei Tagen passiert war. Obwohl ich die intimen Details über Gareth und mich ausließ, war ich mir sicher, dass Kalen seine Version davon bereits in die Geschichte eingeflochten hatte.

Obwohl er ein unbeschwertes Interesse an meinem Liebesleben vortäuschte, konnte Kalen seine offensichtliche Sorge um mich nicht verbergen. Ihn beschäftigte immer noch das neue Wissen, dass ich eine Legacy war, und ich konnte sehen, wie sehr er versuchte, es vollständig zu verstehen. Das war einer dieser Momente, in denen er daran erinnert wurde, was wir tun konnten und was Conner und seine neue Bande tun wollten. Sie planten nicht nur eine weitere Säuberung, sondern rekrutierten auch andere Legacy und die noch stärkere Version unserer Art, die Vertu, um dabei zu helfen. Und sie waren sich nicht zu schade, die Hilfe anderer Übernatürlicher in Anspruch zu nehmen, die bereit waren, die ihren zu verraten, um sich in ihre Gunst zu manövrieren und in einer Welt zu leben, in der nur wenige mit ihrer Macht konkurrieren konnten. Ich fand es genauso beunruhigend wie Kalen. Hochrangige Magier konnten eine kleine Säuberung durchführen, wenn sie eines der magischen Objekte verwendeten, die von den Legacy hergestellt worden waren, und gleichzeitig Magie von einem anderen Magier, einer Hexe, einem Wandler und einer Fee stahlen – was sie taten, indem sie sie töteten.

Je mehr ich darüber nachdachte, desto besser gefiel mir die Idee, den Trackern diese Situation zu überlassen. Ich lebte jedoch immer noch mit der Befürchtung, dass sie durch die Kooperation der Gilde der Übernatürlichen ermutigt wurden und das verheerende Folgen haben würde.

„Ich stimme Gareths Entscheidung zu", sagte Kalen leise, nachdem er einige Minuten lang über alles nachgedacht hatte, was ich ihm gesagt hatte. Eine widerstrebende Entschlossenheit verdunkelte seine Gesichtszüge, nachdem der Kampf um die Akzeptanz einer solchen Grausamkeit darüber hinweg gehuscht war. Doch zumindest hatte es einen Kampf gegeben, Momente der Unentschlossenheit, Überlegung. Es störte mich, dass Gareth nichts davon gezeigt hatte.

„Ich bin sicher, Conner war sehr überzeugend, doch die Tatsache, dass seine Anhänger dazu überredet werden konnten, sagt viel darüber aus, wo ihre Loyalität liegt", fuhr Kalen fort. „Sie sind gefährlich, und man kann ihnen nicht trauen." Ich wollte etwas sagen, aber er hob die Hand, um mich zu davon abzuhalten. „Livy, ich wünschte, es gäbe eine perfekte Antwort, die nicht in Gewalt endet, aber Gareths Aufgabe ist es, die Mehrheit zu schützen. Die Legacy sind eine Bedrohung."

„Ich bin *keine* Bedrohung."

„Nein, du nicht. Und es gibt andere, die es nicht sind, und ich bin sicher, er wird die Tracker aufhalten, wenn sie jemandem wie dir nachgehen. Diejenigen, die gefangen genommen worden sind, waren nicht unschuldig, Livy. Du hast gesagt, Leute von der Gilde sind beim Versuch, sie zu fangen, gestorben – beim Versuch, sie daran zu hindern, etwas Abscheuliches zu tun. Conner und die anderen müssen für diese Opfer und ihre anderen Verbrechen zur Rechenschaft gezogen werden."

Kalen wiederholte vieles von dem, was Gareth gesagt hatte, und es gefiel mir genauso wenig, es von ihm zu hören, doch irgendwie schien es jetzt nicht so schlimm zu sein. Am Ende des Tages hatten die Gilde, Gareth, der Magische Rat und Harrah eine Agenda – Kalen nicht. Sein einziges Ziel war es, sich und seine Freunde zu schützen.

„Wenn er die Tracker zufällig daran gehindert hat, die Legacy zu töten, die sie derzeit gefangen halten, bist du sicher, dass du vor ihnen sicher wärst? Bist du sicher, dass sie dich nicht als Feind betrachten, als jemanden, der seine eigene Art und die Sache verraten hat? Hast du darüber nachgedacht, dass er es auch tut, um dich zu schützen?"

Seine Worte erinnerten sie daran, dass Angst Logik übertrumpfte – in diesem Fall war ich diejenige, die anfällig dafür war. Conner hatte mich mitten im Niemandsland ausgesetzt und mich dort zurückgelassen, um gegen ein übernatürliches Freak-Tier zu kämpfen. Er hatte nicht damit gerechnet, dass ich überleben würde, und als es mir gelungen war, hatte er mir selbst das Leben nehmen wollen. Seine Anhänger folgten ihm blindlings; ein Befehl von ihm, und sie hätten mich ermordet.

Kalen hatte recht. Gareth hatte recht. Das zuzugeben war jedoch zu bitter für meinen Gaumen.

Anstatt nach der Arbeit nach Hause zu gehen, ging ich in meine Höhle, die ich vor Jahren gefunden hatte, wo ich vor allen verborgen gezaubert hatte. Nun, nicht ganz, denn sowohl Lucas, der Vampirmeister der Stadt, als auch Gareth hatten sie gefunden. Bevor ich etwas tat, wartete ich. Ich musste mich nicht mehr verstecken, denn zumindest die Gilde der Übernatürlichen wusste, was ich war, doch ich fühlte mich immer noch nicht wohl dabei, im Freien zu zaubern. Ich hatte mich in die Höhle zurückgezogen, als meine Neugier mich überwältigt hatte. Waren Conners Anhänger tot? Es war jetzt mehrere Tage her. Wahrscheinlich waren sie das, aber ich brauchte eine Bestätigung.

Ich nahm ein Messer aus der Tasche, in der ich es aufbewahrte, und zog die Klinge über meine Hand. Ich zuckte vor Schmerz zusammen, als Blut auf die Erde tropfte, und rezitierte den Ortungszauber. Ich sah zu, wie mein Blut um die Steine gerann, heller wurde und sich über den Boden ausbreitete. Magie schwebte über der Erde und zeigte eine kleine Karte, die fast hundert Meilen Umkreis darstellte und die Position jeglicher Magie, die meiner ähnlich war, zeigen würde. Früher hatte ich diesen Zauber verwendet, um sicherzustellen, dass ich nicht in der Nähe eines anderen Legacy war, weil wir so leichter zu entdecken gewesen wären. Ich unterdrückte das rohe, kalte Gefühl, ein Feigling zu sein, weil ich das getan hatte. Ich sah auf die Karte: leer, ohne Punkte, außer ein paar an den äußersten Rändern, weit weg von mir, das konnten also nicht Conner und seine Sympathisanten sein. Ich starrte auf die leeren Stellen, wo gehäufte Punkte sie hätten darstellen sollen, und wandte dann meine Aufmerksamkeit den blassen Linien zu, die die Stadt teilten. Trotz des magischen Brummens, das von der Karte kam, war da eine kalte Leere, weil nichts da war. Die Ernsthaftigkeit dessen, was das bedeutete, war schwer abzuschütteln, egal wie sehr ich es versuchte. Es gab keine Legacy in meiner Nähe. Ich dachte nicht an Conner und die Agenda seiner Akolythen. Das hätte bei mir im Vordergrund stehen sollen. Es hätte meine Gedanken verzehren und alles übertönen sollen – doch das tat es nicht. Ich dachte darüber nach, dass genau den Leuten, die meine Eltern getötet hatten, erlaubt worden war, auch andere zu töten. Das war es, was die leere Karte für mich bedeutete.

Es dauerte eine Stunde Fahrt, bis ich mich zumindest ansatzweise mit der Situation abgefunden hatte. Conner war tot, die anderen auch. Das war die Konsequenz der Entscheidungen, die sie getroffen hatten. Basta. Es war vorbei, und ich beschloss, nicht mehr darauf herumzureiten.

Ich fuhr zu meinem Apartmentgebäude und sah den Tesla, jetzt ohne Kratzer, hinter Savannahs Auto geparkt. Ich überlegte, ob ich weiterfahren sollte. Hartnäckigkeit und pure Sturheit erlaubten mir das jedoch nicht, also parkte ich mein Auto und ging in meine Wohnung. Ich marschierte lässig hinein und fand Gareth mit Savannah in der Küche. Er schnitt Tomaten, und sie sah nach dem Essen im Ofen.

„Ich habe heute Abend keinen Gast erwartet", sagte ich in kühlem und ruhigem Ton. Gareth drehte sich um, ein Lächeln breitete sich langsam auf seinen Lippen aus, trotzig und amüsiert. „Du hast keinen Gast, Savannah schon. Ich dachte, du wärst beschäftigt?"

„Das bin ich."

Das Grinsen wurde breiter. Selbstgefällig. Eine subtile Herausforderung. „Nun, dann tu so, als wäre ich nicht hier."

Als ob ich das könnte. Seine alles verzehrende und überwältigende Präsenz war schwer zu ignorieren, und ich zweifelte keine Minute daran, dass er es wusste.

„Gareth hat angerufen, um zu hören, wie es mit dem Rat der Wandler läuft, da ich jetzt mit ihnen verbündet bin." Sie schenkte mir ein herzliches Lächeln. Sie war immer herzlich und freundlich, doch sie war von Anfang an fest im Team Gareth gewesen. Ihre Verehrung hatte ihr eine Position als Präsidentin seines Fanclubs eingebracht.

„Und er hat das hier mitgebracht." Sie nahm eine Flasche Wein vom Tisch, drehte mir das Etikett zu und schenkte mir ein weiteres Lächeln. Ich erwiderte es, meine Augen in vorgetäuschter Aufregung weit aufgerissen, imitierte ich ihre Begeisterung und wünschte, ich wüsste, warum ich so begeistert tat. Savannah war die Weinkennerin, eine der wenigen Sünden, die ihr die leeren Kalorien wert waren. Das war ihr Laster, Wein und heiße Zombies, oder besser gesagt: Vampire.

Gareth zog immer wieder meine Aufmerksamkeit auf sich. Das Grinsen schwankte ein wenig, bevor er sprach. „Wie war dein Tag?"

Ich zuckte mit den Schultern. „Ein neuer Tag, eine neue

Drohung eines eingebildeten Tyrannen, mich zu verhaften, wenn ich es wage, nicht zu tun, was er will."

„Hat er nett gefragt?" Wieder einmal warf er mir dieses schiefe Grinsen zu. Seine blauen Augen funkelten. Als ich ihn anstarrte, wurde sein Lächeln breiter.

Savannah kniff die Augen zusammen und blickte zwischen uns beiden hin und her, doch sie schwieg. Ihrem wissenden Blick nach zu urteilen, nahm ich an, dass sie herausgefunden hatte, dass Gareth mehr getan hatte, als dominant und herrschsüchtig zu sein. Doch ich war mir nicht sicher, ob sie es bereute, ihn eingeladen zu haben. Ich bezweifelte, dass sie in der Lage gewesen wäre, ihre charakteristische Freundlichkeit auszudrücken, wenn sie es vor der Einladung gewusst hätte. Wem versuchte ich etwas vorzumachen – das war Savannah. Sie hätte ihn wahrscheinlich trotzdem eingeladen, doch die Einladung wäre von einer gründlichen Predigt begleitet worden. Als ich mich entschuldigte, um in mein Zimmer zu gehen, sahen beide besorgt aus.

Lesen, während ich auf meinem Bett lag, war Ablenkung genug. Nachdem ich beschlossen hatte, dass ich am Samstag nach den anderen Legacy suchen würde, die am Rande der Karte aufgetaucht waren, wurde mein Kopf klar, und die Flucht in die Spionagewelt meines Buches war leicht.

In dieser Welt zu bleiben war nicht ganz so leicht. Hin und wieder wanderten meine Gedanken zu der Überlegung, was ich tun würde, sobald ich die Legacy am Rand meiner Karte gefunden hatte. Ich musste mit dem Magischen Rat sprechen, und es würde mir helfen, wenn ich lernen würde, mit Gareth auszukommen. Seine Position als Anführer der Gilde der Übernatürlichen und Mitglied des Magischen Rates machte ihn zu einem wichtigen Verbündeten. Einem komplizierten, arroganten, sexy Verbündeten, aber dennoch einem Verbündeten.

Ich wandte mich wieder meinem Buch zu, bereit, in ein Leben einzutauchen, das meines im Vergleich blass erscheinen ließ, auch, wenn es nicht viele Dinge gab, die das schafften. Ich überlegte, das leise Klopfen an der Tür zu ignorieren, doch nach dem zweiten rief ich „Herein!"

„Friedensangebot", sagte Gareth und brachte einen Teller und ein Glas Wein herein.

Ich setzte mich auf und sah auf den Teller. Nur Savannah würde es für akzeptabel halten, einem Wandler – einem Löwen – Auberginen Parmigiana und Salat zu servieren. Ich grinste. Er hatte genau den Ausdruck, den ich auf seinem Gesicht erwarten würde.

„Opferst du deine Mahlzeit für mich?", neckte ich.

„Nein, wir haben schon gegessen. Das ist für dich." Nachdem ich ihm den Teller abgenommen und angefangen hatte zu essen, nahm er auf dem Sessel in der Ecke Platz.

„Wie hat dir das vegetarische Dinner geschmeckt?"

Er zuckte mit den Schultern. „Ich denke, ich werde auf dem Heimweg ein Reh jagen und mir eine anständige Mahlzeit besorgen."

Seine Stimme war ausdruckslos, ohne einen Hauch von Humor, und ich war mir nicht sicher, ob er scherzte oder nicht. Ein Lächeln legte sich auf seine Lippen, was mir nicht half. Zu deuten, ob er einen Scherz machte oder nicht.

Ich trank einen Schluck Wein und wusste sofort, warum Savannah so begeistert gewesen war. Es war gut – sehr gut – und ich war mir sicher, dass es unser Budget weit überstieg.

„Schmeckt er dir?", fragte er.

Ich zuckte mit den Schultern. „Ist ganz okay."

„Hmm. Das solltest du deinem Gesicht sagen. Du scheinst ihn zu genießen."

„Ich mag ihn, ja. Es ist eine gute Wahl." Es war an der Zeit, nett mit Gareth zu spielen, der es nur schwieriger machte, als es sein musste.

„Siehst du, du kannst freundlich sein, wenn du dich wirklich darauf konzentrierst."

Der Blick, den ich in seine Richtung schoss, gefiel ihm nur noch mehr.

„Was passiert als Nächstes?", fragte ich nach Momenten der Stille. „Mit dem Rat", präzisierte ich, als er die Augenbrauen hochzog.

„Wir warten, bis sich die Situation mit Conner beruhigt hat, und dann …" Er hielt einen Moment inne, als würde er seine Worte sorgfältig wählen. „Harrah hält es für eine gute Idee, dass du dich öffentlich outest. Du hast in letzter Zeit im Mittelpunkt einiger der chaotischsten Ereignisse gestanden. Die Agenten der Gilde schätzen dich sehr, genauso wie der Rat. Es wäre gut, wenn du die erste Legacy wärst, die sich der Öffentlichkeit zu erkennen gibt."

„Ich bin auch voller Skandale." Ich wies darauf hin, dass ich einmal wegen Mordes angeklagt worden war. „Ich denke, die meisten Leute werden sich nur an das über mich erinnern."

„Das hat es nie in die Schlagzeilen geschafft, dafür hat Harrah gesorgt."

Ich wusste das; Savannah hatte mir das schon mehr als einmal gesagt. Ich suchte nach einer Ausrede. Ich wollte nicht das Gesicht der Legacy sein und als harmlose Version meiner Vorgänger vor die Kameras gestellt werden. Eine kastrierte Version dessen, was wir waren. Und mit den Trackern da draußen, die sich ermutigt fühlten, uns mit der Unterstützung der Gilde zu ermorden, wollte ich sicher kein wandelndes Ziel sein.

„Das will ich nicht."

„Ich habe nicht gesagt, dass ich ihr zustimme. Ich habe dir gesagt, was sie will, und sie wird darauf drängen, weil sie es will."

„Was willst du?"

Wieder kehrte das verschlagene Lächeln zurück, und er musterte mich von oben bis unten. Er strich sich mit der

Zunge über die Lippen, bevor er auf seine Unterlippe biss. Ich nahm an, um weitere Anspielungen zu unterdrücken.

„Was willst du, dass ich in Bezug auf mein Coming-out tue?"

Ich schätzte, dass er die Frage über einen längeren Zeitraum betrachtete. „Ich stimme Harrah nicht zu, dass es der richtige Zeitpunkt dafür ist. Ich denke, du solltest die anderen ausfindig machen und mit ihnen reden, um dir ein Bild davon zu machen, was sie wollen. Du kannst nicht für alle Legacy sprechen. Die Leute, die von dir wissen – oder *glauben*, von dir zu wissen – werden belächelt, weil die Geschichte von niemand anderem bestätigt wird."

„Es gibt Leute, die ihnen glauben werden."

„Das Gespött wird passieren, egal was wir tun. Es hat immer Leute gegeben, die vermutet haben, dass es noch Legacy gibt, und sie waren nicht alle ein Teil von Humans First oder Tracker. Das sind die Leute, die immer noch behaupten, Nessie und Bigfoot gesehen zu haben. Für die Bevölkerung sind sie Verschwörungstheoretiker und Spinner und werden nicht ernst genommen. Der Magische Rat hat nun die Aufgabe, einen glaubwürdigen Beweis dafür zu erbringen, dass Legacy existieren, und den Tod des Anführers von HF und mehrerer ihrer Mitglieder zu managen" – er hielt eine Weile inne – „unter anderem."

Ich nahm an, dass unter das Dach „unter anderem" Bedenken fielen, dass sie ein Leck hatten und jemanden in der Gilde, der mit Trackern konspirierte. Ich war absolut sicher, dass „unter anderem" auch die Situation mit HF unter den Teppich kehrte: die toten Anhänger, die Verhaftungen der Mitglieder, die mich entführt hatten, und die Auflösung der Überbleibsel der Organisation. Es gab keinen Zweifel, dass wahrscheinlich starke und illegale Magie im Spiel sein würde. Magie, die der Bevölkerung verboten war, jedoch von der Gilde und dem Magischen Rat verwendet wurde.

Gareths Lippen waren zu einer dünnen Linie zusammengepresst, und ich erwartete nicht, weitere Informationen von ihm zu bekommen, doch ich versuchte es trotzdem. „Hast du mit deinem Cousin darüber gesprochen, wie die Tracker herausgefunden haben, dass du Conner und die anderen festgenommen hast?" Ich presste die Frage durch zusammengebissene Zähne heraus, als ich das Thema ansprach, das der Streitpunkt zwischen uns war. Eine Gewissenskrise hatte ihn veranlasst, die Hüter, die mir als Tracker bekannt waren, zu verlassen, doch er blieb mit ihnen durch seinen Cousin in Verbindung, der ein aktives Mitglied war.

„Ja, wir diskutieren darüber", bestätigte er kühl. Das unheilvolle Funkeln in seinen Augen und der dunkle Schatten, der sich über sein Gesicht legte, erinnerten daran, dass Gareth trotz allem, was er der Welt präsentierte, ein Raubtier war. Ein gefährliches.

„Wo ist er?"

„Ich habe ihn in Gewahrsam." Sein Ton war finster und bedrohlich geworden. Ein wenig subtiler Hinweis für mich, das Thema auf sich beruhen zu lassen. Wenn ich nur meine Neugier im Zaum halten könnte. „In Gewahrsam" war eine vage Antwort. Ich spürte die kaum kontrollierte Wut, die von ihm ausging. Er war von seinem Cousin verraten worden, dessen war ich mir sicher, und ich fand nicht, dass er gut – oder legal – damit umging.

„Dein Cousin, ist er in The Haven in Gewahrsam?"

„Ich habe nicht gesagt, dass er im Gewahrsam der Gilde ist. Ich habe gesagt, dass er in Gewahrsam ist." Er streckte sich auf dem Sessel aus und verschränkte seine Finger hinter dem Kopf.

„Was? Ist er in deinem Keller eingesperrt, wo du ihn waterboardest?", fragte ich halb im Scherz. Der strenge Blick, der über sein Gesicht huschte, überzeugte mich nicht davon, dass dem nicht so war.

„Wann willst du anfangen, nach den anderen Legacy zu suchen?"

Ich sehe, was du da tust. Er hatte nicht nur das Thema gewechselt, sondern sich selbst zu meinem Ausflug eingeladen.

„Lass uns nächste Woche anfangen." Ich hatte fest vor, vorher ohne ihn anzufangen. Es war eine unbekannte Situation, und ich war nicht bereit, das mit einem Partner zu tun. Es war schlimm genug, dass ich mich wahrscheinlich würde rausschleichen müssen, damit Savannah sich nicht freiwillig meldete, wieder ausgestattet mit ihrer „Missionstasche".

Er nickte. „Wenn du dieses Wochenende anfängst, nach ihnen zu suchen, soll ich dich dann einfach verfolgen oder wirst du es jetzt zugeben und mich einladen?"

Ich atmete scharf ein.

„Ich kann die Veränderungen in deiner Atmung und die Erhöhung deiner Herzfrequenz hören. Aber wir können gerne weiter so tun, als ob ich es nicht kann." In einer anmutigen Bewegung stand er auf und war mit wenigen Schritten bei mir. Er beugte sich hinunter, bis er auf meiner Augenhöhe war. „Ich persönlich mag das Katz-und-Maus-Spiel", sagte er, bevor er mein Zimmer verließ. Ich trank einen weiteren Schluck aus meinem Glas und hoffte, dass Savannah mehr Wein in der Flasche gelassen hatte.

KAPITEL 3

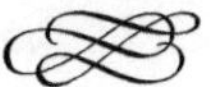

Konzentriert darauf, pünktlich zur Arbeit zu kommen, warf ich einen Blick auf mein Handy, als es klingelte. Es war eine unbekannte Nummer, nicht die von Gareth, wie ich erwartet hatte. Es war zwei Tage her, seit er zum Abendessen in meiner Wohnung aufgetaucht war. Da ich nicht die Absicht hatte, mich von ihm begleiten zu lassen, um die anderen Legacy zu finden, hatte ich keinen Sinn darin gesehen, seine vielen Anrufe anzunehmen. Ich dachte, es sei nur eine Frage der Zeit, bis er mir wieder mit Verhaftung drohen würde oder vielleicht eine weitere Einheit knallharter Gilde-Wachen voller Magie und Frustration bereit wäre, mich dazu zu bringen, Gareths Forderungen nachzukommen und zu versuchen, mich davon zu überzeugen, ihm nicht mehr auf die Nerven zu gehen. Kurz bevor ich die Nachricht abrufen konnte, die der unbekannte Anrufer hinterlassen hatte, schoss eine Limousine aus einer Seitenstraße und blockierte mich. Ein SUV klemmte mich von hinten ein. Ich streckte meinen Hals und suchte nach anderen Autos. Ich nahm immer Nebenstraßen zur Arbeit, um dem Verkehr auszuweichen, und genau der Grund, warum ich sie liebte, war der Grund, warum ich möglicherweise in Schwierigkeiten war: Niemand sonst war in der Nähe. Ich konnte vielleicht davon ausgehen, dass ein oder zwei Autos vorbeifahren würden, aber ich war mir nicht sicher, wie lange das dauern würde.

Als hinter mir eine Frau aus dem Geländewagen sprang, schnappte ich meine Sai. Ein rostfarbener Wandlerring tanzte um ihre Iriden, doch ich konzentrierte mich auf ihre finstere Miene und schätzte schnell die Situation ein. Sie war fast zehn Zentimeter größer als ich, und als Wandlerin hatte sie außergewöhnliche Kraft und Beweglichkeit, die ihr einen Vorteil verschafften. Aber Hybris veranlasste sie, ohne Waffe auf mich zuzukommen, was ihren Vorteil deutlich reduzierte.

Für den Bruchteil einer Sekunde fragte ich mich, ob sie zur Gilde gehörte, doch ich sah kein Abzeichen. Die beiden Männer, die aus dem Auto sprangen, das vor mir die Straße blockierte, hatten dieselben finsteren Mienen wie die Wandlerin, zusammen mit ähnlichen verächtlichen und angewiderten Blicken. Auf jeden Fall Tracker. Ich erinnerte mich an diesen Blick, er änderte sich nie. Abscheu war so tief in ihre Gedanken und Gefühle eingewoben, dass allein unser Anblick ihren Hass anfachte. Ich überlegte zu manövrieren, um loszufahren, als ein anderes Auto aus der anderen Richtung herangeschlichen kam. Ich war völlig blockiert. Es gab nicht genug Platz, um zwischen ihnen zu navigieren, und mein Auto war nicht stark genug, um den SUV hinter mir aus dem Weg zu schieben.

Die Männer näherten sich mir vorsichtig. In dem Moment, als die Frau in der Nähe war, öffnete ich meine Autotür und sprang heraus. Ich rammte den linken Sai in ihren Oberschenkel. Sie heulte vor Schmerz auf und fiel auf die Knie, um ihn herauszuziehen. Vier gegen einen erlaubte ihnen nicht gerade, es langsam angehen zu lassen. Sie hatten vor, mich zu töten, und ich hatte vor, den Trackern eine Nachricht zu schicken, damit sie mich verdammt nochmal in

Ruhe ließen. Ich schlug den rechten Dolch in den Hals der Wandlerin, bevor sie den ersten entfernen konnte. Danach zog ich sowohl den aus ihrem Hals als auch den aus ihrem Oberschenkel heraus. Sie rang nach Luft. Ihre Augen weiteten sich, als sie eine Hand an ihren Hals hob und rot und nass von ihrem Blut wegzog.

Ich drehte mich nicht schnell genug um, um zu den anderen beiden zu gelangen. Ich wurde hart von einer Explosion von Magie getroffen. Sie krachte gegen mich, Hitze breitete sich über meinen Körper aus, und scharfe Schmerzen durchzuckten mich, sobald ich mich wieder bewegte. *Magier.* Ich drehte mich um, um mich von dem anderen wegzubewegen, der einen weiteren Zauberball in meine Richtung schleuderte. *Verdammt.* Ich wollte mich nicht mit zwei Magiern herumschlagen. Ich stieß eine Welle von Magie aus, von der mächtigen Art, die ich normalerweise für Conner reserviert hatte, doch es war mir egal. Je stärker und tödlicher, desto besser. Sie flogen beide zurück und stießen mit einem dumpfen Schlag gegen ihr Auto. Ich ging auf das Auto zu, das mich auf der Seite blockierte; Als ich nur wenige Zentimeter entfernt war, raste die Fahrerin im Rückwärtsgang davon. Ich starrte auf das Nummernschild und versuchte, es mir einzuprägen.

Als ich eine Bewegung wahrnahm, wirbelte ich herum. Die Magier versuchten aufzustehen, und ich schlug sie mit einer weiteren magischen Welle gegen das Auto. Sonnenlicht glitzerte auf den blutgetränkten Klingen, als ich mich ihnen mit den Zwillingen in der Hand näherte.

Sie kämpften gegen meine Magie an und versuchten, sich vom Auto wegzudrücken.

„Jetzt seid ihr diejenigen, die gefangen sind", sagte ich leise und gedehnt. Als ich die Woge der Magie spürte, die sich um meine Hand wand, überlegte ich, was ich mit ihnen tun würde. Ich ließ ihre Wut auf mich wirken; wie sicher sie gewesen sein müssen, dass sie mich erwischt hatten und mich gleich umbringen würden, vier gegen einen. Sie hätten mir keine Gnade geschenkt, und ich war nicht bereit, ihnen welche zu gewähren.

Erinnerungen an die leere Karte begannen, meine Gedanken zu dominieren, und ich konnte sie nicht abschütteln.

„Es macht mir nichts aus, für unsere Sache zu sterben. Du wirst nur beweisen, was wir über euch denken. Ihr seid alle Mörder und könnt nichts anderes sein", fauchte einer der Magier.

Die Scheinheiligkeit machte mich wütend. Ich hatte einen Tracker getötet, den, der meine Eltern getötet hatte. Ich hatte nur die Gedanken der anderen, denen ich begegnet war, gelöscht und sie glauben gemacht, sie hätten mich getötet. Ich hatte vergeblich Gnade gezeigt. Jetzt, da sich das Blatt gewendet hatte, hätten sie mir keine gegeben. Es war ein Hinterhalt, und sie hätten mich getötet. Ich warf einen Blick in das Fenster des Wagens der Magier. Im hinteren Teil befand sich ein kleines Waffenarsenal: Dolche, Schusswaffen, magische Gegenstände, Fläschchen, schwere Handschellen. Wenn sie mich nicht hier mitten auf der Straße getötet hätten, wäre nicht abzusehen, was sie mir angetan hätten.

„Zeig mir, was du kannst", forderte er mich heraus.

Ich lächelte; dunkel, kalt, gnadenlos. „Danke für deine Erlaubnis. Das habe ich vor."

Ich studierte sie, während mir die vielen Möglichkeiten, an Stichverletzungen zu sterben, durch den Kopf gingen. Ich warf einen Blick auf den anderen gefallenen Tracker, der mit dem Gesicht nach oben dalag, die Augen immer noch geweitet vor Schock, die Lippen leicht geöffnet. Ich zog mich zurück. Jemanden zu erstechen, wenn das Adrenalin durch meine Adern rauschte, war zugegebenermaßen leichter. Es verwischte die Realität, die Handlung war nichts weiter als ein Reflex, das Bedürfnis des Körpers, um jeden Preis zu überleben. Das war Absicht, und ein Teil von mir war ein wenig besorgt darüber, dass mein Gewissen in einer kurzen Pause still und bereit war, mir das zu verzeihen. Vielleicht waren die Stimmen der Wut zu laut und übertönten mein Gewissen. Ich holte aus, bereit, den tödlichen Schlag in einen Hals zu landen. Magier konnten sich selbst heilen, also musste ich ihnen genug schwere Wunden zufügen, damit sie nicht genug Magie hatten, um allen entgegenzuwirken. Der erste Magier hatte einen guten Teil seiner Magie mit seinem ersten Angriff auf mich erschöpft.

„Livy, stopp!", hörte ich Gareth von weit links befehlen. Er war zu weit weg; seine Stimme vom Wind getragen. Selbst mit seiner übernatürlichen Geschwindigkeit würde er mich nicht rechtzeitig erreichen, um mich aufzuhalten. Als er meinen Namen erneut rief, klang er näher. Ich warf einen Blick über meine Schulter, bevor ich die Magier aus meinem Halt entließ. Sie fielen nach vorn auf die Knie. Ich ließ die Sai an meine Seiten sinken.

Genau wie ich geahnt hatte, griffen sie an, anstatt sich zu ergeben. Derjenige, der mir am nächsten war, zog seine Hand zuerst zurück: Magie wirbelte um sie herum, verdorrte aber schnell, als die Klinge meines Sai in seinen Magen sank. Dem zweiten rammte ich den anderen Zwilling in den Hals, und er erlitt dasselbe Schicksal wie der Wandler. Meine Hände und meine Bluse waren voller Blut. Als ich mich umdrehte, dauerte es einen Moment, bis ich Gareths intensivem Blick begegnete. Das Blau seiner Augen war kaum sichtbar, so, wie er sie zusammenkniff und mich ansah. Ein paar Augenblicke lang starrte er mich in schwerem Schweigen an. Schließlich ließ er seinen Blick über die drei Leichen schweifen, die am helllichten Tag mitten auf der Straße lagen. Ich blickte auf, als ich das Geräusch eines sich nähernden Autos von der Seitenstraße hörte. Die Insassen bewegten sich im Schneckentempo und betrachteten die Leichen auf der Straße und meine blutbefleckten Waffen.

„Du hättest dich von ihnen zurückziehen können", sagte Gareth.

„Das hätte sie nicht aufgehalten." Einen Moment lang war ich empört. Sie hatten *mich* überfallen. Ich hatte mich verteidigt.

Bevor ich fragen konnte, warum er mich verfolgt hatte, sagte er: „Ich habe nicht nach dir gesucht, aber wir haben diesbezüglich einen Anruf erhalten. Einen *Anruf*. Du wurdest von einem Menschen gesehen."

„Ich habe Magie benutzt, nichts anderes als die Magier auch." Ich wollte nicht so gleichgültig klingen, doch so kam es heraus. Gefühllos und kalt.

„Für Beobachter hat eine Übernatürliche gerade jemanden auf der Straße getötet. Das hast du der „Frau" angetan. Das wurde gemeldet. Den Wandlerring können die meisten Menschen aus der Ferne nicht sehen. Aber fliegende magische Kugeln und wenn jemand gegen ein Auto genagelt wird, ohne, dass du ihn dabei berührst, sind ein ziemlich klares Zeichen." Sein Ton wurde mit jedem Wort rauer, scharf und streng, und seine Augen blieben auf mir.

„Es war ein Hinterhalt, ich hatte keine Wahl." Wieder einmal klangen meine Worte flach und apathisch.

Seine Lippen verschwanden zu einer Linie, als er mich betrachtete. „Natürlich", antwortete er mit dem gleichen Unglauben auf seinem Gesicht. Er zückte sein Handy und telefonierte. Minuten später hatten SUVs und Dienstwagen mich und die Leichen eingekreist. Einige der Agenten waren in Uniform, einige in Schutzausrüstung, als sie Fotos vom Tatort machten und die Situation einschätzten. Ich konnte die Blicke in meine Richtung nicht ignorieren. Sie wussten, was ich war, und ich fragte mich, ob einige von ihnen die Ansicht der Tracker vertraten, dass ich es verdiente, gejagt und getötet zu werden. Ein Blick in die unmittelbare Umgebung, und ich sah, wie sie das denken konnten. Wie sie mich als genau das Monster sehen konnten, als das uns die Geschichtsbücher dargestellt hatten.

Gareths Arme blieben über seiner Brust verschränkt, ein nachdenklicher Ausdruck in seinem Gesicht. Ein Mann mit Handschuhen und Plastik-Überschuhen kam mit einer großen roten Tasche auf mich zu. „Ich brauche Ihre Waffen."

Ich sah in Gareths Richtung. Sein Gesichtsausdruck hatte sich nicht verändert, und ich wusste, dass ich keine Hilfe von ihm bekommen würde. Langsam fing er an, auf- und abzugehen, und nahm eingehende Anrufe entgegen. *Das kann doch keine so große Sache sein.* Dieser anfängliche Gedanke verflog schnell: Es gab drei Tote. Eine Menschenfrau hatte gesehen, wie ich Magie benutzt und dann mindestens eine Person getötet hatte, die sie für einen Menschen gehalten hatte. Das war ein Shitstorm, und ich konnte mir nicht vorstellen, wie es ausgehen würde. Ich sah zu, wie sich Leute um mich herum bewegten, die Leichen wegräumten und die Straße säuberten. Das wurde eine so beunruhigende Ablenkung, dass ich nicht sah, wie die beiden Agenten mit Handschellen auf mich zukamen.

Wieder blickte ich in Gareths Richtung. „Sie kommt freiwillig mit, das ist nicht nötig."

Ihre Brauen hoben sich, und sie hatten beide den gleichen Ausdruck von Wut und Ablehnung. Ich hatte schon genug Probleme verursacht. Ich streckte meine Arme aus und erlaubte ihnen, mir die Handschellen anzulegen. Es waren nicht die typischen Eisenfesseln. Das waren die, die vor ein paar Tagen bei den Legacy verwendet worden waren, schwere Iridium-Fesseln. Schweigend begleiteten sie mich zu ihrem Auto. Als wir wegfuhren, blickte ich zurück zu Gareth, der immer noch am Telefon war.

Ich ging in dem kleinen Raum auf und ab, in den ich geführt worden war. Jedes Mal, wenn ich mich bewegte, war ich mir des Blutes bewusst, das auf meiner Bluse klebte und sie steif machte. Der metallische Geruch lag in der Luft, und ich konnte getrocknetes Blut auf meinem Gesicht spüren. Sie hatten mir ein feuchtes Handtuch gegeben, um es von meinem Gesicht und meinen Händen abzuwischen, aber es war mehr nötig als das. Ich brauchte eine Dusche.

Magie durchflutete mich und wurde durch meine wachsende Angst stärker. Ich fühlte mich eingesperrt, als ich alles immer und immer wieder in meinem Kopf durchspielte. Ich wollte Reue empfinden, nur einen Hauch von Bedauern, den ich zeigen konnte, wenn ich befragt wurde. Ich tauchte tief in all die Emotionen ein, die ich hatte, doch die, die ich zeigen musste, wenn ich sie dazu bringen wollte, in dieser Situation auch nur das geringste Maß an Nachsicht zu zeigen, fand ich nicht.

Als ich vor dem Zwei-Wege-Spiegel stand, war mir bewusst, dass mich wahrscheinlich jemand beobachtete. Wahrscheinlich sah ich schrecklich aus, blutverschmiert, unfähig, die Magie zu kontrollieren, die sich um meine Finger legte, auf und ab gehend, während ich mir gelegentlich einen Moment Zeit nahm, um in den Spiegel zu blicken. Ich freute mich über die leuchtenden Farben, die sich um meinen Finger und meine Hände wanden. Es war das einzige Leben in dem tristen Raum. Weiße Wände, ein langer weißer Tisch und Holzstühle, die unbequemer aussahen, als sie tatsächlich waren.

Als sich die Tür öffnete, erwartete ich Gareth; stattdessen kam Harrah mit einem Gilde-Agenten herein. Sein kurz geschnittenes Haar war nur ein paar Nuancen dunkler als seine Augen, die mich aufmerksam beobachteten. Er trug ein kurzärmliges Hemd, seine Hose war gebügelt und sein Verhalten distanziert, professionell. Ein freundlicher Blick war etwas, das er mir nicht freiwillig geben würde.

„Hallo Livy." Harrah begrüßte mich mit einem Lächeln und einer Sanftmut, die der Agent nicht heucheln konnte.

Harrah war kamerabereit, wie sie es immer zu sein schien. Ihre Augen waren mit Kajal betont, was sie größer, flehentlich und freundlich wirken ließ. Ihre geschwungenen Lippen hatten nur einen Hauch von Pfirsich, was die Sanftheit ihres Lächelns unterstrich, das die Menschen in der übernatürlichen Welt willkommen hieß und betonte, dass sie viel weniger beängstigend war, als sie es sich vorgestellt hatten. Ihre Stimme hatte ein allgegenwärtiges zartes Timbre, das die Menschen dazu verleitete, dem zu vertrauen, was auch immer aus ihrem Mund kam. Ich hatte gelernt, das meiste von dem, was sie sagte, nicht zu glauben. Ihretwegen glaubte ich nicht, was in den Nachrichten über Vorfälle berichtet wurde, bei denen es um Übernatürliches ging. Ich wusste, dass sie die Situationen reingewaschen und desinfiziert hatte, bis sie nicht wiederzuerkennen waren. Als Fee hatte sie die Gabe der kognitiven Manipulation. So wie ich Gedanken und Erinnerungen auslöschen und neue einpflanzen konnte, konnte sie das auch. Aber Feen konnten Menschen auch manipulieren und Handlungen erzwingen. Hatte jemand wirklich ein Verbrechen oder Selbstmord begangen, oder war eine Fee in der Nähe, die ihn zu diesem Verhalten gedrängt hatte? Es war illegal, so etwas zu tun, und die Strafe dafür war streng. Wenn es darum ging, mit der Optik einer Situation umzugehen und die Geschichte so zu ändern, dass sie für Menschen verdaulich war, schienen die Gilde und Harrah über diese kleinen Einschränkungen hinwegzusehen, die zum Schutz eben dieser Menschen eingerichtet worden waren. Harrahs unnachgiebiger Wunsch, die Illusion aufrechtzuerhalten, dass Übernatürliche allesamt harmlose Magieanwender waren, und die Mittel, mit denen sie diesen Eindruck aufrechterhielt, machte sie unglaubwürdig.

Harrah blieb in der Ecke und beobachtete mich, als ich

mich vor den Agenten setzte. Wandler konnten feststellen, ob jemand die Wahrheit sagte, doch es war nicht notwendig, wenn eine Fee im Raum war und ihre Magie einsetzte, um sie zu erzwingen. Ich wehrte mich nicht dagegen. Ich errichtete keine Schilde, um mich zu schützen. Ich hieß die Magie willkommen, als sie mich umgab und meinen Geist überwältigte. Die beruhigende Berührung entspannte mich so sehr, dass ich nichts anderes empfand, als den Willen, die Wahrheit zu sagen.

Der Agent ordnete seine Papiere und blickte besonders auf eines hinunter. „Nennen Sie Ihren Namen."

Scheiße. Das schon wieder. „Anya Kismet." Seine Augen hoben sich, und er musterte mich lange, schien aber nicht überrascht zu sein.

Er fuhr fort: „Sind Sie eine Legacy?"

Unter Zwang die Wahrheit sagen zu müssen machte die Fragen nicht weniger nervig. Mein Geist fühlte sich offen an, und ich wusste, dass Harrah ihre Magie über mich fließen ließ. Savannah hatte sich einmal besorgt über Harrah und ihre Stärke und Fähigkeiten geäußert, weil sie die Erinnerungen aller in einem Club manipulieren konnte, indem sie einfach an ihnen vorbeiging. Es schien immer einen winzigen Hinweis darauf zu geben, wann gezaubert wurde, selbst wenn es nur eine Spur von Anspannung im Gesicht des Wirkenden war, ein Zucken seiner Lippen, ein Heben der Finger, um die Magie zu lenken, oder so etwas. Bei Harrah gab es nichts. Sie zauberte, als wäre es so natürlich und automatisch wie das Atmen.

„Erzählen Sie mir, was heute passiert ist, als Sie angegriffen wurden", befahl er mit gleichmäßiger Stimme.

Ich erzählte ihm jedes Detail, sogar die Teile, für die ich so etwas wie Reue empfinden sollen. Mein Ton war seinem ähnlich – ich machte mir nicht die Mühe, Gefühle zu zeigen, die nicht da waren.

„Als Mr. Reynolds Ihnen gesagt hat, dass Sie aufhören sollen, haben Sie es getan?"

„Ja, aber ich wusste, dass sie in dem Moment angreifen würden, in dem ich sie loslassen würde."

„Und Sie wussten, dass Sie sie töten müssten?"

„Ich wollte es. Ich habe mein Leben wegen ihresgleichen in Angst gelebt. Sie haben meine Eltern getötet. Warum, glauben Sie, waren sie da? Um mich zum Brunch einzuladen? Sie waren da, um mich zu töten."

„Sie dachten also, es wäre angemessen, Selbstjustiz zu üben", behauptete er kühl.

Ich schnaubte. „Hätte ich warten sollen, bis Sie etwas tun?" Dann blickte ich auf den Zwei-Wege-Spiegel, sicher, dass Gareth dahinterstand und zusah. „Ich bin sicher, ich hätte mich darauf verlassen können, dass Sie nichts tun würden, da das anscheinend alles ist, was Sie tun, wenn es um Tracker und uns geht."

Harrah ergriff das Wort. „Ist Ihnen bewusst, dass Conner und vier andere entkommen sind und keiner der Tracker, die für ihre Entführung verantwortlich waren, den Vorfall überlebt hat? Möchten Sie Bilder des Tatorts sehen? Das ist nichts im Vergleich zu dem Chaos, das Sie heute auf der Straße angerichtet haben." Für einen kurzen Moment hatte sich ihre sanfte Intonation verhärtet. Ich nahm an, nicht wegen der Todesfälle, sondern wegen der Konsequenzen, die sie deswegen und wegen Conners Flucht beseitigen musste. Er sollte tot sein, das hatten sie gewollt. Jetzt waren er und seine Anhänger auf freiem Fuß, und sie mussten wütend und bereit sein, alle dafür bezahlen zu lassen – ich eingeschlossen.

Ich konnte sehen, dass sich die Räder drehten, als sie überlegte, was sie tun sollte. Glaubte sie immer noch, es sei eine gute Idee, dass ich mich oute? Es spielte keine Rolle, denn ich war mir sicher, dass Conner und seine Bande magischer Elite-Verrückter es jedem schwer machen würden, irgendeine Verbindung zu den Legacy zuzugeben, geschweige denn, sich als einer zu outen.

„Ich habe vor ein paar Tagen nach ihnen gesucht und nichts gefunden."

„Sie wollten nicht gefunden werden, Livy. Ich glaube auch nicht, dass Sie wollen, dass sie Sie finden", warnte sie mit sanfter Stimme.

Ich erinnerte mich an die Blitze von Conners wütendem Blick, als ich ihn überwältigt hatte. Er hatte mich als seine zukünftige Gemahlin betrachtet, als würdige Gefährtin. Als ihm klar geworden war, dass ich seinen romantischen Ideen und seinen durchgeknallten Plan, die Säuberung noch einmal durchzuführen, nicht nachgeben würde, war er enttäuscht von mir gewesen.

Für einen flüchtigen Moment hatte ich gehofft, dass sich sein Plan geändert hatte. Wenn er ein Soziopath mit einer Mission sein musste, hoffte ich, dass er eine Anti-Tracker-Bewegung in Erwägung zog. Hatte ihn alles, was in den letzten Tagen passiert war, verändert? Er war vielleicht nicht so gefährlich. Er hatte weniger Verbündete als zuvor. Obwohl ich sehen konnte, wie er die anderen eingewickelt hatte, war ich mir nicht sicher, ob er die Zeit hatte, es mit anderen zu tun, um seine Anhängerschaft zu vergrößern.

„Livy, ich brauche vielleicht Ihre Hilfe, um das in Ordnung zu bringen", gab Harrah zu.

Mein Kopf bewegte sich kaum, um zu nicken, und ich kontrollierte das Stirnrunzeln, das sich zu bilden drohte, und den vorsichtigen Blick, den ich in ihre Richtung richten wollte. Ich wollte Harrah nicht helfen. Ich wollte nicht einmal in ihrer Nähe sein. Ich hatte gesehen, wie sie Gareth und einen Gilde-Agenten angewiesen hatte, dafür zu sorgen, dass jemand nicht überlebte, um nicht befragt zu werden oder dem Netz der Täuschung zu widersprechen, das sie konstruiert hatte. Sie hatte glatte Lügen erzählt und Auslassungslügen eingewebt, während sie in die Kameras lächelte, liebenswert und süß. Ich wollte wirklich nichts mit ihr zu tun haben.

Sie nickte mir zu und dann dem Agenten. Sie ging zuerst; der Agent blieb.

„Verlassen Sie nicht die Stadt, für den Fall, dass wir Sie für weitere Befragungen brauchen." Er senkte wieder den Blick.

„Wenn jemand versuchen würde, der Gilde aus dem Weg zu gehen, was wäre der beste Weg, das zu tun? Ich frage für einen Freund." Ich grinste, ein Versuch, ihm ein Lächeln oder sogar ein Grinsen zu entlocken. Seine Augen waren hart, als sie mich ansahen. Seine Miene wurde noch finsterer.

„Ich bin froh, dass Sie das Töten von drei Übernatürlichen für einen Scherz halten. Glauben Sie, die Menschenfrau, die es mitangesehen hat, fand es lustig, Miss Michaels?"

Sein vernichtender Blick der Verachtung lastete schwer auf mir.

„Diese Übernatürlichen wollten mich umbringen. Ist Ihnen klar, dass das der Grund war, aus dem sie dort waren? Wäre Ihnen lieber gewesen, wenn ich diejenige wäre, die auf der Straße liegt?", konterte ich. Ich empfand keine Schuld, und ich bezweifelte, dass ich es jemals tun würde, egal wie sehr er versuchte, mir welche einzureden.

„Haben Sie Familie oder Freunde, an die wir uns wenden können, wenn wir Sie zu Hause oder bei der Arbeit nicht erreichen können?", fragte er und ignorierte meine Frage.

Ich schüttelte den Kopf.

„Das sind die potenziellen Kontakte, die wir haben." Er nannte Kalens und Savannahs Namen und rasselte die Adressen ihrer Geschwister und Eltern herunter. Ich starrte ihn an, als mir klar wurde, wie sehr sie in mein Leben eingetaucht waren und was sie über mich wussten. War das typisch oder war es eine subtile Drohung? Ich nickte.

„Gut." Er nickte und ging, wobei er die Tür hinter sich offenließ. Anfangs bewegte ich mich nicht, aber als niemand hereinkam, um mich zu hinauszubegleiten, stand ich langsam auf. Als ich den Raum verließ und am angrenzenden vorbeiging, sah ich Gareth dort stehen, der in den Zwei-Wege-Spiegel starrte und aufmerksam zuhörte, was der Agent, der mich gerade verlassen hatte, zu ihm sagte. Sie sahen mich beide an, und der Agent sagte noch etwas. Gareth antwortete mit gesenkter Stimme, sodass ich ihn nicht verstehen konnte.

„Dein Auto ist zu Hause. Soll ich dich dorthin bringen, oder willst du Savannah anrufen?", fragte Gareth. Genau wie Harrah und der Agent zuvor war sein Ton professionell cool.

Ich nahm sein Angebot an.

Im Auto sagte niemand ein Wort. Die Stille ließ die dreißigminütige Fahrt länger erscheinen. Viel länger.

„Deine Frage *für einen Freund* – Livy, was ist los mit dir?", fragte er. Wenigstens gelang es ihm, ein Lächeln, wenn auch ein kleines, aus sich herauszukitzeln. Er behielt mich im Auge, obwohl ich mir wünschte, er würde mehr Zeit damit verbringen, dasselbe mit der Straße zu tun.

„Ich habe versucht, ihn laut genug zum Lachen zu bringen, um den Stock zu lösen, der fest in seinem Arsch verkeilt war."

Gareth schmunzelte und schüttelte den Kopf. Doch als er aufhörte, war das immer noch nicht seine entspannte Art. Irgendetwas störte ihn. Ich nahm an, dass es ein wenig beunruhigend sein könnte, jemanden zu sehen, dem drei Leichen zu Füßen liegen. Doch er hatte sicher Schlimmeres gesehen. Vielleicht nicht von mir, aber ich war mir sicher.

„Ich möchte, dass du in deiner Wohnung einen Schutzzauber errichtest."

„Wieso?"

„Du wirst wahrscheinlich heute angegriffen", gab er zu.

Das ist nichts, was man beiläufig sagen sollte.

„Scheint in letzter Zeit häufig zu passieren", antwortete ich forsch und bemühte mich nicht, meine Verärgerung zu verbergen. Sie brodelte seit ein paar Tagen in mir. Es war nicht nötig, so zu tun, als wäre sie nicht da.

„Definitiv Tracker. Ich glaube, ich habe die undichte Stelle gefunden." Er scheiterte bei seinem Versuch, die Frustration aus seiner Stimme herauszuhalten, als er die Worte durch zusammengebissene Zähne presste. „Ich habe den Verdächtigenkreis auf zwei Personen eingegrenzt. Einer von ihnen denkt, dass du in einem der Safehouses der Gilde untergekommen bist, und der andere weiß, dass du nach Hause gehen wirst."

„Ist Letzterer der Arschlochagent von vorhin?"

Er nickte und runzelte die Stirn, seine Wut zeigte sich, als er beschleunigte und an den Autos vorbeifuhr, die die Frechheit besaßen, die Geschwindigkeitsbegrenzung nicht zu überschreiten. „Es ist schwieriger zu erkennen, wenn ein anderer Wandler nicht ehrlich ist, und ich bin immer vorsichtig mit denen, die ohne merkliche Unterschiede in ihren Vitalwerten lügen können. Es leistet ihnen gute Dienste, wenn sie im Auftrag der Gilde arbeiten, aber ich war schon immer misstrauisch. Ein Magier und der Wandler waren besonders besorgt darüber, dass du noch am Leben bist, und haben Bemerkungen gemacht. Es scheint, dass sie Dinge wissen" – sein Blick glitt in meine Richtung – „die nur du und die Tracker wissen konnten."

Seine Kiefermuskeln zuckten, als er die Zähne zusammenpresste. Ich war mir nicht sicher, ob er aus Scham darüber schwieg, dass er eine undichte Stelle in der Gilde hatte, oder weil er gedacht hatte, seine Agenten wären Legacy gegenüber aufgeschlossener.

Ich beeilte mich nicht unter der Dusche, obwohl Gareth im Wohnzimmer auf mich wartete. Die Wärme des Wassers war entspannend genug, doch es half nicht so, wie ich es mir erhofft hatte. Von all den Gelegenheiten, zu denen sie sich ungerechtfertigt melden konnten, schlichen sich Schuldgefühle und Reue ausgerechnet jetzt in die vielen Gefühle, die ich empfand. Es wurde immer schwieriger für mich, sie auszublenden. Ich war darauf konditioniert worden, besser zu sein. Meine Eltern hatten mir das Kämpfen beigebracht, doch es mir zur Aufgabe gemacht, Leben zu retten, wenn es möglich war. Jahrelang gejagt zu werden und die leblosen Körper meiner Eltern und ihrer Freunde zu sehen, hatte mich dazu gebracht, mich für die Erhaltung des Lebens einzusetzen, auch wenn jemand es nicht verdient hatte. Ich hatte diese Haltung darauf gestützt, wie andere über uns dachten – wir hatten es nicht verdient. „Du bist kein Mörder", hatte ich meine Mutter immer wieder sagen hören. Jetzt wurde mir klar, dass sie es getan hatte, weil mir ständig Geschichten darüber erzählt wurden, dass meine Art nichts als rücksichtslose, gefühllose Mörder waren. Ich hatte eine „schade niemandem"-Philosophie zu meinem Nachteil verinnerlicht. Ich hätte alle Tracker töten sollen, die früher hinter mir her gewesen waren, anstatt ihre Erinnerungen zu löschen.

Ich empfand weder die Schuld noch Reue dafür, die letzten Tracker getötet zu haben, und am Ende der Dusche hatte ich eine bessere Vorstellung davon, was ich vorhatte. Und das war Conner zu finden, seinen Plänen ein für alle Mal ein Ende zu setzen und die anderen Legacy zu finden, bevor Conner oder die Tracker es taten.

Ich öffnete die Badezimmertür und fand Gareth auf dem Sessel auf der gegenüberliegenden Seite meines Zimmers, die Beine vor sich ausgestreckt, während er durch die Seiten eines meiner Comicromane blätterte.

„Bitte, fühl dich wie zu Hause", sagte ich sarkastisch.

Er blickte auf und entblößte seine Zähne zu einem schelmischen Grinsen. „Das tue ich. Danke." Er wandte sich wieder dem Roman zu und blätterte mehrere Seiten weiter, während ich das Handtuch fester um mich zog und ein paar

Kleidungsstücke aus der Kommode holte. Als ich mich umdrehte, musterte er mich.

„Bist du in Ordnung?", fragte er.

Ich nickte. Er erhob sich vom Stuhl, sein Blick blieb auf mir. Er neigte den Kopf und musterte mich weiter, während er auf mich zukam. „Was ist mit dir?", fragte er, sein Ton sanfter und besorgter.

Es kam mir lächerlich vor, dass ich ein Problem damit hatte, ihm zu sagen, dass es mir nicht leidtat, was ich den Trackern angetan hatte. Ich atmete tief ein, doch anstatt mich zu beruhigen, wurde mir Gareth' Präsenz bewusst. Unsere Nähe, der männliche Duft, der einzigartig für ihn war, die ursprüngliche Natur seiner Existenz. Als er seine Hand auf meine Taille legte, war die Berührung beruhigend. Ich war mir fast sicher, dass ich die Wärme seiner Liebkosung durch den Stoff spüren konnte. Ich lehnte mich in seine Berührung, weil ich mehr von ihm spüren musste.

Seine hypnotisierenden blauen Augen blieben an meinen hängen.

„Ich schätze, es bringt mir nichts, wenn ich einfach was erfinde?", sagte ich.

Er zuckte mit den Schultern. „Hat dich bisher nicht wirklich aufgehalten. Ich finde deine Geschichten unterhaltsam. Was hast du für mich?", neckte er. Mit jedem Wort kam er näher und nahm das bisschen Raum ein, das es geschafft hatte, zwischen uns zu bleiben. Seine Lippen streiften meine, als er die letzten Worte sprach. Ich lehnte mich vor und presste meine Lippen auf seine. Sekunden zuvor hatte ich aufgehört, mir selbst vorzumachen, dass die Chemie zwischen uns eine Ablenkung sei. Ich wollte Gareth. Er antwortete leidenschaftlich, küsste mich hart, und das Gewicht seines Körpers drückte mich zurück gegen die Wand. Er packte das Handtuch an den Seiten und zog mich näher an sich. Ich fuhr mit meinen Fingern durch sein Haar, küsste ihn gieriger, erkundete seinen Mund und schmeckte ihn.

Ein Ruck, und das Handtuch fiel zu Boden. Er zog sich für einen Augenblick zurück, warf mir einen langen Blick zu und ließ ihn langsam Zentimeter um Zentimeter über mich gleiten. Seine Augen blitzten vor roher Sinnlichkeit, als sie über mich strichen. Er beugte sich näher zu mir und küsste mich inbrünstig, während seine Finger träge über die nackte Haut meiner Schultern und Arme strichen und dann sanft über meine Brüste. Er holte scharf Luft, und ich konnte die Gier seines Verlangens in seiner Berührung spüren, als seine Hände mich weiter erforschten. Seine Zunge schnellte heraus, um mich zu schmecken, glitt über Kiefer, Hals, Schulter und Brust. Keuchend versuchte ich, wieder zu Atem zu kommen, als er sich über meinen Bauch, meine Schenkel und zwischen sie bewegte. Er zog sich zurück und befreite sich dann mit einer entschlossenen Bewegung von seinen Kleidern.

Er zog mich an sich, und ich schlang meine Beine um ihn, als er mich zum Bett trug und mich darauf senkte. Er setzte seine faszinierte Erforschung meines Körpers fort, und als er sich meinem Gesicht näherte, küsste ich ihn erneut. Er stemmte sich einen Moment lang weg, und sein Blick wanderte langsam über meinen Körper, während er seine Lippen befeuchtete. Wieder küsste er mich – härter, hungriger und befehlender. Dann schob er sich zwischen meine Beine und tief in mich hinein. Er wiegte sich gegen mich, zunächst träge und langsam. Er wand sich in mir und brachte mich zu neuen Höhen des Vergnügens, als mein Körper bereitwillig der animalischen Natur seiner Bewegungen und seiner rohen Sinnlichkeit erlag. Seine Berührung war immer noch zärtlich, als sein Atem über meine Lippen strich, doch seine Stöße wurden härter, als wir unseren sinnlichen Rhythmus fanden. Gareth schauderte, als meine Finger über seine Haut strichen. Sein Körper war eine Decke aus Wärme, als er mehr von seinem Gewicht auf mich entspannte. Seine Bewegungen waren jetzt fiebrig, erfüllt von dem Bedürfnis, unseren Höhepunkt zu finden. Ich konnte nicht aufhören, mit meinen Händen über seinen Körper zu streichen, ich sehnte mich noch mehr nach ihm. Ein Gefühl, das definitiv auf Gegenseitigkeit beruhte, als seine Küsse hungriger und unersättlicher wurden, bevor er sie über den Rest meines Körpers verteilte: meinen Hals, meine Schulter, meine Brust. Meine Finger krallten sich in seinen Rücken, als wir gemeinsames kamen, und dann entspannte er sich auf mir. Er flüsterte mir meinen Namen ins Ohr.

Ich erinnerte mich, dass er mich wegen meines Wunsches, ihn schnurren zu hören, aufgezogen hatte – die langsame Art, wie er meinen Namen aussprach, war sehr nah dran. Ich mochte es.

Er fuhr fort, mit seinen Fingern träge über die Rundungen meines Körpers zu streichen. Nach einigen Augenblicken des Schweigens fragte er: „Kannst du die Schutzzauber errichten oder brauchst du vorher ein Nickerchen?"

Dieser Typ. „Ich denke, ich kann die Energie aufbringen, den Flur hinunterzugehen und einen Schutzzauber zu errichten, um einen Magier aufzuhalten."

„Wer ist jetzt die Arrogante", neckte er, rollte sich auf die Seite und nahm mich mit, sodass wir nebeneinander lagen. Seine Hände verließen meinen Körper keine Sekunde, sondern blieben in Kontakt mit mir. Ich sah ihm in die Augen, und die fleischliche Sinnlichkeit, die ich darin sah, weckte den Drang, das gerade Geschehene zu wiederholen.

Er küsste mich lang und leidenschaftlich, als ob er dasselbe dachte. Er küsste mich erneut und schnippte dann mit seiner Zunge über meine Lippen und zog sich zurück. „Schutzzauber", erinnerte er mich. „Du errichtest ihn, und ich mache uns was zu essen." Er rollte aus dem Bett und ging zur Tür.

Ich räusperte mich, bevor er gehen konnte, und er hob fragend eine Augenbraue. Ich starrte ihn an, erlaubte meinen Augen, über seinen Körper zu wandern und an einer Stelle hängenzubleiben, von der ich sicher war, dass Savannah sie nicht sehen wollte, wenn sie die Wohnung betrat.

„Was?", fragte er.

„Denkst du nicht, dass du dich vielleicht anziehen möchtest?"

„Nicht wirklich" – er warf mir ein schiefes Lächeln zu – „und nach den Vibes, die ich von dir bekomme, glaube ich auch nicht, dass du das willst."

„Deine Bescheidenheit ist inspirierend", antwortete ich und verdrehte die Augen. Seine Bewegungen waren anmutig und fließend, als er seine Hose hochzog und hineinschlüpfte. Ich ließ ihn dabei nicht aus den Augen.

KAPITEL 4

Drei Stunden, nachdem ich den Schutzzauber errichtet hatte, saßen wir in meinem Wohnzimmer, während Savannahs Aufmerksamkeit zwischen Gareth und mir hin und her wanderte, als wir alles erklärten, was passiert war, und sie uns mit Fragen überhäufte, die wir nicht beantworten konnten. Als ich erklärte, warum ich einen Schutzzauber in der Wohnung errichtet hatte, sah sie besorgter aus.

„Gegen wen schützen wir uns wirklich?" Sie warf einen finsteren Blick in Gareths Richtung.

„Es könnte jemand aus der Gilde oder sogar von den Trackern sein. Ich bin mir nicht sicher, ob sie eure Informationen nicht haben", sagte Gareth.

„Es sei denn, Conner kommt zuerst", sagte Savannah mit einer Schärfe in ihrer Stimme, die ich noch nie zuvor gehört hatte. Unsere Augen weiteten sich angesichts ihres Knurrens. Sie war besorgt und das zu Recht. Das Risiko, von Conner angegriffen zu werden, war genauso groß, wie von einem Tracker gefangen genommen zu werden.

„Die meisten seiner Leute haben es nicht raus geschafft", sagte Gareth.

Diese Information änderte nichts an Savannahs Stimmung oder der Intensität ihres starren Blicks. Ihre stürmischen grauen Augen wanderten erwartungsvoll und frustriert von uns zur Tür. Gareth richtete jetzt dieselbe wachsame Sorge, die er für mich gehabt hatte, auf sie. Ich hasste es, dass sie sich in ihrem Zuhause anders als wohl fühlte, doch sie schien ein geschärftes Bewusstsein zu haben, und wenn etwas passieren sollte, würde sich das für sie als nützlich erweisen.

„Wir sind beide hier, nichts wird passieren."

Sie nickte, stand auf, verließ den Raum und kehrte mit dem Dolch zurück, den ich ihr Wochen vor dem ersten Mal gegeben hatte, als wir sie mitgenommen hatten, um Conner aufzuspüren. Sie hielt ihn wie jemand mit Erfahrung; leider hatte ich gesehen, wie sie ihn benutzte, als wir geübt hatten. Zumindest sah sie beeindruckend aus, und das könnte reichen. Auf den ersten Blick würde jeder, der durch die Tür kam, sie für eine messerschwingende Jägerin halten, die ihn in mundgerechte Stücke zerlegen konnte. Sie würden nicht ahnen, dass sie in dem Moment, in dem sie zu kämpfen begannen, wahrscheinlich die Fassung verlieren würde.

Nachdem die ersten vier ereignislosen Stunden vergangen waren, erwartete ich, dass Gareth gehen würde, doch das tat er nicht. Um zehn Uhr an diesem Abend war nichts passiert, und wir gingen alle ins Bett. Mit Gareth neben mir fiel mir das Einschlafen leichter, als ich erwartet hatte. Als seine Arme sich um mich legten, wünschte ich mir, wir wären Haut an Haut, doch es war wahrscheinlich sinnvoller, bekleidet zu bleiben, falls jemand versuchen sollte einzubrechen. Erst als Magie – starke Magie – auf meinen Schutzzauber traf, schreckte ich aus dem Schlaf. Ich schnappte mir die Zwillinge und rannte zur Straßenseite des Apartments. Der Zauber war stärker, als ich ihn normalerweise verwendet hätte, doch wenn sie kommen würden, um mich zu töten, würden sie sicher keinen schwachen Magier schicken. Sie würden die Besten schicken, und sie taten es. Jedes Mal, wenn Magie gegen den Schutzzauber schlug, konnte ich es spüren, als ob sie physisch in mich eindrang. Unser Laufen zur Haustür hatte Savannah aufgeweckt, und sie stand jetzt neben mir und hielt den Dolch.

„Savannah, bitte geh zurück in dein Zimmer", drängte ich.

Sie funkelte mich an. „Das werde ich nicht tun. Wir stehen das zusammen durch", bellte sie und fletschte die Zähne. *Verdammt, sie sieht bedrohlich aus.*

„Okay, dann spiel Ausguck von deinem Zimmer aus. Pass auf, dass niemand von hinten kommt", schlug ich vor.

Sie sah mich scharf an und warf mir einen „Machst du Witze?"-Blick zu.

Die Eindringlinge arbeiteten weiter am Schloss und schoben mehr Magie hinein, und ich hatte Angst, aus dem Fenster zu blicken, um zu sehen, wie viele es waren.

„Lass den Schutzzauber fallen", wies mich Gareth an. Er änderte seine Haltung und ging in eine defensive Position.

„Bereit?"

Er nickte. Ich ließ den Zauber fallen, die Tür flog auf, und Gareth stürzte nach vorn. Er legte seine menschliche Gestalt ab, als wäre sie ein Mantel, und gelbbraunes Fell bedeckte seinen Körper anstelle seiner gebräunten Haut. Massive Krallen wuchsen aus seinen gebeugten Fingern, und das überhebliche Lächeln, das er normalerweise trug, wurde durch einen kräftigen Kiefer und scharfe Reißzähne ersetzt. Der Angreifer, der der Tür am nächsten war, hatte keine Chance, als der riesige Höhlenlöwe auf ihn zu schoss und ihn zu Boden schleuderte. Ein Schlag gegen den Hals, und Blut spritzte, noch während der Mann zu Boden sackte. Ich konnte Sirenen hören und hoffte, dass es die Gilde war und nicht die menschliche Polizei. Ich konnte mich nicht erinnern, Gilde-Autos mit Sirenen gesehen zu haben, was einen

Sinn ergab, da sie im Fall einer Festnahme eher Diskretion bevorzugten. Ihre Autos hatten meist nur ein kleines, unauffälliges Emblem.

Magie traf mich und ließ mich zurückstolpern. Eine weitere Explosion traf Savannah, und sie wurde hart gegen die Wand geschleudert. Ich hörte das Geräusch von bröckelndem Putz, doch ich durfte mich nicht ablenken lassen. Ihr schmerzliches Stöhnen war Indikator genug dafür, dass sie am Leben war, doch ich war mir nicht sicher, wie schwer verletzt sie war. Eine Welle der Magie ging von mir aus, eine konzentrierte Salve, und schleuderte drei Männer zurück auf den Rasen. Ich rannte aus dem Haus, meine Sai fest in der Hand, bereit, Schmerz und Schaden zuzufügen. Die Prügel, die ich mir selbst dafür zugefügt hatte, dass ich mich nicht schuldig fühlte, weil ich heute diese Tracker getötet hatte, waren vergessen. Ich hatte die feste Absicht, diese hier genauso zu töten. Je weniger von ihnen übrigblieben und versuchten, meinesgleichen zu töten, desto besser. Ich traf sie mit einer weiteren magischen Welle. Einer knirschte mit den Zähnen, weigerte sich aber, vor Schmerz zu schreien. Die anderen heulten laut. Die Polizei würde bald eintreffen, und die Nachbarn waren draußen auf ihren Rasenflächen und sahen sich die Zaubershow und den wilden Monsterlöwen an, der einen Übernatürlichen niedermähte und zerfleischte. Sie starrten mich an, als ich Magie auf einen anderen Magieanwender schleuderte. Ich konzentrierte mich auf den Magier vor mir, dessen Finger von leuchtenden Farben umgeben waren, und wartete, bereitete mich darauf vor, einen Schild zu errichten, um mich vor dem zu schützen, was er vorhatte. Dann spürte ich die Magie von jemandem in meinem Kopf, der meine Gedanken füllte und versuchte, meinen Verstand zu manipulieren, etwas, das ich früher mit Trackern getan hatte, die gekommen waren, um mich zu töten. Jemand drängte, ich wehrte ihn ab. Er drängte noch stärker, und ich sah mich nach der Fee um, die versteckt war und in der Dunkelheit herumlungern musste. Gareth, immer noch in seiner Tiergestalt, das Fell um sein Maul von Blut rot gefärbt, folgte meinem Blick in die Dunkelheit. Er hob den Kopf und schnupperte in die Luft. Er ging langsam los, atmete den Duft ein, dann wirbelte er herum und stürmte in die andere Richtung. Ich hörte den Aufprall von jemandem, der zu Boden krachte, und ein Urgebrüll, bevor jemand aufschrie. Es dauerte nur eine Sekunde, bis der Schrei endete. Ein Schuss hallte durch die Luft. Ich fühlte den brennenden Schmerz, als das Projektil in meinen Körper eindrang. Meine Sinne waren immer noch scharf, doch meine Magie ließ nach. Ich rief nach ihr. Nichts als das lähmende, schmerzhafte Gefühl eingeschränkter Magie. Ich tastete nach dem Pfeil und riss ihn aus meiner Haut. Er war von derselben Sorte, wie die Gilde sie verwendet hatte, um Conner und seine Leute zu unterwerfen. Sie hatten ihn vorher an mir getestet. Es schränkte unsere Magie für sechs Minuten ein. Eine starke Chemikalie, die hauptsächlich eine hohe Dosis Iridium war, wurde in uns gepumpt, um unsere Magie zu dämpfen.

Mit meinen Sai in den Händen blickte ich in die Richtung, aus der der Schuss gekommen war. Nur wenige Meter entfernt stand der unfreundliche Mann, der mich verhört hatte, und richtete die Waffe erneut auf mich. Zumindest war es keine Pistole. Ich schätze, er wollte die Genugtuung, mich so zu töten, wie es die Tracker gerne zu tun schienen: von einem Dolch durchbohrt ausblutend, während sie zusahen, wie unser Leben versiegte. Eine grausame Befriedigung durch das Führen der Klinge, die letztendlich ein Leben kosten würde. Unsere Blicke begegneten sich, und ich versuchte, die Minuten hinunterzuzählen, bis ich meine Magie einsetzen konnte. Ein harter Schlag traf mich in den Rücken – Magie, die von dem Magier geschleudert wurde, mit dem ich zuvor zu tun gehabt hatte. Er schien nicht denselben Wunsch zu hegen, mich mit einem Dolch zu töten.

Er schien damit zufrieden zu sein, genau das zu benutzen, was er an mir hasste – Magie. Mein Körper schmerzte, als hätte jemand mich mit einem schweren Stein geschlagen. Meine Knochen ächzten vor Schmerz, und mein Kopf dröhnte von der Gedankeninvasion der Fee. Ich warf mich zu Boden und wich einer weiteren magischen Kugel aus. Sie kamen in schneller Folge, bis der Magier so erschöpft war, dass er aufhören musste. Ich sprang auf meine Füße, meine Sai fest umklammert, bereit zum Angriff, als er erstarrte. Ich hörte es, doch nicht früh genug – das Spannen einer Waffe. Mehrere Polizisten hatten uns umringt. Einer der Beamten warf den verräterischen Gilde-Agenten mit dem Gesicht nach unten auf den Boden und riss seine Arme auf den Rücken, bevor er ihm Handschellen anlegte.

Ein anderer Polizist wollte sich mir nähern, blieb aber stehen, als mehrere Geländewagen der Gilde vorfuhren. Ein Wandler und ein weiterer hochrangiger Magier sprangen heraus. Es war nicht zu leugnen, dass er ein starker Magier war – die Magie, die von ihm ausging, war erstickend.

„Wir kümmern uns um das hier", sagte der Wandler. Seine Stimme war heiser, und der Wandlerring pulsierte in seinen Augen, als er seine Dominanz zum Ausdruck brachte. Seine räuberische Natur beherrschte das Gebiet, doch die menschlichen Polizisten blieben stur.

„Das ist unser Fall", sagte der Polizist mit schroffer Stimme.

„Wir kümmern uns darum", sagte Gareth, der um die Ecke kam. Er ging langsamer als sonst, aber dennoch mit der Anmut eines Wandlers. Sie sahen ihn an, doch ich war mir nicht sicher, ob es daran lag, dass sie ihn erkannten oder weil er nackt war und sein Gesicht und sein Körper blutverschmiert waren.

Gareth wiederholte sich, und sie zögerten, ließen aber schließlich ihre Waffen sinken. Als sie sich zurückziehen wollten, fuhr ein weiteres Auto vor, und Harrah stieg schnell aus. Wie üblich sah sie in einer schlichten Hose und einer hübschen Bluse mit Weidenprint harmlos aus. Als sie sich dem Officer näherte, war ihr Lächeln so zart und süß wie ihr Erscheinungsbild. Wie alle Bürger der Stadt schienen die Beamten von ihr verzaubert und entwaffnet zu sein. Ich blickte zur Tür der Wohnung, wo Savannah stand, ihre zusammengekniffenen Augen auf Harrah gerichtet, und sie aufmerksam beobachtete. Sie hatte sich das Recht verdient, der Fee gegenüber argwöhnisch zu sein, als sie beobachtet hatte, wie sie nach einem Vorfall einen Club betreten und mühelos Erinnerungen manipuliert hatte.

Harrah sprach mit der Polizei, schüttelte den Männern die Hand, hielt den Kontakt, und für einen Moment hatten alle Beamten einen glasigen Ausdruck auf ihren Gesichtern. Sie blickten mit gerunzelter Stirn auf die Szene zurück, als wüssten sie nicht, warum sie da waren. Nachdem sie gegangen waren, ging sie herum und lächelte die Nachbarn an, die nicht so vernünftig gewesen waren, sich in ihre Wohnungen zurückzuziehen. Ich vermutete, dass sie alle Besuch von ihr oder einem anderen Gilde-Agenten bekommen würden, denn seit ihrer Ankunft waren zwei weitere Autos vorgefahren.

Ich fragte mich, ob es so wichtig war, das Bündnis mit den Menschen aufrechtzuerhalten, angesichts all der schrecklichen Dinge, die zu dem Zweck getan werden mussten. Ein Teil von mir wollte, dass wir die Masken fallen lassen und uns als das zeigen konnten, was wir waren, mit Warzen und allem. Menschen hatten auch ihre Fehler. Mord, Diebstahl, Manipulation, Verbrechen gegen die Menschlichkeit und den Anstand wurden ständig begangen, doch die Menschen ergriffen keine extremen Maßnahmen, um uns davor zu schützen. Wenn sie versuchten, unser Wissen über solche Vorfälle zu minimieren, waren sie nicht sehr gut in ihrem Job.

Als Harrah auf mich zukam, verschwand Savannah ins Haus.

„Niemand ist zum Safehouse gekommen", informierte sie Gareth, der auf sie zukam. Er war jetzt angezogen, und ein Teil des Blutes war weg, doch es war so viel gewesen, dass seine Bemühungen nicht gereicht hatten, es wegzuwischen. Der einzige Weg, wie man diese Menge Blut entfernen konnte, war unter der Dusche.

Als sie weiter mit ihm sprach, wurde ihre Stimme immer leiser, und es war mehr als offensichtlich, dass sie mich nicht dort haben wollte. Sie schien es zu begrüßen, als ich mich entschuldigte.

KAPITEL 5

Es war zu ruhig. Seit dem Angriff der Tracker auf die Wohnung waren vier Tage vergangen, und ich erwartete etwas – einen weiteren zerschmetterten Schutzzauber; einen Besuch von Evelyn, Conners Schoßhündchen; oder sogar eine Audienz bei Conner selbst. Die Tracker hatten auch nicht wieder angegriffen. Ich vermutete, dass dank des Gemetzels während Conners Flucht und dessen, was passiert war, nachdem sie mich angegriffen hatten, ihre Zahl deutlich geschrumpft war. Die Erwartung eines Vergeltungsversuchs machte mich jedoch nervös und reizbar.

„Du hast eine tolle Laune", sagte Savannah von der Beifahrerseite des Autos.

„Ich bin nicht schlecht gelaunt, nur besorgt."

„Worüber?"

„Conner. Er hätte längst auftauchen sollen, um über seine Pläne zur Weltherrschaft zu jammern."

„Leute wie er reagieren nicht gut darauf, in den Arsch getreten zu bekommen, und glaub mir, das ist genau, was passiert ist. Du hast ihm in den Arsch getreten."

„Ich habe es gerade so geschafft, nicht zu sterben; ich bin mir nicht sicher, ob ich ihm in den Arsch getreten habe." Und das war der springende Punkt: Ich war *nicht* gestorben. Ich hatte Hilfe von Gareth und der Gilde bekommen, was mich zweifeln ließ, ob ich mich ihm allein stellen könnte. Der Ausdruck auf seinem Gesicht, als er gefesselt worden war, war Wut, vermischt mit einer Spur von Demütigung gewesen.

„Du hast ihn gründlich getreten, und er weiß es", sagte sie selbstbewusst. „Vielleicht hat er sich gegen einen zweiten Versuch entschieden und dafür, seine Tage in seinem eigenen kleinen Paradies zu verbringen und sich nicht mit Leuten wie uns herumschlagen zu müssen. Er kann seine Magie einsetzen, um eine glorreiche Welt zu erschaffen. Wenn ich er wäre, wäre das so ziemlich genau das, was ich tun würde. Apropos, du solltest an deinen magischen Konstruktionsfähigkeiten arbeiten."

„Das gehört nicht zu all den Dingen, die ich lernen muss."

„Ach komm schon, du kannst den Laden ein bisschen aufpeppen", neckte sie mich, als ich in eine Parklücke in der Coven Row einbog, wo die meisten Hexen ihre Läden hatten. Savannah besaß als Ignesco keine eigene Magie. Sie war eine Art magischer Verstärker, doch sie war übereifrig in Bezug auf ihre neu entdeckte Macht und hatte sich zu meiner Assistentin erklärt. Das Lernen im Job reichte ihr scheinbar nicht, und sie war auf der Suche nach mehr Bildung. Wir hatten alle Bücher durchgesehen, die Blu uns geliehen hatte, sowie einige, die Lucas, der Master der Stadt, in die Finger bekommen hatte. Ich wusste jedoch, dass es bei unserem Ausflug hierher weniger um Savannahs lebhaftes Interesse an ihren neu entdeckten Fähigkeiten ging, als vielmehr darum, mich abzulenken.

Wir stöberten in einer Reihe von Geschäften, schafften es aber, die *herba terrae*-Läden zu umgehen, die für viele Menschen in der Stadt zu beliebten Zielen geworden waren. Es war legal, Cannabis zu sich zu nehmen, nachdem die Hexen ein paar andere Kräuter, Tannine und Salze hinzugefügt und eine Anrufung über das Gemisch gesprochen hatten; und ein wohlklingender lateinischer Name schadete natürlich auch nicht. Die meisten dieser Läden waren wie Shisha-Bars oder nette Bistros eingerichtet, in denen die Unterhaltung aus Magie bestand. Die Shows waren nichts weiter als Kreuzfahrtschiff-Tricks zur Unterhaltung von Kunden in einem *herba terrae*-Zustand der Glückseligkeit, die ein Vermögen für das Hexenkraut und das Essen ausgegeben hatten. Die Hexen hätten wahrscheinlich mehr Geld verdienen können, wenn sie nur Donuts, Cheetos und Doritos auf der Speisekarte gehabt hätten. Sie waren jedoch echte Geschäftsleute und würden niemals daran denken, solche Dinge anzubieten. Sie hielten sich sogar für zu nobel, um den Läden Namen wie *The Witch's Pot Spot* zu nennen – ein Vorschlag, den ich verschiedenen Bistros mehr als einmal gemacht hatte. Ich fand, dass es einen besonderen Klang hatte, im Gegensatz zu den niedlichen Namen, die sie gewählt hatten, wie *Witch's Brew* und *Shadow*.

Ich war mir nicht sicher, ob es an meiner zunehmend mürrischen Stimmung lag, aber Savannah schien das Bedürfnis zu verspüren, mich irgendwie aufzumuntern. „Es ist in Ordnung, wegen Conners Verschwinden besorgt zu sein, aber lass dich davon nicht auffressen und runterziehen." Ihre Stimme war sanft und gemessen, als sie ihre Hand um meinen Arm legte und mich in eine Eisdiele schob. Ich blieb am Eingang stehen und sah sie misstrauisch an. Ich fragte mich, ob es die Heißhunger-auslösende Aura der *herba terrae*-Läden oder meine Wolke der Angst war, die sie antrieb.

„Stirbst du?"

Sie verdrehte die Augen. „Nur, weil ich meinen Körper nicht dauernd mit Fett und Gift vollstopfen will, heißt das nicht, dass ich es nicht gelegentlich genießen kann. Und ich glaube einfach nicht, dass ein Brownie ein akzeptables Frühstück ist."

„Ich hatte Milch dazu, und er war randvoll mit Nüssen. Eier, Milch, Nüsse, Kakao – das ist Superfood", sagte ich.

Sie warf mir einen spöttischen Blick zu und bestellte eine Kugel Vanilleeis.

Wirklich? Was ist der Sinn einer einzigen Kugel?

Wir saßen da und aßen unser Eis, während sie mir von den Plänen erzählte, die sie an diesem Abend mit Lucas hatte. Sich auf sie zu konzentrieren, während sie über ihn sprach, war eine mittelmäßige Ablenkung: Man könnte meinen, die Erfahrung, mit dem Master der Stadt auszugehen, der zwei extrem beliebte Clubs besaß, wäre ereignisreicher.

Nachdem wir auf der Coven Row unseren Schaufensterbummel fortgesetzt hatten, vertiefte sich Savannah weiter in ihre Suche nach Material, um ihre Gabe zu entwickeln und zu verbessern. Wir hatten fast eine Stunde in einem Geschäft verbracht, und sie hatte ihren Korb mit magischen Gegenständen gefüllt, die für sie nutzlos waren. Der Besitzer des Ladens hatte sich offensichtlich Mühe gegeben, dem Laden eine magische Atmosphäre zu verpassen. Die bordeauxroten Wände des Ladens waren mit Sigillen gestempelt. Ich studierte sie, war aber überzeugt, dass sie nichts weiter als Dekoration waren. Der Laden war vollgestopft mit Regalen mit Büchern, Steinen, Salzen und Kräutern. Schwere, dunkle Vorhänge dämpften das Licht von außen so weit, dass er gotisch und unheimlich wirkte, mit einem Hauch von ätherischer Anziehungskraft. Kerzen ergänzten die Stimmung, und in der Luft lag der Duft von Sandelholz-Räucherstäbchen. Der Gesamteffekt machte es schwer, der Verzauberung durch die Vorstellung zu widerstehen, dass jemand schlummernde magische Fähigkeit haben könnte, und nur das richtige Buch brauchte, den richtigen Stein, die richtigen Kräuter oder den richtigen Talisman, um sie zu wecken.

Wir verließen den Laden mit genügend Utensilien, um zwei Taschen zu füllen, was einen Stopp am Auto rechtfertigte, um alles zu verstauen, damit wir weiter einkaufen konnten. Ein paar Meter vom Auto entfernt spürte ich es, bevor ich es sah. Ich stieß Savannah gerade rechtzeitig aus dem Weg, bevor Conners Haustier angriff. Es war eine riesige Kreatur mit den Köpfen der drei Tiere, aus denen es erschaffen worden war. Es besaß dolchartige Zähne; die flinken Bewegungen einer Katze; und den kräftigen Körperbau eines Wolfs. Sie war eine bedrohliche Kreatur und war schwer zu besiegen gewesen, als ich ihr das erste Mal begegnet war. Der Schlangenkopf war der Kicker. Er bewegte sich viel mehr als er hätte tun sollen, da er an einem Körper befestigt war. Seine Zunge schoss heraus und schmeckte die Luft. Dann schlug er zu und traf Savannah, die nicht genug Abstand gewonnen hatte. Darauf zog er sich zurück, bereit, sie erneut zu schlagen. Eine starke Explosion meiner Magie schleuderte die Kreatur mehrere Meter zurück, nicht annähernd so weit, wie ich es wollte. Ich schickte eine weitere starke Eruption in ihre Richtung, doch die Magie prallte mit so viel Kraft zurück, wie ich sie abgefeuert hatte. Ich versuchte, aus dem Weg zu springen, konnte aber nicht ausweichen. Ein starkes Dröhnen traf mich, und ich stürzte zu Boden.

„Zum Auto!", schrie ich Savannah zu, die erschüttert, aber unverletzt wirkte. „Jetzt!" befahl ich, als sie zögerte. Die Schlange schoss in ihre Richtung, stieß sie an und hielt sie von mir fern. Als ich mich aufrappelte, stellte ich fest, dass ich nicht allzu weit vom Auto entfernt war. Ich rannte hin, schnappte mir die Zwillinge und sah mich um. Conner. Ich wusste, dass er da sein musste. Wo auch immer sein Haustier war, konnte er nicht allzu weit entfernt sein.

Einen Moment lang atmete ich tief und wusste, dass ich Conners Magie nicht spüren oder die Richtung fühlen würde, aus der sie kam, solange die Bestie vor mir ihre eigene Art von seltsamer, überwältigender Magie ausstrahlte. Savannah war aufgestanden und wich langsam von der Kreatur zurück. Ich konzentrierte mich auf den Schlangenkopf, dessen Bewegungen am unberechenbarsten und unabhängigsten vom Körper waren; ich wusste aus Erfahrung, dass er giftig war. Ich griff die Kreatur an, und als sie mit offenem Mund auf mich zustürzte, wich ich ihren Giftzähnen aus. Der Kopf schnellte zurück und traf mich, schleuderte mich zurück. Dann kratzten Krallen über mein Bein. Schmerz brannte, als sich meine Hose rot färbte. Die Schlange riss ihren Kopf nach vorn und versuchte, mich mit ihren Giftzähnen zu erwischen. Ich wehrte sie mit den Griffen meiner Sai ab. Dann rollte ich auf die Knie und rammte einen der Sai tief in ihre Seite. Ich musste kräftig ziehen, um ihn herauszubekommen. Der Wolfskopf heulte. Blut spritzte. Die Kreatur hörte nicht auf, sich zu bewegen. Sie versuchte nicht, von mir weg-, sondern näher an Savannah heranzukommen. Sie peitschte mit dem Schlangenkopf, streckte sich mit jeder Bewegung weiter und versuchte, den Abstand zu ihr zu reduzieren. Ich ignorierte die Menschenmenge, die sich zu bilden begann. Es gab nicht genug Lügen, genug Manipulation der Wahrheit, um diese Geschichte zu verbergen. Harrah würde sich darum kümmern müssen.

Die Kreatur bewegte sich schneller und geschickter, als sie es nach den erlittenen Verletzungen hätte tun sollen. Ich musste die Schlange außer Gefecht setzen und hoffen, dass der Rest sterben würde, wenn ich einen Teil des Körpers tötete. Doch würde Conner eine gruselige Freak-Kreatur erschaffen, die so leicht zu töten war? Ich überlegte, zu versuchen, mich unter das Tier zu rollen, doch ich wollte das Gift der Schlange nicht riskieren. Ich timte es so gut wie möglich, stieß beide Sai in den Körper und riss sie heraus. Blut spritzte aus der Verletzung, und die Kreatur wich zurück. Ich teilte meine Aufmerksamkeit zwischen ihr und Savannah auf. *Sollte ich sie entkommen lassen?*

Ich konnte nicht. Ich rannte ihr hinterher, um sie einzuholen. Ich registrierte kaum die verschwommenen Gesichter, die Handys, die alles filmten. Sobald ich nur noch wenige Meter entfernt war, sprang ich – ins Leere. Die Kreatur war hinter Conner, der ein paar Meter von mir entfernt stand.

Ich sah mich in dem kleinen Bereich um. Ich war in einen Raum gesperrt, den Conner für mich, seine Bestie und sich selbst geschaffen hatte. Die undurchsichtige Wand erzeugte einen verschwommenen Dunst und machte es schwierig, irgendetwas draußen zu sehen; Ich fragte mich, was andere sahen. War es für sie wie eine Fortsetzung des Hintergrunds und mit bloßem Auge nicht zu unterscheiden?

„Danke", sagte er zu dem Tier. Es nickte und ließ sich auf seine Pfoten sinken, während es versuchte, seine Wunden zu lecken.

„Er wird bald wieder gesund sein", informierte mich Conner.

„Tut mir leid, hattest du den Eindruck, dass mich das interessiert?"

Er lachte. „Ah, meine Anya, so eine scharfe Zunge. Ich bin oft hin- und hergerissen zwischen dem Wunsch, zu sehen, wie sie schmeckt, und sie herauszureißen." Sein leiser Ton deutete auf den Zorn hin, den er gegen mich gerichtet hatte, als er schließlich der Idee nachgegeben hatte, dass ich niemals einer seiner Gefolgsleute werden und stattdessen jede Chance nutzen würde, die sich mir bot, um ihm ein Hindernis zu sein.

Er kam näher, und ich richtete mein Sai auf ihn, forderte ihn heraus, einen weiteren Schritt zu machen. Er lächelte und ließ seinen Blick meinen Arm hinauf wandern, über mein Gesicht und hoch zu meinen Haaren. „Ich hasse diese Farbe", knurrte er.

„Fass mich an, und du wirst es bereuen."

Lächelnd wich er einen kleinen Schritt zurück.

„Was willst du?"

„Evelyn ist weg, und drei andere meiner Leute auch." Seine traurige Stimme machte es schwer, kein Mitgefühl für ihn zu empfinden, obwohl er es nicht verdiente. Er wich weiter zurück; Es war nicht genug Platz, um wirklich auf- und abgehen zu können, doch seine Schritte waren leichtfüßig, fließend, die Schritte eines trainierten und tödlichen Kämpfers. Obwohl er Magie besaß – außergewöhnliche Magie –, war er ein geschickter Kämpfer, und ich wurde daran erinnert, als er sich durch den kleinen Raum bewegte, den er zur Verfügung hatte. Er warf mir einen weiteren abschätzenden Blick zu, zusammen mit einer Spur von Wut, von der ich wusste, dass sie durch das Blut seines Haustiers an mir ausgelöst wurde. Das letzte Mal hatte er verstört gewirkt, als er gedacht hatte, ich hätte es getötet. Das hatte ich auch gedacht, aber vielleicht war dieses nur eines von vielen, die er geschaffen hatte. Ich fragte mich, ob es irgendwelche Einschränkungen für Vertu-Magie gab.

„Vielleicht waren meine Pläne zu ehrgeizig", gab er zu. Seiner Stimme fehlte die Demut, die ich von jemandem erwartet hätte, der gerade die Absurdität seines Plans zugegeben hatte. Stattdessen war sie voller Hochmut und ungerechtfertigter Arroganz. „Du bist der Grund für mein Versagen", fuhr er fort und warf mir einen weiteren Blick zu. Sein Ton war vorwurfsvoll, als sein Blick meinen festhielt, eine Erinnerung daran, dass er glaubte, ich hätte ihn verraten.

„Ich bin nicht der Grund, deine lächerlichen Pläne waren der Grund für dein Versagen", sagte ich und verkrampfte mich. Seine Haltung war immer noch locker und entspannt.

Ich konnte dem kalten, vorwurfsvollen Blick nicht entgehen, den er mir immer wieder zuwarf.

Er schnaubte, ein tiefer, höhnischer und kehliger Laut. „Du willst, dass wir nett mit den Menschen spielen. Uns outen und so tun, als wären wir ihre magischen Haustiere, die nicht in der Lage sind, die Vergangenheit zu zerstören. Wir sollten ihnen niemals unterwürfig sein." Er schaffte es, seine Fassung zu bewahren, während er die Worte durch zusammengebissene Zähne presste. Ich zog zu viel von seiner Aufmerksamkeit auf mich und fing an, mich unbehaglich zu fühlen. Ich packte die Sai fester und bereitete mich darauf vor, falls nötig, anzugreifen. Ich wich zurück und drückte mich gegen die magische Wand. Die Intensität der starken Magie pulsierte gegen meinen Rücken und rollte in Wellen darüber. Die Ähnlichkeiten unserer Magie waren überwältigend, doch ich konnte die Unterschiede auch nicht ignorieren. Legacy waren eine weniger mächtige Version der Vertu, eine verfälschte Kopie, von der gemunkelt wurde, dass sie ihre Schöpfung war. Ich war mir nicht sicher, warum sie unsere Mängel nicht so verabscheuten wie die anderer Übernatürlicher.

„Denkst du, es ist besser, alle magischen Wesen zu vernichten und Menschen als unterhaltsame Haustiere zu halten?"

„Ich habe kein Interesse daran, mich mit ihnen zu befassen, nicht einmal als Haustiere." Gleichgültigkeit war immer schlimmer. Gleichgültigkeit rief keine Emotionen hervor, was es leichter machte, jemanden gefühllos zu behandeln.

„Wir können uns outen und mit ihnen arbeiten. Willst du mir sagen, dass ihre Regeln und Vorschriften keinen Wert haben? Vampire können Menschen nicht mehr zu Dingen zwingen, die sie nicht tun wollen. Feen können ihre Magie nicht zur kognitiven Manipulation verwenden oder ihr Aussehen zu etwas anderem als der vereinbarten Form ändern. Keine Zwänge und Feenzauber mehr." Ich hielt inne und musterte ihn mit dem gleichen Interesse, mit dem er mich studiert hatte. „Kannst du das? Dein Aussehen verändern?"

„Natürlich. Aber warum sollte ich?" Er hob eine Augenbraue, seine dünnen Lippen verzogen sich leicht zu einem Grinsen. Ich musterte ihn von oben bis unten. Für jemanden, der in einen kleinen Krieg verwickelt war, sah er ziemlich gut aus – sein Aussehen spiegelte es nicht wider. Er hatte schlanke, scharfe Züge, und das einzigartige kupferrote Haar der Legacy und Vertu passte zu seiner majestätischen Erscheinung. Er würde an einem königlichen Hof nicht fehl am Platze wirken. Er hatte nicht das Gesicht eines Mannes, der einen Plan hatte, der Völkermord beinhaltete.

Warum sollte ich? Jemand ist sehr von sich selbst eingenommen. Anstatt darauf hinzuweisen, fuhr ich fort: „Magier- und Hexenmagie können nicht für dunklere Künste verwendet werden. Was ist falsch daran? Wie kann man in einer unregulierten Welt leben wollen, wenn es um Magie geht? Deine Arroganz erlaubt es dir, es für unwichtig zu halten, weil du nicht glaubst, dass du jemals Ziel ihrer Grausamkeit sein könntest. Das System funktioniert." *Funktioniert* war eine extrem freie Interpretation des Status Quo, doch es war besser als ohne Regeln. Es würde immer Regelbrecher geben und diejenigen, die sich an die Welt vergangener Zeiten erinnerten, als sie noch hatten tun können, was immer sie wollten, ohne Konsequenzen, doch diese Zeiten waren vorbei.

„Es ist nichts Falsches daran, ein bisschen Macht aufzugeben –", begann ich.

Sein lautes, spöttisches Lachen unterbrach mich, und Belustigung troff aus seinen Worten. „Ich gebe auf keinen irgendetwas ab. Ich habe Rücksicht auf die Menschen und andere genommen; Ich war zu vorsichtig. Ich werde eine solche Dummheit nicht noch einmal machen. Ich werde gnadenlos zuschlagen, und am Ende werde ich über den Trümmern stehen und der Sieger dieses Kampfes sein."

Ich rollte mit den Augen und seufzte. „Du musst immer einen Monolog führen."

„Wie bitte?"

„Jeder Bösewicht der Filmgeschichte muss einen Monolog führen. Wenn ich der Lex Luther für Superman oder der Magneto für Xavier, der Loki für Thor wäre, würde ich keine kostbare Zeit damit verschwenden, Tiraden über meine großen Pläne zu halten. Ich würde stattdessen lieber was in die Luft jagen." Ich verdrehte wieder die Augen. „Das ist ein wandelndes ‚Bösewicht'-Klischee. Bitte lies aus einem anderen Skript."

Wieder breitete sich Belustigung auf seinen Zügen aus. Tiefe emotionale Augen ruhten schwer auf mir, und als das Lächeln verblasste, wusste ich nicht, was mich erwarten würde, denn ich konnte seine Miene nicht einmal beschreiben.

„Du amüsierst mich mehr, als dass du mich frustrierst", gab er zu. Es war eindeutig ein bitteres Eingeständnis für ihn, und es dauerte einige Augenblicke, bis er wieder sprach. „Du weißt, wozu ich fähig bin. Ich habe eure Tricks gesehen, die Spiele, die ihr alle gespielt habt, und es hat einmal funktioniert. Ich würde mir an deiner Stelle keine Hoffnungen machen, dass es wieder funktionieren wird."

„Sind wir fertig?", fragte ich.

Er schüttelte den Kopf. „Deine sogenannten Verbündeten werden dich verraten, sei nicht so naiv zu glauben, dass sie es nicht tun werden. Jetzt bist du ein Werkzeug, ein Instrument, das sie benutzen, um die anderen zu finden. Ich werde dir einen sicheren Hafen davor bieten und dafür sorgen, dass sie dich niemals verletzen werden. Du wirst auf die Weise verehrt werden, die du verdienst."

In diesem Moment, als seine Worte mit Honig und Zuversicht durchzogen waren und er ein fürsorgliches Gesicht, eine sanfte Haltung und Versprechungen eines besseren Lebens präsentierte, verstand ich seine Akolythen.

Sie hatten ihr Gewissen ignoriert und die Bösartigkeit der Pläne abgetan, um jemandem zu folgen, der ihnen die Freiheit versprach, die ihre Eltern gelebt hatten. Sie wollten die Möglichkeit haben, ohne Angst zu leben, dass sie von einem Tracker entdeckt würden und ihr Leben enden könnte, wenn sie zu zaubern wagten. Ich hatte ganz kurz Mitgefühl mit denen, die auf den charismatischen Demagogen hereingefallen waren.

Er fuhr fort, sein Ton war immer noch so wohlwollend und sanft wie zuvor. „Ich stelle kein Ultimatum, ohne die Vorüberlegung, die die Entscheidung verdient. Wenn du mitkommst, glaube ich, dass ich dazu *überredet* werden kann, eine andere Alternative zu finden, um mit den Unerwünschten umzugehen."

Ich war so verwirrt. Wollte er andeuten, dass er mich mitnehmen würde, anstatt Chaos anzurichten? Glaubte er, dass ich ein Stockholm-Syndrom entwickeln und eines Tages einer seiner ergebenen Anhänger werden würde, anstatt seiner Gegnerin? Was genau waren alternative Möglichkeiten, mit den sogenannten Unerwünschten umzugehen? Ich dachte nicht einen Moment lang, dass die Säuberung vom Tisch war. Sie würde nur aufgeschoben werden, bis er das Gefühl hatte, ich sei fügsam genug, um es zuzulassen.

„Wenn ich mich dir ergebe, wirst du dein Pfadfinderehrenwort geben, nicht zu versuchen, einen Haufen Leute zu ermorden? Wie edel von dir."

„*Jetzt* ist unser Gespräch beendet." Ein Nicken seines Kopfes, kaum eine Bewegung, und eine Flut von Magie schlug gegen mich, schickte mich zurück durch die Wand und warf mich auf den Boden, wo ich hart auf meinem Rücken landete. Ich fluchte leise.

„Ich wusste, dass du in der Nähe bist, ich konnte deinen Geruch bis genau an diese Stelle wahrnehmen", sagte Gareth aus ein paar Metern Entfernung. Ich war es leid, ihn darauf hinzuweisen, wie seltsam das war.

Ich rappelte mich auf und sah mich um.

„Ihr geht's gut", sagte er und wusste genau, nach wem ich suchte. Savannah. Er schenkte mir ein schiefes Grinsen. „Wenn sie ihn wiedersieht, wird sie ihm ‚einen ordentlichen Tritt verpassen, dorthin, wo er sich daran erinnern wird'. Sie hat es seit unserer Ankunft geschworen. Sie ist ausgesprochen begeisterungsfähig, nicht wahr?"

„Das ist nett ausgedrückt. Ist sie verletzt?"

„Ein paar Beulen. Ich glaube, ihr Ego ist mehr verletzt als alles andere." Er verschränkte die Arme, musterte mich, und seine Miene wurde mit jedem Moment finsterer. Er kam näher. „Darf ich?"

Ich nickte, und er kam noch näher. Er kniete nieder und warf einen Blick auf meine Verletzungen. Er machte ein Geräusch, und ich wusste, dass die Wunde, die mir diese Kreatur zugefügt hatte, schlimmer sein musste, als ich ursprünglich angenommen hatte.

„Lass mich raten, du wirst es selbst heilen, und du willst nicht ins *The Isles* gehen."

„Es ist fast, als wärst du hellseherisch begabt!"

Er holte scharf Luft. Meine Bluse war immer noch hochgezogen, also spähte ich an mir hinunter. Trotz der Blutflecke konnte ich immer noch die Spuren der Zähne sehen, und sie sahen so wütend und schmerzhaft aus, wie sie sich anfühlten.

KAPITEL 6

Zwei Tage waren vergangen, und ich konnte Conners Angebot immer noch nicht aus dem Kopf bekommen. Ich wusste nicht, ob er ein arroganter Größenwahnsinniger oder ein durchgeknallter Psychopath war, oder noch schlimmer – eine Kombination aus beidem. Ich stellte fest, dass ich zur letzten der drei Optionen neigte, während ich weiter einen Koffer unseres neuesten Fundes durchsuchte und die Blicke ignorierte, die Kalen mir immer wieder zuwarf.

„Ich schätze, mich anzustarren ist wichtiger, als dieses Zeug vom Empfang zu räumen", neckte ich, als ich nach dem magischen Objekt im Koffer suchte, das die Menge an Energie abgab, die ich spürte. Die meisten Gegenstände waren nicht von großem Wert, und möglicherweise waren das oder die magischen Objekte es auch nicht.

„Du bist weniger gereizt als sonst darüber, den größten Teil des Tages auf einem schmutzigen Dachboden verbracht zu haben, warum ist das so?"

„Ich bin wie immer, ich bin es nur leid, mich darüber zu beschweren, dass du mir bei der Arbeit zusiehst, während du Bemerkungen über meine Haare machst." Er warf einen schnellen Blick auf die Haare, die sich auf meinem Kopf zu einem wirren Knoten türmten. „Mein Protest darüber, dass du faul bist und deine Drohungen, mir die Haare zu bürsten, haben all die Jahre nicht funktioniert, also verschwende ich keine Energie mehr." Ich durchwühlte weiter den Koffer und sortierte Sachen, mir seines neugierigen Blicks auf mir immer noch bewusst.

„Hast du Gareth in letzter Zeit gesehen?", fragte er mit einem verschmitzten Lächeln, bevor er seine Kaffeetasse an die Lippen hob und auf dem Stuhl neben mir Platz nahm. Er tat nicht einmal mehr so, als würde er helfen.

„Mmmhmm", antwortete ich. Ich hatte nicht von meinem Platz auf dem Boden aufgesehen, um sein spöttisches Lächeln zu sehen. „Wie läuft es mit Blu? Ihr zwei hattet eine Show oder so, richtig?" Ablenkung. Ablenkung. Und noch mehr Ablenkung. Blu war die beste Ablenkung geworden. Ich war nicht annähernd so interessiert an seinem Liebesleben wie er an meinem, aber es gab einen kleinen Funken Interesse in mir, wenn es um sie ging. Kalen war seltsam, und Blu war die erste Frau, für die er sich interessierte. Ich fragte mich, ob es mehr als ihre Liebe zur Mode gab. Je mehr sie miteinander interagierten, desto mehr schien sie ihn zu faszinieren.

„Beleidige mich nicht mit deinem schlecht verhohlenen Versuch, mich abzulenken, indem du das Thema wechselst, auch wenn es um sie geht. Es wird nicht funktionieren."

Er rutschte auf den Boden und sah fehl am Platz zwischen einem schnurlosen Telefon, von dem ich keine Ahnung hatte, warum jemand es behalten sollte, alten Romanen, einer kleinen Schmuckschatulle mit Gegenständen, die nicht viel wert waren, und mehreren Bronzeskulpturen, die es wert sein könnten, heute Morgen dafür das Haus verlassen zu haben.

„Ich habe Gareth mehrmals gesehen."

Ein kleines Lächeln erwachte und war innerhalb von

Sekunden vollständig erblüht. „Das ist eine interessante Wendung. Erzähle." Kalen würde perfekt vor eine Kamera passen, bereit, jeden zu interviewen, der sich entschied, sich auf dem Stuhl neben ihm niederzulassen. Er war nicht angezogen für das, was wir den ganzen Tag getan hatten: Müll aufsammeln und sortieren. Wie üblich war er professionell gekleidet – heute trug er eine maßgeschneiderte graue Hose und ein pfirsichfarbenes Hemd mit offenem oberstem Knopf. Es war das legerste Outfit, das ich bei ihm je gesehen hatte. Doch die teuren Lederschuhe in einem tieferen Grau als seine Hosen deuteten nicht unbedingt darauf hin, dass wir Händler von gebrauchten Waren und gelegentlich magischen Objekten waren.

„Wir lernen uns gerade erst kennen", sagte ich abweisend.

„Dem Leuchten auf deinem Gesicht nach zu urteilen, scheint ihr euch ziemlich gut kennenzulernen."

„Also werden wir nicht einmal so tun, als wäre das ein Geschäft und solche Unterhaltungen unangemessen?", schnaubte ich. Ich war bereit, meine Position zu verteidigen, wenn auch nur, um die unangenehme Situation aus der Welt zu schaffen. Als mein Handy neben mir summte und Gareths Nummer aufleuchtete, wusste ich nicht, ob das eine gute Ablenkung war oder zu weiteren Fragen führen würde.

Ich nahm den Anruf an.

Gareth begrüßte mich kaum. „Bist du in der Nähe eines Fernsehers?", fragte er mit Wut und Sorge in der Stimme.

„Ja, was ist los?"

„Schalt ihn ein. Wir konnten es nicht verhindern."

„Was konntet ihr nicht verhindern? Was ist los?"

„Es geht um die Morde am Gründer von Humans First und all den Trackern, einschließlich denen, die du getötet hast."

Ich zuckte zusammen, als er das sagte, doch genau das hatte ich getan. *Getötet.* Das Mantra, das mich davon überzeugte, dass ich kein Mörder war, war eine ferne Erinnerung. Ich bemühte mich sehr, es zu hören, mich daran zu erinnern, es in meine Existenz einzubetten. Es machte mir nichts aus, jemanden zu blutigem Brei zu schlagen, doch ich tötete nicht – oder besser gesagt, ich hatte früher nicht getötet. Doch ich war nicht mehr diese Frau. Das war's. Ein Schauer lief mir den Rücken hinunter.

„Jemand anderes hat die Story übernommen."

Ich war mir nicht sicher, warum er dadurch so gestresst schien. „Das ist keine große Sache, die Leute werden ihn einfach als einen weiteren Spinner betrachten."

„Nicht wirklich. Es ist Gordon Lands." Es klang, als würden die Worte durch zusammengebissene Zähne gepresst.

„Der ehemalige Bürgermeister?"

„Ja. Er wird um zwölf eine Pressekonferenz geben. Wir haben nicht genau herausfinden können, was er sagen wird. Selbst Harrah konnte das nicht verhindern", gab er zu. Wenn sie es nicht verhindern konnte, dann war die Situation wirklich schlimm. Warum konnte sie sie nicht reparieren? Hatten sie sie von ihm und den beteiligten Personen ferngehalten, damit sie seinen Verstand nicht auslöschen konnte? Waren sie ihr auf die Schliche gekommen? Hatte sie ihren kleinen Trick zu oft praktiziert? Erst als ich ausatmete, merkte ich, dass ich die Luft angehalten hatte. Ich atmete den Duft frischer Wäsche ein, Kalens Lieblingskerzenduft. An den meisten Tagen fand ich ihn langweilig und bevorzugte etwas mit einem stärkeren und fruchtigeren Duft, doch jetzt begrüßte ich die saubere Note.

„Wir sehen uns später, okay?" Ich stimmte zu, ohne darüber nachzudenken, und beendete das Gespräch, bevor ich aufstand.

„Was ist los?", fragte Kalen und stand auf, seine Stirn besorgt gerunzelt.

„Ich bin mir nicht sicher", sagte ich und ging in das Zimmer nebenan, in dem wir einen Fernseher hatten. Wir warteten, während noch ein paar Werbespots liefen, dann begann eine Mittags-Talkshow, die nur ein paar Minuten lief, bevor sie von einer Eilmeldung unterbrochen wurde. Ich wünschte, es wäre jemand anderes als ein geliebter Alt-Bürgermeister, der sein Amt mit einem himmelhohen Beliebtheitsgrad und der Aussage verlassen hätte, dass er wegen „der Politik um der Politik willen" als Privatmann mehr Gutes tun könne. Er war für seine Wohltätigkeitsveranstaltungen, großen Spenden an gemeinnützige Organisationen und so viele andere „gute" Dinge bekannt geworden, dass ihn die Leute im Wesentlichen zu einem Heiligen erhoben hatten. Kanonisiert für sein gesellschaftliches Ansehen und die Beiträge, die er leistete, wenn er sich jetzt zum Anführer von Humans First erklärte, würde er ihnen den Glaubwürdigkeitsschub gegeben, den sie brauchten. *Verdammt.*

Als er sprach, war seine Stimme tief, doch leise und offensichtlich hin- und hergerissen, was seine Worte noch aufrichtiger klingen ließ. „Jahrelang war unser Bündnis mit den Übernatürlichen positiv. Es hat uns als Gemeinschaft gestärkt, und ich glaube bis zu einem gewissen Grad immer noch, dass das zutrifft. Es wäre gewissenlos und verantwortungslos von mir zu sagen, dass alle Übernatürlichen böse und schädlich sind. Kürzlich habe ich einen guten Freund verloren, und obwohl ich nicht allen seinen Ansichten zustimmen konnte, wusste ich, dass sein Herz am rechten Fleck war. Er wollte nur Sicherheit für die Menschen und eine Garantie, dass sich die Geschichte nie wiederholt. Ich fürchte, dass genau das passieren wird. Wir haben mit der Lüge gelebt, dass alle Legacy nach dem Großen Krieg vernichtet worden sind. Ich weiß mit großer Sicherheit, dass sie existieren und von anderen Übernatürlichen unterstützt wurden in ihrem Versuch, eine weitere Säuberung durchzuführen. Die meisten von uns erinnern sich daran, haben in Geschichtsbüchern darüber gelesen oder sogar die Trauer in den Augen unserer Lieben gesehen, wenn sie über Familienmitglieder sprechen, die der Säuberung zum Opfer gefallen sind." Er hielt inne, und seine sanften braunen Augen blickten flehend und aufrichtig über die versammelte Menge. Er atmete noch einmal tief ein. Ich hörte ihm zu, wie er uns sagte, dass er Humans First übernehmen und mit der Gilde der Übernatürlichen zusammenarbeiten würde, um die Sicherheit der Menschen in seiner Stadt zu gewährleisten. Er würde auch mit Bundesbehörden zusammenarbeiten, um zu garantieren, dass alle Legacy, die schändliche Pläne verfolgten, aufgehalten werden würden. Obwohl er die Leute dazu drängte, die Dinge von den entsprechenden Behörden erledigen zu lassen, wusste ich, dass es nicht helfen würde. Ob es ein unschuldiger Fehler war oder seine Absicht, Paranoia und Wut zu schüren, er hatte die Lunte in Brand gesetzt, die eine Explosion auslösen würde. Meine Finger begannen sich zu verkrampfen, weil ich mein Handy so fest gehalten hatte.

„Wir sind am Arsch", sagte Kalen leise.

Ich kniff meine Augen zusammen, weil ich wusste, dass das nicht einmal die halbe Wahrheit war. Ich war die Letzte, die sich mit Daniel getroffen hatte, bevor Conner und sein Verein fehlgeleiteter Außenseiter aufgetaucht waren und ihn getötet hatten. Sie waren ins Gebäude teleportiert worden, und ich war die Einzige gewesen, die das Gebäude *betreten* hatte.

Ich fluchte leise, als ich mich an die Situation erinnerte. Die Polizei war gekommen, um mich zu verhaften, und es war Gareth gewesen, der sie davon überzeugt hatte, dass ich unschuldig war. Er hatte behauptet, Beweise zu haben. Er hatte geblufft, doch es hatte funktioniert – sie hatten mich gehen gelassen.

Sorge machte sowohl Kalen als auch mich nutzlos. Wir gingen zurück in das andere Zimmer und setzten uns neben den offenen Koffer auf den Boden. Er fummelte mit nachdenklicher Miene an dem Messingschloss herum, während seine silbernen Augen schwer von Sorge auf mir ruhten. Obwohl er sich sehr bemühte, es zu verbergen, gab es einen spürbaren Kampf, den Zwiespalt und die Unruhe, die er mit mir in seinem Leben spüren musste. Seine Zuneigung zu mir stand im ständigen Krieg mit seinem Hass auf meinesgleichen. Er hatte während der Säuberung einen Teil seiner Familie verloren. Ich verstand seine Wut und Frustration.

„Was denkst du, wird passieren?", fragte ich.

„Mr. Lands hat die Menschen aufgefordert, nicht in Panik zu geraten und die Behörden ihre Arbeit machen zu lassen, also vermute ich, dass die Menschen in Panik geraten und Selbstjustiz üben werden." Er hatte recht, und ich war dankbar dafür, dass er ehrlich zu mir war.

Ich blickte zum dritten Mal innerhalb von fünfzehn Minuten auf mein Handy und wartete darauf, dass Gareth einen meiner drei Anrufe erwidern oder zumindest auf meine vier Nachrichten antworten würde.

Kalen warf mir noch einen langen, abwägenden Blick zu und sagte dann: „Du solltest mit ihm reden. Wenn du morgen freinehmen musst" – er blickte auf den unsortierten Haufen und den großen Koffer, der genauso unsortiert war – „kann ich vielleicht Blu bitten zu helfen. Sie scheint ziemlich interessiert an dem alten Kram zu sein."

Interessiert daran oder an dir?, fragte ich mich, schluckte die Bemerkung jedoch hinunter. Ich war mir nicht sicher, ob das, was ich herausließ, besser war als das, was ich zensiert hatte. „Was läuft da zwischen euch beiden? Es gibt nichts Interessantes an Kleidung, Schuhen oder Accessoires, das so viel Aufmerksamkeit erfordern würde."

„Ich finde sie interessant."

„Interessant oder *interessant*?", fragte ich und zog einen Kussmund beim zweiten *Interessant*.

Er stieß ein übertriebenes Keuchen aus, bevor er seine Hände gespielt empört vor den Mund schlug. „Beherrsch' dich, junge Dame, dies ist ein Büro, und du wirst dich auch so verhalten."

Ich lachte. Ich brauchte etwas Leichtigkeit, irgendetwas, das das Gewicht dieser Situation, die immer schwieriger zu kontrollieren war, etwas lindern konnte.

„Wir hängen nur rum, lernen uns kennen", sagt er. „Im Gegensatz zu dir und Gareth haben wir es geschafft, dabei angezogen zu bleiben. Ist das nicht was?"

Ich errötete, und wenn er es nur vermutet hatte, wusste er es jetzt sicher. Das wissende Grinsen blieb auf seinem Gesicht, als ich ging.

Kalen hatte recht: Den Leuten zu sagen, sie sollten nicht in Panik geraten, war ein todsicherer Weg, um Panik auszulösen. Die Proteste ließen nicht lange auf sich warten. Vor einem der Geschäfte in der Coven Row stand eine kleine Gruppe von Demonstranten, und ich trat auf die Bremse, um einen Blick darauf zu werfen. Dem Geschäft schien es nicht geschadet zu haben. Die Leute ließen nicht allzu viele Dinge zwischen sich und ihre *herba terrae* oder Liebestränke oder welche magischen Bedürfnisse sie auch immer zu haben glaubten, kommen. Obwohl Hexen genauso gefährlich waren wie Magier oder Feen, hatten sie sich mit ihren Läden eine kleine Nische geschaffen, die sie zu „Vergnügungsübernatürlichen" und in den Augen der meisten harmlos machte. Doch es gab Leute, die anderer Meinung waren, und diese Leute standen mit Schildern und Protestgesängen vor der Tür. Wenigstens waren sie nicht mit Fackeln, Pfähle und Mistgabeln bewaffnet.

KAPITEL 7

Obwohl ich nichts von Gareth hörte, beschloss ich, in sein Büro zu gehen. Das große, hellgraue, mehrstöckige Hauptquartier der Gilde der Übernatürlichen schien sich immer wie jedes andere Gebäude im Block einzufügen. Die Vorhänge an den großen Panoramafenstern, die einen ungehinderten Blick auf die Straßen boten, waren offen. Wunderschön geschnittene Hecken umgaben das Gebäude, und der Rasen war immer gepflegt und so sattgrün, dass es aussah, als wäre mehr Magie als Landschaftsgestaltung im Spiel. Wenn ich das Gebäude betrat, begegnete ich normalerweise Leuten, die für ihren Job zu lässig gekleidet waren, doch an diesem Tag hatten sie ihre legere Kleidung gegen kugelsichere Westen und Waffen eingetauscht. Sie waren nie ein freundlicher Haufen, besonders die Wandler nicht, die Lächeln an sich für ein Verbrechen zu halten schienen, doch jetzt waren alle nervös. Sie beobachteten mich genau, als ich durch den Haupteingang kam, etwas, wovon ich sicher war, dass sie es mit jedem Besucher taten.

Ich war überrascht, Beth ohne Avery an der Rezeption zu sehen.

Auf meinen neugierigen Blick antwortete Beth trocken:

„Mr. Reynolds hat ihn nach Hause geschickt und seine Strafe für abgeleistet erklärt."

Ich blickte zurück zur Tür: Da waren Wachen postiert, etwas, das es vorher nicht gegeben hatte. Ich war mir sicher, dass es kein Zufall war, dass eine mächtige Fee wie Beth am Empfang saß. Sie hatte meine Gefühle einmal mit einer solchen Leichtigkeit und Geschicklichkeit manipuliert, dass ich es nicht bemerkt hatte, bis sie mich in einen Zustand der Ruhe gezwungen hatte.

„Ist Gareth zu sprechen?"

„Es tut mir leid, er wird für den Rest des Tages nicht verfügbar sein." Ich ließ den Blick durch den Raum und die Flure schweifen und stellte fest, dass die Aktivität im Gebäude erheblich zugenommen hatte. Männer in Anzügen wanderten herum, und ihre Gespräche schienen intensiv, aber zu leise, als dass ich sie hätte hören können.

„Ist er hier?", fragte ich.

„Mr. Reynolds ist nicht verfügbar", war ihre monotone Antwort. Ich war mir nicht sicher, ob das die Auskunft war, die sie jedem geben sollte. Ich spürte Unbehagen. Versuchte er, sich von mir zu distanzieren, oder war er für alle unerreichbar? War er damit beschäftigt, mit Harrah an der Schadensbegrenzung zu arbeiten?

„Würden Sie ihm sagen, dass Livy …"

„Ich weiß, wer Sie sind." Und sie schenkte mir ein sanftes breites Lächeln. „Livy, machen Sie sich keine Sorgen, er neigt dazu, eher proaktiv als reaktiv zu sein, also versucht er den Entwicklungen zuvorzukommen. Er ist gut in seinem Job. Aber das wissen Sie sicher."

Ich konnte spüren, wie die Magie in meine Nähe kroch, wie eine sanfte Welle, die über den Sand rollte. Diese kühle Welle veränderte die leicht feuchte Luft zu frisch und wohltuend. Leicht und luftig, und sie tat es mühelos. Ich stieß die Welle mit Gewalt zurück, und sie schnappte nach Luft. Ich hätte sanfter sein sollen, doch ich wollte es ihr ein für alle

Mal deutlich machen. *Keine Anwendung illegaler Magie bei mir.* Ich spürte, wie sie nachließ, bevor sie verschwand.

„Was ist los?" Ich warf einen weiteren Blick zur Tür hinaus auf die Polizeiautos vor dem Gebäude, die erhöhte Anzahl von Leuten, die herumliefen, und ein paar Gilde-Leute, die ich nicht kannte. Ich wusste, dass ich nicht jeden kannte, der für die Gilde arbeitete, aber ich konnte anhand der Sicherheit, der sehnigen Bewegung und der subtilen Tödlichkeit erkennen, wer es war. Es war der Hinweis auf schwerwiegende Konsequenzen, wenn man sich ihnen widersetzte. Und wenn einen das nicht abschreckte, waren die magischen Blitze der magisch Begabten und die scharfen Blicke der Wandler, deren Ringe ganz leicht leuchteten, ein klares Warnsignal.

Die Situation war schlimm, ich wusste nur nicht, wie schlimm.

Am nächsten Morgen hatte ich immer noch nichts von Gareth gehört. Die bedeutenden Veränderungen, die sich in den letzten vierundzwanzig Stunden ereignet hatten, lenkten mich ab und ließen mich überlegen, ob ich vor der Arbeit zum Gilde-Hauptquartier fahren sollte. Wenn ich mich beim Verlassen meines Zimmers nicht darauf konzentriert hätte, hätte ich Lucas, den Master der Stadt und einen der mächtigsten Vampire der Welt, in der Kriegerpose neben Savannah ein wenig amüsant gefunden. Er war unsterblich und steckte in demselben Zustand fest, in dem er war, als er verwandelt worden war – immer noch Mitte dreißig, obwohl er mehrere hundert Jahre alt war. Sein blondes Haar würde für immer so bleiben und niemals grau werden, und sein Körper würde ewig schlank und muskulös sein.

„Mach weiter so, Lucas, und du wirst tausend Jahre alt", scherzte ich, als ich in die Küche ging und mir einen der

Muffins schnappte, die ich am Tag zuvor gekauft hatte, während ich sie beobachtete. Er bewegte sich mit Leichtigkeit und Anmut in verschiedene Posen und kopierte Savannahs Bewegungen – während er einen Anzug trug. Einen Anzug!

„Ich gebe dir einen Dollar, wenn du wirklich Yogahosen anziehst", bot ich an, als er aufhörte, sich mit Savannah zu bewegen, und stattdessen auf mich zukam.

„Ich gebe dir zwei, wenn du das nie wieder von mir verlangst", entgegnete er. Sein Ton enthielt Humor, aber nicht viel. Er beobachtete Savannah, deren schlanker Körper sich fließend in mehrere weitere Positionen bewegte. Sie war Kunst in Bewegung, elegant und schön und ließ jeden Übergang viel einfacher aussehen, als er war. Es sah aus, als würde sie eher tanzen als trainieren. Wir standen beide schweigend da und beobachteten sie aufmerksam, schätzten die Schönheit ihrer Bewegungen aus unterschiedlichen Gründen.

Als sie endlich fertig war, sah Lucas aus, als wäre er mit einer preisgekrönten Show verwöhnt worden, und seine Lippen waren vor Anerkennung zu einem breiten Lächeln verzogen. Sie ging an mir vorbei und warf mir und meinem zweiten Muffin einen missbilligenden Blick zu. Sie blieb bei Lucas stehen, um ihm einen Kuss auf die Wange zu geben.

Das passierte also wirklich. Es war das erste Mal, dass ich es voll und ganz akzeptierte, doch ich zog es vor, in einem ständigen Zustand der Verleugnung zu leben und einfach anzunehmen, dass es weitaus weniger ernst war, als es war. Meine Mitbewohnerin, ein eingefleischter Vampir-Groupie, hatte was mit dem Vampir aller Vampire, dem heißesten aller heißen Zombies. Ich konnte nichts dagegen tun, und ich hatte alles versucht. Ich hatte sie sogar darauf hingewiesen, dass er technisch gesehen älter war als ihr Großvater.

Ich würde nie die Macht vergessen, die er nicht nur als einer der ältesten Vampire der Gegend, sondern auch als Mitglied des Magischen Rates innehatte – er war mächtig, reich und gefürchtet. Doch ich war zufrieden, wenn er diese Eigenschaften einsetzte, um Savannah zu beschützen. Nachdem ich kürzlich herausgefunden hatte, dass sie eine Ignesco war, machte ich mir mehr Sorgen denn je um sie: Ihre Fähigkeit, als magischer Booster zu fungieren war etwas, das jemand zu seinem Vorteil ausnutzen könnte. Dass sie den heißen Zombie datete, war eine gute Sache. Ich hatte gelernt, die Male an ihrem Hals und ihren Armen zu ignorieren, wo sie ihn von sich trinken ließ.

„Ich habe dich heute Morgen nicht kommen hören", sagte ich. Okay, vielleicht gefiel mir der Gedanke doch nicht.

Er schenkte mir ein verschmitztes Lächeln. „Das liegt daran, dass ich gestern Abend hergekommen bin", sagte er mit einem tiefen, verführerischen Ton, der so natürlich zu sein schien wie mein Atmen. Er konnte einfach nicht anders. Die Kunst der Verführung war so eng mit seiner Existenz und seinem angeborenen Bedürfnis verbunden, seine nächste Mahlzeit zu finden, dass es ihm anscheinend schwerfiel, es nicht zu tun – oder es war ihm nicht einmal bewusst. Seine schwelenden dunklen Augen ruhten auf mir. *Hey, schraub das Feuer runter oder richte es zumindest auf meine Mitbewohnerin.*

Ich wollte auch nicht wirklich, dass er es auf Savannah richtete. Er war zu schlau und zu alt, um sich der vielen Taktiken nicht bewusst zu sein, die ich angewandt hatte, um Savannah von ihm fernzuhalten. Meine Fehler hatten ihn amüsiert; er hatte es durch das Schmunzeln seiner geschmeidigen Lippen und das Funkeln in seinen mitternachtsschwarzen Augen deutlich gezeigt.

Während ich an meinem Muffin herumzupfte, war ich mir bewusst, dass sein Blick auf mir ruhte: ein Versuch, mich einzuschätzen. „Savannah macht sich Sorgen um dich, und ich denke zu Recht", begann er langsam. Er vergrub seine Hände in den Taschen, als er anfing, im Halbkreis um mich herum zu gehen, und machte mich damit wieder einmal darauf aufmerksam, dass er ein Raubtier war. Selbst in seinem teuren, maßgeschneiderten Anzug könnte er mich wahrscheinlich jeden Moment töten, wenn er wollte. Ich hasste es, dass ich darüber nachdachte. Doch ich tat es, und er ging so nah an mir vorbei, was dazu führte, dass ich reflexartig hinter mir nach den Zwillingen griff, die nicht da waren.

„Die Situation ist angespannt. Letzte Nacht ist sogar eine Gruppe Schläger auf mich zugekommen, um mir zu sagen, ich solle aus ihrer Stadt verschwinden." Sein humorloses, dunkles Lachen trieb durch den Raum. „Sie waren ziemlich unglücklich, als sie erkannt haben, dass ich die Stadt *bin*. Ich war vor ihnen hier, und ich habe vor, immer noch hier zu sein, wenn diese Stadt bis auf die Grundmauern niederbrennt."

„Du hast ihnen das nicht zufällig bei einem netten Drink in einem weniger bedrohlichen Ton gesagt?", fragte ich mit einem strahlenden zuckersüßen Lächeln.

Wieder schallte sein furchterregendes Lachen durch die Wohnung. Heißer Zombie, erinnerte ich mich. Doch es half nicht, ihn auf einen heißen Kerl mit Reißzähnen zu reduzieren.

„Ich habe es ihnen so gesagt, dass sie mich nicht noch einmal belästigen werden. Ich habe eindeutig Besseres zu tun, als übereifrige Übernatürlichenhasser zu unterhalten", sagte er. In der Zeit, die ich brauchte, um mit den Augen zu blinzeln und ein weiteres Stück von meinem Muffin abzubrechen, hatte er sich aufs Sofa gesetzt, die Arme auf der Rückenlehne ausgestreckt und ein Bein über das anderen gelegt. Beiläufig gefährlich – die schlimmste Sorte. Ich bevorzugte Gefahr offensichtlich und in Form eines unverhohlenen Arschlochs.

„War es schonmal so?"

„Unsere Existenz war nicht so bekannt wie jetzt. Früher waren wir bekannt, aber nicht wirklich bekannt – gefürchtet. Nach dem Krieg wurden wir zu einem Novum; meine Clubs profitieren davon. Wir sind eine köstliche Gefahr: eine extreme Aktivität, bei der eine geringe Chance besteht, dass man nicht mit dem Leben davonkommt. Unterhaltsam für andere, und ich habe mich diesem Trend angepasst. Das ist jedoch neu, und ich mag es nicht." Als er einatmete, schien es seltsam. Ich hatte mich daran gewöhnt, dass er es nicht tat, und jedes Mal, wenn er versuchte, menschlich zu wirken, gelegentlich in einem unregelmäßigen Rhythmus atmete, der zu unregelmäßig war, um ihn als normal oder beruhigend zu empfinden, beunruhigte es mich noch mehr.

Er war so tief in seine Gedanken versunken, dass sein Gesicht stoisch geworden war, doch seine Augen waren finster, und eine Mischung aus Wut und Empörung legte sich wie ein Schatten über sie. „Ich bin mir nicht sicher, ob das gut ausgehen wird", gab er zu.

Ein weiterer Krieg? „Was meinst du?"

Er brauchte mehrere Augenblicke, um die Frage zu beantworten, und ich hoffte, dass es nicht daran lag, dass er seine Antwort zensierte.

Er schüttelte den Kopf und runzelte die Stirn. „Ich habe gehört, dass Conner sehr beschäftigt war", sagte er. „Letzte Nacht hat er die Schutzzauber des Barathrum gebrochen." Dorthin schickten der Magische Rat und die Gilde die schlimmsten Übeltäter. „Damit schlägt sich die Gilde jetzt herum, und natürlich der neue Anführer von HF. Ich vermute, dass alles noch schlimmer werden wird, bevor es besser wird."

Conner würde im Wesentlichen gewinnen. Die Menschen würden wollen, dass die Säuberung sie von den Übernatürlichen befreite. Conners Rekrutierung wäre sogar noch einfacher. Selbst wenn er nicht genug bekommen könnte, um eine globale Säuberung durchzuführen, hätte er genug, um von Staat zu Staat zu ziehen, wie ein reisender Virus, der die Menschen von Übernatürlichen befreit und nur Vertu und Legacy zurücklässt – und alles noch schlimmer macht. Menschen hätten keine Chance, wenn sie ihren Zweck erfüllt hätten.

„Das ist eine Scheißsituation", sagte ich stirnrunzelnd. Ich musste nicht länger darüber nachdenken; ich musste Gareth sehen, bevor ich zur Arbeit ging. Ich ging in mein Zimmer, um meine Tasche und meine Waffen zu holen.

„Livy!" Lucas rief meinen Namen und erwischte mich nur ein paar Meter von meinem Zimmer entfernt. „Ich denke, es ist besser, wenn du nicht allein bist."

Okay, das hört sich überhaupt nicht gut an.

„Ich habe beschlossen, dass zwei meiner Mitarbeiter dich begleiten, bis die Situation besser unter Kontrolle ist."

„Oh, hast du?" Und gerade als ich antworten wollte, kam Savannah aus ihrem Zimmer – gerade rechtzeitig, um meine Antwort zu hören – und versuchte, sich unbemerkt wieder zurückzuziehen. Ich deutete mit meinem Finger in ihre Richtung, stoppte sie mitten im Schritt und fixierte sie mit einem scharfen Blick, dann krümmte ich meine Finger und bedeutete ihr, zu mir zu kommen. Ich war nicht so dumm zu glauben, dass das nur Lucas' Idee war. Er saß nicht zu Hause und dachte über meine Sicherheit nach; meine kleine blonde Mitbewohnerin war das, und er war übermäßig besorgt um sie und ihre Wünsche. Er war zu einer der vielen Waffen in ihrem Arsenal geworden, mit denen sie mich bemutterte.

Sie warf mir ein schwaches Lächeln zu und zuckte mit den Schultern, wobei sie geschockt spielte. Ich sah sie weiter an. Sie riss unschuldig ihre Augen auf. „Er kann wirklich überfürsorglich sein. Es ist seltsam, nicht wahr?" Ich fiel nicht auf diesen rehäugigen Blick der Schuldlosigkeit herein.

Ich trat näher an sie heran. „Dann ist es doch gut, dass er auf dich hört, oder?"

Als sie an mir vorbeiging, behielt sie das gleiche Lächeln und den ruhigen Ausdruck auf ihrem Gesicht, als ob es überhaupt nicht ihre Idee gewesen wäre.

„Lucas", sagte sie mit sanfter, flehender Stimme, „ich glaube nicht, dass Livy diese Idee gefällt."

„Ich denke, es ist eine gute Entscheidung, sie wird sich daran gewöhnen."

Sie drehte sich um, zuckte mit den Schultern und schenkte mir ein mitfühlendes Lächeln. „Tut mir leid, ich hab's versucht."

„Herzlichen Dank. Ich habe gesehen, dass du alles gegeben hast. Wird er sich jemals von dieser Konfrontation erholen? Es hat wehgetan, das mitanzusehen. Eine echte verbale Schlägerei. Eine dieser Tiraden, die sich für immer in deinen Verstand einbrennen. Ein wahres Blutbad. Ich hätte nicht gedacht, dass du unbeschadet davonkommst. Bist du in Ordnung?"

Sie presste ihre Lippen aufeinander und kämpfte gegen das Lächeln an, das ihr Gesicht zu erobern drohte. Stattdessen beschäftigte sie sich damit, mit den goldenen Locken ihres Haares zu spielen, um zu vermeiden, dass ich sie ansah. Dann strich sie ihr Top glatt und klopfte unsichtbaren Schmutz und Flusen von ihrer Hose ab. „Nun, es scheint, als hätte er sich entschieden. Du weißt, wie er ist. Ich kann seine Meinung nicht wirklich ändern. Tut mir leid." Ihre Worte passten nicht zu den Bewegungen ihrer Lippen und dem schelmischen Funkeln in ihren Augen. Ich kaufte es ihr nicht eine Minute lang ab.

Savannah war wie ein niedlicher Minihund, liebenswert und verspielt. Man kann nicht anders, als zu lächeln, wenn man einen sieht. Und wie diese Minihunde zeigte sie auf andere Weise Dominanz. Sie kläffte. Wenn man nicht zuhörte, kläffte sie noch mehr, und wenn man es wagte, sie zu ignorieren, war sie imstande, einem ein Stück aus der Wade zu reißen. Verdammte Wadenbeißer! Danach würde sie sich schnell zurückziehen und unschuldig grinsen. So ziemlich wie sie es jetzt tat. Anscheinend war ich nicht vorsichtig genug – oder nicht vorsichtig genug für sie. Sie hatte gerade ein Stück aus meiner Wade gebissen. Savannah und ich waren in vielen Dingen gegensätzlich, aber wenn es um Hartnäckigkeit ging, war ich mir nicht so sicher.

Ich funkelte sie lange an und versuchte zu entscheiden, ob das ein Kampf war, der die Energie wert war, die nötig war, um zu gewinnen. Mit zusammengepressten Zähnen verkniff ich mir meine Worte und Kommentare. „Lucas, danke. Lass sie mich einfach um zehn hier treffen. Dann muss ich zur Arbeit gehen." Ich war mir nicht sicher, ob Lucas bleiben oder mit Savannah gehen würde, doch ich hatte zweieinhalb Stunden, um das Haus zu verlassen und zu Gareth zu gehen, bevor sie ankamen.

Das Ziel war, den neuen Bodyguards zuvorzukommen. Ich wollte keine Leibgarde. Es war schon schlimm genug, dass ich Gareth hatte, der dazu neigte, herrisch zu werden und eine dominante Persönlichkeit hatte. Ich hatte mich daran gewöhnt, doch wenn ich jedes Mal, wenn Savannah in einer Situation überreagierte, mit Lucas und wen auch immer er schickte, um mich zu „beschützen" fertig werden musste, würde mein Leben noch komplizierter werden. Meinen Bodyguards zu entkommen, würde schwieriger werden, als ich erwartet hatte. In dem Moment, in dem Savannah und Lucas gegangen waren, bezogen sie zu beiden Seiten der Tür Stellung und warteten darauf, dass ich ging. Zwei wenig freundliche aussehende Männer mit tödlich-finsteren Gesichtern, mit denen sich sicher niemand anlegen wollte. Jeder würde es sich zweimal überlegen, bevor er versuchte, an ihnen vorbeizukommen. Und ich hatte es zweimal mit den mürrischen Vampiren versucht. Tiefschwarze Obsidianaugen wurden zusammengekniffen und beobachteten mich aufmerksam. Die Männer hatten scharf geschnittene, kantige Kiefer, die ihr Aussehen herber und tödlicher machten. Jeder, der einen Schlag auf einem dieser Kiefer landete, würde wahrscheinlich mehr verletzt werden als der beabsichtigte Empfänger. Sie bewegten sich mit räuberischer Wachsamkeit. Einer der beiden war groß, gut eins neunzig, mit kastanienbraunem Haar, und abgesehen von seinem finsteren Blick war sein Aussehen angenehm. Der andere Typ war ein bisschen kleiner, vielleicht zehn Zentimeter.

Wie jeder, der mit Lucas arbeitete, trugen sie Anzüge, Designeranzüge natürlich. Was die ganze Situation noch nerviger machte. Von Männern in Anzügen bewacht zu werden, kam mir anmaßend vor, und ich hatte Lucas mehrmals darauf hingewiesen, der fast immer, wenn er sein Zuhause verließ, ein Gefolge zu haben schien. Wenn er Savannah besuchte, kam er normalerweise ohne sie. Doch in seinen Clubs waren sie da. Wenn er ausging, waren sie dabei. Ich fragte mich, was in seiner Vergangenheit es erforderte, ständig bewacht zu werden. War er der einzige Master der Stadt, der Bodyguards hatte, oder hatte er genug Feinde, dass sie gerechtfertigt waren?

Ich stieß einen gereizten Atemzug aus und warf ihnen meinen finstersten Blick zu, komplett mit einer hochgezogenen Braue, die sagte, dass ich niemand war, mit dem man sich anlegen sollte. Ein Blick, der sie nicht zu beeindrucken schien.

„Ich entbinde Sie von Ihren Pflichten", sagte ich, als ich versuchte, mich an der Körperbarrikade vorbeizuschieben, die sie vor mir aufgestellt hatten.

„Das kann nur Mr. Westin", sagte einer der beiden Männer. Und es war unwahrscheinlich, dass er das tun würde.

Sie sahen genauso frustriert aus, als ich versuchte, durch die Hintertür hinauszuschlüpfen, nur um sie schon dort wartend vorzufinden. Ihre Augen waren nachtschwarze Abgründe. Wir waren in einer Pattsituation, und beide erwiderten meinen Blick genauso finster. Selbst, als sie endlich ihre starren Blicke durch ein Lächeln ersetzten, als sie mich erwischten, wie ich zum zweiten Mal versuchte, hintenrum rauszukommen, war es ein tödlich amüsierter Blick – Katzen, die mit einer Maus spielten.

Ich akzeptierte, dass ich diese Typen nicht loswerden würde. Sobald wir am Bordstein waren, warfen sie einen Blick auf meinen Ford Focus und runzelten die Stirn. Auch wenn die Fahrt zu Kalen nur fünfundvierzig Minuten dauerte, würde es für sie ungemütlich werden. Trotz meiner deutlich geringeren Größe fand ich es schwierig, die Beinfreiheit zu bekommen, die ich brauchte.

„Sie können mir hinterherfahren", bot ich an.

Sie sahen einander für einen kurzen Moment an, die Augen misstrauisch zusammengekniffen, als sie mein Auto und dann den hinter mir geparkten Geländewagen ansahen.

„Ich weiß, dass kein Weg daran vorbeiführt, dass Sie mitkommen. Warum sollten Sie sich in mein winziges Auto quetschen? Es ist nicht so, dass Sie nicht wissen, wohin ich fahre. Ich werde zuerst bei der Gilde vorbeischauen, dann gehe ich zur Arbeit. Ich habe keine Zweifel, dass Sie wissen, wo diese beiden Orte sind, und wenn Sie müssen, können Sie mich in der Stadt tracken." Ich war mir nicht sicher, ob sie das konnten, etwas, das Gareth mit Leichtigkeit tat, was ich gleichzeitig faszinierend und gruselig fand.

Es dauerte nicht lange, bis sie sich entschieden, den SUV zu fahren. Und selbst, wenn ich angenommen hätte, dass ich ihnen entkommen könnte, folgten sie so dicht hinter mir, dass es unmöglich war. Seit meiner Begegnung mit den Trackern hatte ich angefangen, eine andere Route zu nehmen, eine mit mehr Verkehr, doch zumindest musste ich mir keine Sorgen über einen weiteren Hinterhalt machen.

Vier Blocks vom Gebäude der Gilde entfernt erklangen panische Schreie so laut, dass ich sie über die Musik hinweg hören konnte, die aus meinen Lautsprechern dröhnte. Jetzt liefen Leute mit rudernden Armen vorbei, und ich hörte ein brüllendes Geräusch. Einige Idioten hatten Kameras in der

Hand und gingen schnell rückwärts, während sie immer noch versuchten, Fotos zu machen. Ich hielt mein Auto abrupt an, und meine Bodyguards schafften es gerade so, nicht auf mich aufzufahren. Ich parkte das Auto und schnappte mir meine Sai, bevor ich ausstieg. Ich hatte es nur ein paar Meter weit geschafft, als einer von ihnen mich packte. Ich riss meinen Arm von ihm weg. „Entweder Sie helfen mir, oder Sie bleiben im Auto, aber Sie werden mich nicht aufhalten."

„Sie wissen nicht einmal, wovor diese Leute davonlaufen", sagte er mit rauer Stimme und sah sich um. Er atmete ein und verzog dann das Gesicht. Das Gebrüll, tief und aggressiv, dröhnte durch die Straßen und hallte in der Ferne wider. Ich zuckte zusammen. Augenblicke später sah ich die Ursache der Panik, einen Greif. Nein, diese Kreatur hatte den Körper eines Löwen und den Kopf und die Flügel eines Adlers. Dieses Ding hatte viele Merkmale eines Greifs, dazu jedoch noch einen dinosaurierähnlichen Schwanz, der wild durch die Menge fegte. Anstelle von Fell hatte er gelbbraune Schuppen: rau, dick und scheinbar undurchdringlich. Meine Sai würden daran nicht zerbrechen, aber wie viel Kraft würde ich aufwenden müssen, um durchzukommen? Die Dicke der Schuppen und der massive Körper ließen mich den Nutzen der Flügel in Frage stellen. Wie stark müssten sie sein, damit dieses Ding fliegen konnte? Ich konnte mich nicht entscheiden, was überwältigender war: die Monstrosität der Kreatur oder die schwere Magie, die von ihr ausging. Während sie damit Leute aus dem Weg fegte, prallte ihr Schwanz gegen Autos und hinterließ tiefe Dellen im Metall. Jeder Schritt, den der Greif machte, sank in den Boden ein, ließ ihn erzittern, und er schien alles in seinem Weg zerstören zu wollen. Leute rannten schreiend und entsetzt davon. Diejenigen, die nicht Opfer seines Schwanzes wurden, wurden unter seinen massiven Füßen zerquetscht oder von seinem Schnabel gepackt und mehrere Meter weit weggeschleudert. Knochen, die durch den Aufprall brachen, sich verbiegendes Metall, abgehackte, gurgelnde Laute von zerquetschten Menschen waren der schmerzerfüllte Lärm, der durch das schwere, raue Atmen der Kreatur übertönt wurde, während sie die Straße verwüstete.

Ich sah Gilde-Wagen, und dahinter standen drei Magier. Purpurne Magie ließ ihre Hände glühen, bevor große Kugeln aus Magie in ihnen Gestalt annahmen. Sie bereiteten sich auf den Schlag vor. Als sie sie auf die Kreatur warfen, schlugen sie hart ein. Und dann nichts. Gar nichts. Die Bestie wankte nicht einmal, als die mächtigen Kugeln auf ihren Körper trafen und sich über ihn ausbreiteten. Ein schwaches Leuchten überzog die Kreatur, hüllte sie ein, bevor es sich auflöste, als wäre es nie dagewesen. Sie schlugen erneut zu, stärker und härter. Ich konnte die Magie spüren, die in der Luft waberte. Eine dicke Decke davon blieb zurück, doch sie blieben erfolglos. *Fuck, das Ding ist ein Wandler.* Sein Zerstörungsdrang war wahrscheinlich der Grund, warum es im Barathrum eingesperrt worden war. Ich konnte meine Wut und Frustration schmecken und versuchte, sie zu unterdrücken, bevor sie mich ablenkten. Die Gilde hatte erlaubt, dass diese Kreatur – immun gegenüber Magie, mit einem unstillbaren Zerstörungsdrang – existierte, doch es war akzeptabel für sie, dass Tracker ohne jegliche Konsequenzen für sie auf Legacy wie mich gehetzt wurden.

Ich konzentrierte mich auf die anstehende Aufgabe. Ich würde später auf die Legacy-Trackersituation eingehen. Die Wachen der Gilde, die zu meiner Rechten standen, schossen aus Schrotflinten auf die Kreatur. Die Geschosse, die die gepanzerten Schuppen trafen, schlugen nicht hindurch. Die Kreatur drehte sich um, packte einen der Männer, als würde sie einen Wurm packen, und schleuderte ihn aus dem Weg. Bevor sie den anderen packen konnte, ließ ich Magie durch mich fließen, stark und mächtig, stieß sie heraus und traf die Kreatur. Sie stolperte zurück, doch nur ein paar Schritte. Ich schoss eine weitere Kugel Magie direkt auf ihre Brust und drängte sie weiter zurück. Sie verlor den Halt und stolperte zur Seite. Die Wachen schossen erneut. Sie mussten jetzt andere Kugeln verwendet haben, denn diese fanden ihr Ziel. Blut floss, und die Kreatur stieß einen wütenden Schrei aus. Dann breiteten sich die massiven Flügel mit einem Schlag und einem Rauschen aus. Die Bestie flog nicht, doch fast alle im näheren Umkreis wurden zu Boden geworfen. Sie wirbelte herum, ihr Schwanz fegte über den Bürgersteig und prallte gegen Körper. Eine weitere Serie von Schreien zerriss die Luft, als mehr Knochen brachen, Metall unter dem Aufprall des Schwanzes ächzte und die Panik ihren Höhepunkt erreichte. Verängstigte Menschen rammten bei ihrer Flucht gegen mich.

Ich ging ein bisschen näher, und als einer meiner Bodyguards meine Schulter packte, schüttelte ich seine Hand ab. „Ich werde vorsichtig sein" war das Einzige, was ich ihm anbieten konnte. Ich hielt meine Sai fest in den Händen und näherte ich mich der Kreatur. Sie hielt für einen Moment inne. Ich fragte mich, ob sie den Unterschied in meiner Magie spüren konnte oder ob es ihr egal war. Ihre scharfen Augen richteten sich auf mich. Aus der Nähe konnte ich die Spitzen ihres Schnabels sehen, die mich ohne große Anstrengung leicht durchbohren konnten.

Animantie war eine der Fähigkeiten, die wir Legacy besaßen. Ich hatte keine Erfahrung darin und nahm an, dass es nichts anderes war, den Geist des Tieres zu manipulieren als den eines Übernatürlichen, was ich zuvor schon getan hatte. Ich hoffte, dass diese Kreatur genug tierische Eigenschaften hatte, um sich auf diese Weise kontrollieren zu lassen. Ich stellte eine Verbindung mit der Kreatur her und versuchte, die Barrieren ihres Geistes zu überwinden. Galle stieg in meiner Speiseröhre auf. Es fühlte sich anders an, hinterließ einen bitteren Geschmack in meinem Mund und etwas, das sich anfühlte, als würde eine Nadel an meinem Geist zupfen.

Sitz.

Der Kopf der Kreatur neigte sich wenig, als sie den Befehl hörte, kämpfte jedoch dagegen an. Ich erteilte den Befehl noch einmal energischer, drängte und versuchte, in seine Bedürfnisse und Gedanken einzudringen. Tiefer als ihr Überlebenswille war die Gier nach Gemetzel und Gewalt verankert. Ich gab den Befehl erneut, machte ihn zu einem Bedürfnis. *Du musst dich setzen.* Ihr Wille war stärker als der jedes anderen Geistes, den ich jemals zu manipulieren versucht hatte – zu urtümlich, um ihn zu kontrollieren, zu getrieben von Gewalt. Magie durchströmte mich, eine weitere Explosion traf die Kreatur, und sie stolperte zurück. Mehrere Kugeln trafen sie, und sie erstarrte. Dann brach ihr riesiger Körper mitten auf der Straße zusammen.

Einen Moment lang herrschte Ruhe, Erleichterung, doch das hielt nicht lange an. Die Leute fingen an, mich anzustarren. Ich hatte Magie eingesetzt – Magie, die das Monster bezwungen hatte, als es anderen nicht gelungen war. Ich fragte mich, wie viele von ihnen wussten, dass es nur wenige gab, die Magie gegen Wandler einsetzen konnten. Sie hatten gesehen, wie wirkungslos die Magie der Magier gewesen war. Ich packte meine Sai noch fester, doch die vorsichtige Neugier verschwand schnell. Augen, die auf mich gerichtet waren, wurden glasig, bevor Wut aufflackerte. Ich fühlte eine vertraute Magie durch die Luft strömen, zusammen mit der Panik, Wut und Frustration, die sie auslöste. Innerhalb weniger Augenblicke begannen die Leute, sich gegenseitig anzugreifen, sie stießen, schlugen und kratzten, während sie Obszönitäten schrien.

Die Maxwells, dachte ich genervt. Was war Conners Ziel? Ich musste nicht lange überlegen; ich wusste, was es war. Er würde genug Chaos, Panik und Angst verursachen, dass die Menschen die Legacy nicht mehr schlecht finden würden. Die Säuberung würde nicht länger als bedauernswerter Akt angesehen werden. Die Menschen würden es für eine rationale Entscheidung halten, die Übernatürlichen loszuwerden, die ihre Welt zerstörten. Sie würden die Allianz, die Kameradschaft und die Dinge vergessen, die sie an den Übernatürlichen mochten. Das würde nichts weiter als Geschichte werden, wie die aus der Zeit ihrer Eltern und Großeltern. Ich wich zurück und stieß mit einer Frau neben mir zusammen; wütend versuchte sie, mich zu schlagen. Einer meiner Bodyguards hielt sie auf, packte ihre Faust und drängte sie gegen das Auto, als sie taumelte und Widerstand leistete.

„Hände weg von ihr!", schrie ein Polizist und zielte mit seiner Schusswaffe auf meinen Vampirbegleiter. Eine blitzartige Bewegung, und der andere Vampir war hinter dem Polizisten und entwaffnete ihn. Das Knie des Vampirs war auf dem Rücken des Mannes, während er ihn zu Boden drückte und ihn dort festhielt.

Ich rannte los und folgte den magischen Spuren, die mich zu den Chaosmagiern führen würden. Ich wusste, dass die Maxwells in der Nähe sein mussten, und ich wollte sie hier erwischen, anstatt ihnen zu erlauben, sich weiter weg zu bewegen und mehr Chaos anzurichten. Der Versuch, die Kreatur zu bändigen, lag so dick in der Luft, dass es schwer war, die Nuance zu erkennen, die ausschließlich ihnen gehörte. Doch ich bekam einen Hauch des feuchten Geruchs, der unheilvollen Aura, und ich spürte sie: die Wut, Paranoia und Gewalt, die mich umschwärmten und verlangten, freigelassen zu werden. Es war überwältigend, versuchte, eine Reaktion hervorzulocken.

Ich atmete ein und drängte die Magie aus mir heraus, errichtete einen Schild, während ich durch die Stadt rannte und die Kämpfe und die Gewalt ignorierte, die um mich herum stattfanden. Es war perfektes Timing: morgens, während die meisten Menschen auf dem Weg zur Arbeit oder zu Terminen waren. Man leite den Alptraum mit der Kreatur ein und beende ihn dann mit einer Schlägerei von Leuten, die aus Angst und Wut auf einem Adrenalinhigh fliegen und jetzt bereit sind, jeden in Sichtweite zu schlagen und anzugreifen.

Ich musste nur einen der Chaos-Drillinge stoppen. Ihre Macht war verbunden – wenn ich einen ausschalten konnte, war der Rest magisch kastriert.

Ich wusste, dass sie nicht im Freien sein würden, sondern lieber im Schatten herumschlichen, wenn sie Ärger machten. Um die Gilde herum gab es eine technische Hochschule, kleine Banken, Anwaltskanzleien und mehrere Restaurants. Die meisten Gebäude standen dicht beieinander, getrennt nur durch schmale Durchgänge, die mit Mülltonnen vollgestellt waren. Gerade genug Platz, um drei Magier zu verstecken. Ich ging an mehreren der Durchgänge vorbei und spähte hinein, um einen Blick zu erhaschen. Das rote Haar der Drillinge war nicht schwer zu übersehen, und einer von ihnen war extrem groß. Der Gestank nach Müll überwältigte meine Sinne; ich musste mich auf das Gefühl verlassen, das Prickeln der Magie, wenn es über meine Haut strich und die Haare auf meinen Armen aufstellte.

Ihre gelbgrünen Augen leuchteten so hell in der Sonne. Ich ging auf sie zu, bereit zum Angriff. Bevor ich sie jedoch erreichen konnte, packte etwas oder jemand meine Beine und riss sie unter mir weg. Ich stürzte mit dem Gesicht voran zu Boden. Mein Angreifer behielt meine Beine fest im Griff, als er mich mit einem weiteren harten Ruck zu sich zurückzog. Ich war zu weit von den Maxwells entfernt, doch sie waren von der Angst vor meinem Angriff abgelenkt, was gut war. Sie konnten nicht zaubern, wenn sie abgelenkt waren. Ich drehte mich um und erblickte meinen Angreifer mit kohlschwarzen Augen und einem kräftigen, muskulösen Körper – ein Troll. Seine baumstammdicken Arme waren stark, aber langsam. Sein Oberkörper war länger als seine Stummelbeine, was ihn zu einem perfekten Ziel für meine Sai machte.

Ich schleuderte eine magische Kugel, doch bevor sie den

Troll erreichen konnte, erhob sich eine Wand vor ihm und schleuderte sie zu mir zurück. Ich wich nach rechts aus, und mein eigenes Geschoss verfehlte mich nur knapp, als es in den Boden einschlug und Risse im Pflaster hinterließ.

„Ts, ts", flüsterte Conners Stimme in die Luft. Ich drehte mich um und fand ihn, wo gerade noch die Maxwells gewesen waren. Er lächelte. „Aber, aber, kleine Kriegerin, wir werden doch nicht schummeln, oder?" Ich stürzte mich auf ihn. Er verschwand, und ich wirbelte herum und sah ihn vor dem Troll stehen. „Ich will einen fairen Kampf. Wenn auch nur, um mich zu unterhalten."

Ich wollte definitiv einen Kampf. „Warum spielen wir nicht ein nettes Fangspiel, und wer die Klinge in die Brust bekommt, verliert", schlug ich vor.

Lachend warf er den Kopf zurück. „Es ist immer eine Freude, dich zu sehen."

In Erwartung meiner Absicht, das Spiel dann zu starten, verschwand er. Die großen Arme des Trolls schwenkten in meine Richtung; ich wirbelte herum und stieß eine Klinge in einen Arm. Die andere rammte ich ihm in den Fuß. Mit der zweiten Hand landete er einen Treffer auf meinen Brustkorb; meine Rippen stöhnten unter dem Druck, dann gaben sie nach und brachen. Ich fluchte, bevor ich vorsichtig einatmete. Ich zuckte zusammen, als ich mich bewegte, um seinen Arm daran zu hindern, einen weiteren Schlag zu landen. Ein stechender Schmerz durchzuckte mich, und ich sah Farben, die sich von denen der Magie unterschieden. Es war quälend schmerzhaft, Luft zu holen, und ich hoffte, ich würde nicht vor Schmerzen ohnmächtig werden.

Ich konnte ein paar Blicke um mich herum erhaschen und versuchte, Conner zu finden.

„Ich bin immer noch hier, Liebes", sagte er hinter mir, sein Ton war ein amüsierter Spott. Ich konnte mir leicht den hochmütigen Ausdruck der Zufriedenheit auf seinem Gesicht vorstellen. Ich riss das Sai aus dem Fuß des Trolls und rammte es ihm in den Hals, gerade als er mir einen weiteren Schlag seitlich gegen den Kopf versetzte. Ich stolperte, ignorierte aber den Schmerz, die verschwommene Sicht und das Schwindelgefühl. Ich konnte sehen, wie der Troll taumelte und mit einem dumpfen Schlag zu Boden fiel. Ich atmete noch einmal schmerzhaft ein und rief dann die Magie, stärker als alles, was ich heute benutzt hatte, und stieß sie in die Richtung, aus der Conners Stimme kam. Sein Lachen flatterte in die entgegengesetzte Richtung durch die Luft.

„Du kämpfst bis zum bitteren Ende, eine bewundernswerte Eigenschaft."

Er kniff interessiert seine Augen zusammen und verschwand. Magie war immer noch eine schwere, dichte Decke, die sich in der Luft wellte, eine Kombination aus der der Maxwells, meiner und Conners. Ich blickte auf, um den Troll anzusehen, und fragte mich, ob er eines der Wesen war, die in Barathrum gefangen gehalten worden waren, oder eines von Conners Haustieren. Ich hatte zu große Schmerzen, um mich wirklich darum zu scheren. Ich lehnte mich zurück, legte meine Hand an meine Rippen und sang. Meine Magie hüllte mich ein, eine sanfte Wärme, die den pochenden Schmerz beruhigte. Wie eine weiche Wiege umgab sie mich, als meine Rippen heilten, doch es blieb nicht ohne Folgen. Ich war erschöpft und wusste, dass ich nicht mehr in der Lage war, gegen irgendjemanden zu kämpfen.

„Sie hätten nicht gehen sollen", blaffte der kleinere Vampir, der andere stellte sich neben ihn und warf einen nebelhaften Schatten über mich.

„Was hätte ich tun sollen, nichts?"

Beide machten Geräusche, die mir den deutlichen Eindruck vermittelten, dass sie genau das erwartet hatten. Ich wusste, wie die Menschen über die schwache und zerbrechliche Beziehung dachten, die zwischen ihnen und Übernatürlichen bestand, doch ich hatte nie darüber nachgedacht, welche Auswirkungen das Arrangement auf die Übernatürlichen hatte. Übernatürliche waren von Natur aus Raubtiere und hatten früher Menschen gejagt. Jetzt waren sie gezwungen, auf dem schmalen Grat zwischen Beschützern der Menschen und dem Verlust ihrer Identität zu wandern. Vampire brauchten Menschen als Nahrung, doch sie waren durch die Regeln der Gesellschaft eingeschränkt. Sie konnten niemanden zwingen, das war illegal. Sie mussten sich nun auf Fähigkeiten der Verführung verlassen und Menschen auf andere Weise dazu bringen, sie trinken zu lassen. Wandler hatten traditionell nicht Jagd auf Menschen gemacht, doch es war offensichtlich, dass sie sich lieber nicht mit ihnen befassen wollten. Sie schienen selbst mit anderen Wandlern nur begrenzt Geduld zu haben. Die Magie von Feen und Magiern wurde durch zahlreiche Gesetze zum Schutz der Menschen eingeschränkt.

Eine zerbrechliche Beziehung, die von Conner zerschmettert wurde.

Meine Vampire gaben mir ein bisschen Zeit, um mich so weit zu erholen, dass ich zurück zum Auto gehen konnte. Ich stand auf und stolperte, und wie kurz zuvor waren sie bereit, mich aufzuheben und zu tragen. Ich seufzte. „Nur in den Filmen wollen Frauen, dass jemand sie von den Beinen fegt und durch die Gegend trägt", schnaubte ich. Aufgrund der leeren Blicke, die sie mir zuwarfen, wussten sie das nicht und schienen es nicht glauben zu wollen.

KAPITEL 8

Im Spiegel sah das Himbeerrot, das sich um meinen Oberkörper wickelte, viel schmerzhafter aus, als es tatsächlich war. Ich hatte die gebrochenen Rippen bereits geheilt, und es fühlte sich gut an, ohne die stechenden Schmerzen zu atmen. Meine Gedanken waren, was mir jetzt die größte Sorge bereiteten. Conner war ein Rätsel, ein Psychopath mit dem Plan, Chaos zu verbreiten, der aufzugehen schien. Er hatte Daniel getötet, den Gründer und Anführer von Humans First, was dazu geführt hatte, dass ein anderer, glaubwürdiger Anführer die Organisation übernommen hatte. Die Gruppe wurde nicht länger als ein Konglomerat tollwütiger, verrückter Verschwörungstheoretiker angesehen, die eine Trennung zwischen Übernatürlichen und Menschen verlangten. Sie waren dabei, eine politische Kraft zu werden.

Conner befreite die gefährlichsten Übernatürlichen aus der Gefangenschaft und ließ sie auf die Gesellschaft los, um Chaos zu verbreiten und die Ängste der Menschen zu schüren. Er hatte bewiesen, dass die Legacy sehr lebendig und echt waren. Vielleicht würde HF, wenn er genug Chaos anrichtete, auf ihn zukommen und ihn ermutigen, eine neue

Säuberung durchzuführen. Die Angst der Unwissenden würde zu ihrem Untergang führen.

Das Zimmer fühlte sich stickig an, obwohl das Fenster offen war; die frische Luft wehte herein, doch sie war nicht erfrischend genug. Ich musste da raus und dem Wind erlauben, sanft über mein Gesicht zu streichen, alle Düfte der Stadt einatmen, den Boden während eines guten Laufs gegen meine Füße schlagen spüren und mir darüber klar werden, was ich gegen dieses Chaos tun konnte. Ich wünschte mir, ich hätte etwas von Gareth gehört. Wenn ich wüsste, was die Gilde und der Magische Rat vorhatten, hätte ich zumindest eine Richtung. Ich mochte es nicht, unfokussiert zu sein.

Ich versuchte, einen klaren Kopf zu bekommen, während ich meine Laufschuhe schnürte und zur Tür hinausging. Ich hatte gerade ein paar Schritte gemacht, als mich die Anzugträger flankierten, neben mir herrannten und mir schmerzlich deutlich machten, dass meine Geschwindigkeit nur ein Bruchteil dessen war, wozu sie fähig waren. Doch schneller konnte ich nicht, da meine Rippen immer noch ein bisschen empfindlich waren.

Als ich schneller lief, taten sie es auch. Meine Babysitter. *Soll das ein verdammter Witz sein?*

Ich blieb abrupt stehen, nur etwa einen Block von meiner Wohnung entfernt, mir bewusst, dass ich unmöglich nachdenken konnte, wenn sie mir folgten und mich in einen Zustand höchster Alarmbereitschaft versetzten, von dem ich auch so schon nicht allzu weit entfernt war. Ich beschloss, einfach nach Hause zurückzukehren. Als ich in die Wohnung zurückkam, fand ich Lucas direkt vor der Tür stehen, lässiger gekleidet als sonst, nur mit einem Hemd und einer Stoffhose.

Ich schüttelte meinen Kopf über das kleine Lächeln, das seine Lippe etwas zu hoch zog und die Spitzen seiner Reißzähne entblößte.

„Nein", sagte ich leise. Ich wusste, dass er es gehört hatte.

Er neigte den Kopf, ließ das Wort im Raum stehen und studierte es, als wäre es ihm fremd. Ein Wort, das ihm als Befehl nicht geläufig war. Er kniff seine dunklen Augen zusammen, und der Lichtschein, der seinen Körper von der aufgehenden Sonne umrahmte, ließ ihn eher ätherisch als gefährlich aussehen. Es war genug, um mich vergessen zu lassen, dass ich es mit dem Master der Stadt zu tun hatte, und ihn nur als den Freund meiner Mitbewohnerin zu betrachten. Nun, ich versuchte, es so aussehen zu lassen, als wäre er das, doch er war nicht irgendein Typ, mit dem meine Mitbewohnerin schlief. Er besaß die erfolgreichsten Clubs der Stadt, hatte einen Sitz im Magischen Rat und hatte mir mit nur einem knappen Befehl zwei imposante Leibwächter aufs Auge gedrückt, als wäre ich eine einflussreiche politische Persönlichkeit, die Bodyguards brauchte.

„Ich will und brauche keine Bodyguards", beschwerte ich mich.

„Sie waren gestern hilfreich, oder irre ich mich da?"

„Sie haben der Gilde geholfen, nicht mir."

Ich hob meine Hand und zeigte ihm das Band darum. Er hob fragend die Augenbrauen. Ich schloss meine Hand und Metallklauen schossen heraus.

„Wie clever", bemerkte er.

Es war etwas, das ich seit dem letzten Tracker-Angriff trug. Ich würde immer ein Messer bei mir tragen, doch das hier konnte ich in meiner Handfläche verstecken: ein Druck und ich hatte Krallen, die höllisch scharf waren.

Er sah zu den Anzugträgern, zurück zu mir und dann in die Wohnung. Ich kämpfte gegen das Lachen an, biss die Zähne zusammen und ignorierte die Tatsache, dass er seine Befehle von Savannah entgegenzunehmen schien. Sie und ich mussten uns unbedingt unterhalten. Scheinbar über Nacht war sie zu einer Macht geworden, mit der man rechnen musste, ihre Nähe zum Wandlerrat und ihre Beziehung zu Lucas verschafften ihr Zugang zu Macht, die ich um ihretwillen tröstlich empfand, für mich aber schnell nervig wurde, weil sie sie gegen mich einsetzte.

Einige Augenblicke lang beanspruchte ich sehr viel von Lucas' Aufmerksamkeit. Dann neigte er den Kopf in Richtung der Anzugträger. „Danke, ich denke, sie kommt zurecht."

„Für immer", fügte ich hinzu. „Keine Wachen mehr, ich brauche sie nicht."

Ein amüsiertes Lächeln umspielte seine Lippen. „Viel Spaß beim Joggen, Livy", war seine einzige Antwort, und ich ging davon aus, dass es die einzige war, die ich bekommen würde. Ich drängte nicht weiter. Ich beschloss, die Schlachten, die ich mit ihm schlagen wollte, mit Bedacht zu wählen.

Sekunden später rannte ich los und klärte meinen Kopf, während mein Daumen über das von meiner Hand erwärmte Metall strich. Der Troll war tot, in die Hölle gegangen, dorthin, wohin auch die anderen Kreaturen gegangen waren. Eine Spur Wut drängte sich wieder in meine Gedanken. Die Gilde hatte den Trackern die volle Freiheit gelassen, uns wie Tiere niederzumetzeln, doch sie hatten diese Kreaturen am Leben gelassen. Ich verdrängte die Gedanken, als ein Auto neben mir an den Straßenrand fuhr. Ich tat, was ich normalerweise tat, und ignorierte es. Ich war mir nicht sicher, was an einer rennenden und schwitzenden Frau Männer glauben ließ, dass sie angemacht werden wollte.

Das Auto kroch weiter, und ich wollte dem Fahrer gerade sagen, wohin er fahren solle, wie er dorthin kommt und welche Route er nehmen musste, als ich Gareths AMG erkannte.

Ich blieb stehen. „Zuerst Lucas und jetzt du."

Er runzelte die Stirn. „Lucas."

„Ja, er hat mir Bodyguards aufs Auge gedrückt. Ich sag's dir, ein paar Leute versuchen, einen zu töten, und sofort reagieren alle übertrieben."

Gareth lachte und beugte sich vor, um mir die Beifahrertür zu öffnen. Ich überlegte, weiterzulaufen, doch ich musste dringender mit ihm reden, als ich laufen wollte.

Sobald ich ins Auto stieg, fragte ich: „Wie schlimm ist es?"

Er seufzte schwer, fuhr mit seinen Händen durchs Haar und zerzauste es. „Gestern Nacht haben wir die Maxwells festgenommen." Ich stellte keine weiteren Fragen. Irgendetwas in seinem Ton ließ mich glauben, dass sie festgenommen worden waren, es aber vielleicht nicht überlebt hatten. Ich war neugierig, ob es eine politische Maßnahme war oder etwas, das während der Festnahme passiert war. Ich studierte sein Gesicht, doch es verriet keinerlei Emotionen.

„Was ist mit Gordon Lands?", fragte ich, als er in eine Parklücke vor meinem Haus einbog. Wieder einmal verriet sein Gesicht nicht viel, als er mir durch die Tür hinein folgte. Wie gewöhnlich studierten er und Lucas einander. Es gab keine Feindseligkeit, nur die Tendenz, die Grenzen ihrer Dominanz mit eigenartigem animalischem Gehabe zu definieren. Als sie es das erste Mal getan hatten, fand ich es seltsam; jetzt schien es normal zu sein. Oder so normal, wie etwas so Seltsames sein konnte. Ich fühlte mich ein bisschen besser, als Gareth mir in mein Zimmer folgte und die Tür hinter sich schloss.

„Ich weiß nicht, was ich von ihm halten soll. Wir haben uns gestern mit ihm getroffen, und er scheint zu wollen, dass HF eine Interessenvertretung der Menschen wird." Er zuckte mit den Schultern.

„Und du glaubst es nicht?", fragte ich und ließ mich aufs Bett fallen.

„Nein, aber er glaubt es. Ich habe jedoch das Gefühl, dass es eine zerbrechliche Grenze gibt zwischen dem, was er will, und dem, was der ursprüngliche Gründer wollte, und das gestern hat die Situation nicht besser gemacht."

„Du glaubst nicht, dass er keinen Deal mit ihm machen

würde, wenn Conner an ihn herantritt und ihm einen Deal anbietet."

„Genau." Ich verstand den angespannten Ausdruck auf seinem Gesicht. Conner brauchte Humans First nicht: Die Nekrospeere waren beschlagnahmt worden, also hatten sie nichts Greifbares, was er wollte. Doch sie konnten entscheidend dafür sein, das Bündnis zwischen Menschen und Übernatürlichen zu zerstören und mehr Zwietracht zu säen. Der ernste Blick, mit dem Gareth mich ansah, war verständlich. Diese Situation wurde immer komplizierter.

„Harrah will immer noch, dass du dich outest."

Ich schüttelte den Kopf. „Ich aber nicht." Ich war mir nicht sicher, warum es eine große Sache war; technisch gesehen hatte ich mich gestern geoutet.

„Bist du bereit, dich mit Lands zu treffen?"

„Was bin ich, dein Showpony? Die wohlerzogene Legacy, die uns alle repräsentiert? Soll ich eine Show für ihn aufführen? Welche Rolle soll ich spielen?" Frustration machte meine Stimme schärfer als ich wollte.

Es schien ihn nicht allzu sehr zu stören, und er behielt das schiefe Grinsen auf seinem Gesicht. „Nun, Anya, wenn du nicht über deine Comicbuch-Helden schwatzt und schaust, ob dein nächster Satz bissiger sein kann als der vorangegangene" – er kam näher, seine Lippen nur Zentimeter von meinen entfernt – „kannst du charmant sein. Also ja, er wird sehen, dass es wirklich nichts zu befürchten gibt und dass keine Übernatürlichen im Dunkeln lauern, die bereit sind, einen apokalyptischen Zauber zu wirken, der einen Haufen Leute auslöschen wird." Er küsste mich sanft und erlaubte seinen Lippen, für ein paar Augenblicke auf meinen zu ruhen, bevor er sich zurückzog. „Schließlich hast du mir sofort mit deinem Charme die Hosen vom Leib gezaubert." Er kehrte zu seinem Platz mir gegenüber zurück.

Ich rollte mit den Augen. „Ich bin sicher, ich hätte das

auch geschafft, wenn ich einfach gesagt hätte: ‚Hey du, zieh deine Hose aus.‘“

Er lachte, ein tiefes Grollen, das die Spannung im Raum entschärfte. „So leicht bin ich nicht zu haben.“ Dann wurde er still.

„Triff dich zumindest mit Lands, okay?“

Ich nickte.

KAPITEL 9

Gordon Lands hatte sich ganz gut in seine Position als Boss von Humans First eingelebt. Er hatte ein Klischee gegen ein anderes eingetauscht. Anstelle von Männern in schwarzen T-Shirts und Hosen und mit strengen, feindseligen Blicken, wurden die Mitglieder jetzt von Männern in Khakihosen mit Pistolen in Holstern, strengen Mienen und argwöhnisch zusammengekniffenen Augen vertreten. Ich war mir sicher, wenn ich ihre Taschen überprüft hätte, hätte ich herausgefunden, dass jeder eine Sonnenbrille hatte. Sie standen rechts und links neben ihm.

Er hatte im Büro viel verändert. Der überdimensionierte Schreibtisch war durch ein kleineres Exemplar ersetzt worden. An beiden Enden des Tischs stand ein Computermonitor, und davor standen zwei bequem aussehende Ledersessel. Ich konnte mich nicht erinnern, die Bücherregale an den Wänden vorher dort gesehen zu haben. Sie beherbergten eine Sammlung von Mythologie-, Rechts- und Geschichtsbüchern. Ich zweifelte keine Minute daran, dass er sich mit der Säuberung und dem Krieg und den verschiedenen Übernatürlichen, die es gab, und ihren Gaben und Schwächen beschäftigt hatte. Hinter ihm hing eine gerahmte Ausfertigung der HF-Philosophie.

Ich warf einen Blick auf mein Handy. Ich war pünktlich, doch Harrah, die mit ihren übereinandergeschlagenen Beinen zappelnd auf einem der Ledersessel saß, sah aus, als wäre sie schon eine Weile hier. In dem Moment, als ich eintrat, beugte sich Lands über seinem Schreibtisch vor. Seine schiefergrauen Augen blieben auf mich gerichtet und beobachteten mich aufmerksam, mit eifriger Neugier und vielleicht auch Antipathie. Er mochte mich definitiv nicht.

„Nehmen Sie Platz", bot er mit ruhiger Stimme an. Meine Aufmerksamkeit wanderte zwischen den Männern, die an seiner Seite standen, und Harrah hin und her, und ich wünschte, ich hätte mich nicht dagegen entschieden, mein Sai mitzubringen. Es sollte ein freundschaftliches Treffen werden, doch nichts hier erweckte diesen Eindruck bei mir. Ich zwang ein sanftes Lächeln auf mein Gesicht, bevor ich mich auf dem Sessel niederließ und mich zu den beiden Politikern setzte. Ich machte mir keine Illusionen, dass Harrah etwas anderes als das war, eine Politikerin.

Als sie sprach, war ihre Stimme melodisch und samtweich. „Ich freue mich sehr, dass Sie sich entschieden haben, sich mit uns zu treffen." Ich erinnerte mich an ihre Berührung, die die Augen der Polizisten glasig gemacht hatte, und daran, was Savannah im Club beobachtet hatte. Sie sah mich an und warf mir einen scharfen Blick zu, vielleicht spürte sie den Schild, den ich errichtet hatte. Wenn dieses Treffen nicht gut lief, war ich nicht zuversichtlich, dass sie das Ergebnis nicht ändern würde.

„Natürlich." Lands beugte sich vor, öffnete seine Schublade und zog zwei dicke Eisenmanschetten heraus. „Nichts für ungut, aber ich fühle mich besser, diese Diskussion zu führen, wenn ich weiß, dass keine Magie verwendet wird, um die Ergebnisse zu beeinflussen."

Harrah behielt das freundliche Lächeln auf ihrem

Gesicht, als sie sich vorbeugte und eine vom Schreibtisch nahm. Sie hielt seinem Blick stand, als sie sie um ihren Arm legte.

Er blickte auf die zweite Manschette und dann auf mein Handgelenk, eine subtile Art, mir zu sagen, ich solle sie anlegen. Er hatte gelernt, aber nicht genug – Eisen hatte keinen Einfluss auf meine Magie. Anstatt ihn zu korrigieren, legte ich sie um mein Handgelenk, zufrieden damit, so wenigstens eine Waffe zur Verfügung zu haben.

Nach einigen Momenten angespannter Stille sprach Harrah. „Ich wollte, dass Sie Livy kennenlernen. Wahrscheinlich kennen Sie ihr Gesicht von ihrem mutigen Eingreifen neulich. Ich bezweifle, dass die Sache ohne ihre Beteiligung so gut ausgegangen wäre."

Lands lehnte sich entspannt in seinen Sessel zurück, seine Finger aneinandergelegt, und wartete geduldig darauf, dass sie fortfuhr. Nachdem er nichts gesagt hatte, fuhr sie fort: „Sie ist eine Legacy." Wieder wartete sie darauf, dass er reagierte – etwas, das er nicht tat. Sogar die strenge Miene von gerade eben war verschwunden, und sein Gesicht war eine stoische Maske.

„Der Grund, warum ich dieses Treffen haben wollte, ist, dass ich die Existenz von Humans First nicht für eine gute Sache halte. Es wird nur Zwietracht zwischen Menschen und Übernatürlichen hervorrufen. Und Sie als Anführer geben dem Separatismus, den diese Gruppe fordert, Legitimität; es wird alles gefährden, wofür wir gearbeitet haben."

Er nickte langsam. „Natürlich, Harrah." Sein Ton war genauso ruhig und angenehm wie ihrer. Und dann warf er ihr ein Lächeln zu, eines, von dem ich sicher war, dass er es viele Male im politischen Leben benutzt hatte. „Bitte haben Sie Verständnis dafür, dass das Wiederauftauchen von Humans First nichts damit zu tun hat, dass wir keine Arbeitsbeziehung zwischen den beiden Gruppen mehr wollen. In den letzten Monaten habe ich jedoch die Gilde der

Übernatürlichen und den Magischen Rat beobachtet, und Sie haben versagt. Stimmen Sie mir etwa nicht zu, dass die Situation chaotischer und turbulenter geworden ist? Und obwohl ich den Besuch zu schätzen weiß, glaube ich nicht, dass es helfen wird, Ihre kleine Killerin vorzuführen." Damit senkte sich seine Stimme, und sein scharfer Blick durchbohrte mich.

Er drehte seinen Monitor zu uns um und tippte dann auf seiner Tastatur herum, bis ein Bild auftauchte. Nicht irgendein Bild … ein Bild von mir, wie ich in das Büro von Humans First gehe und Augenblicke später wieder hinausrenne. Ich erinnerte mich an diesen Vorfall, als wäre es gestern gewesen. Ich war zu einem Treffen mit dem Anführer von HF und einem seiner Rekruten eingeladen worden. Sie hatten mich davon überzeugen wollen, Conner bei der Durchführung der Säuberung zu helfen, was ich abgelehnt hatte. Doch sie hatten einen Nekrospeer, den sie benutzen wollten, um ihre eigene Säuberung durchzuführen. Sie hatten mit Conner einen Deal geschlossen, in der Hoffnung, die Übernatürlichen loszuwerden, ohne sich der Nachteile und der misslichen Lage bewusst zu sein, in die sie sich brachten.

Sein Blick blieb an mir hängen, ebenso wie die der beiden anderen Männer. Sie sahen keine Legacy, eine potenzielle Mörderin, sondern Livy, eine tatsächliche Mörderin.

„Ich habe Ihren Freund nicht getötet", sagte ich.

„Möchten Sie das erklären?"

„Das ist *erledigt*", sagte Harrah. Und aus dem Wort *erledigt* schloss ich, dass es reingewaschen, mit einer netten Geschichte erklärt und in eine ordentliche kleine Schachtel mit einer hübschen kleinen Schleife gesteckt und der Welt präsentiert worden war. Doch es war nicht *erledigt* worden, und wir sahen den Beweis dafür. Es war nicht sauber. Es war nicht reingewaschen.

„Ich weiß, dass es auf Ihre Art erledigt worden ist –

wegerklärt mit einem Netz aus Lügen." Es fiel ihm offensichtlich immer schwerer, freundlich zu wirken.

„Ich will wissen, was wirklich mit meinem Freund passiert ist."

„Ihr Freund", begann ich und versuchte, meine Stimme ruhig zu halten und zu verhindern, dass sich die Wut in meiner Stimme zeigte, „hat einen Deal mit Conner geschlossen. Wenn Sie nicht wissen, wer Conner ist, sollten Sie das vielleicht auch nachschlagen. Er ist ein Legacy." Ich war mir nicht sicher, ob er von den Vertu wusste, und ich wollte es ihm auch nicht erklären. Soweit es die meisten Leute anging, waren wir ohnehin ein und dasselbe. „Er war so angewidert von den Übernatürlichen, dass er bereit war, einen Deal mit diesem Mann zu schließen, um eine Säuberung durchzuführen und uns zu töten. Uns. Alle. Es tut mir leid, dass Sie Ihren Freund verloren haben, doch er war nicht so unschuldig, wie Sie glauben wollen. Sein Verrat hatte Folgen. Ich habe Ihren Freund nicht getötet; derjenige, mit dem er seinen Deal geschlossen hat, hat es getan."

„Warum waren Sie dann da?", fragte er.

„Daniel hat mich eingeladen. Sie haben versucht, mich davon zu überzeugen, ihnen dabei zu helfen. Ich verstehe Ihren Kummer, aber im Grunde hat Ihr Freund versucht, meine Freunde und mich wegen seines Hasses zu töten. Und die Wiederbelebung dieser von Hass getriebenen Gruppierung wird die Situation nicht verbessern."

Er rutschte auf seinem Stuhl herum. Ich war mir nicht sicher, ob er meine Worte und die Vorstellung überhaupt in Betracht zog, dass sein Freund so viel Hass auf Übernatürliche hatte, dass er so etwas Verabscheuenswürdiges tun würde; ich war nicht in der Stimmung, mich darum zu scheren, ob er es tat oder nicht. Was auch immer er dachte, beanspruchte alle seine Gedanken und ätzte ein Stirnrunzeln auf sein Gesicht. Nachdem lange Momente der Stille verstrichen waren und die Spannung im Raum greifbar geworden war,

sprach er schließlich. „Ich glaube nicht unbedingt an das, was
mein Freund getan hat." Er fing langsam an und vielleicht
war es Kummer oder Wut oder eine Kombination aus
beidem, doch seine Stimme wurde leiser, kühl und dunkel-
bedrohlich. „Manchmal müssen wir das tun, was wir für das
Allgemeinwohl zuträglich halten. Magie ist unerklärlich,
chaotisch und schmutzig. Es gibt so viele Möglichkeiten, die
Regeln zu umgehen, die sie einschränken, und ich bin sicher,
wir haben beide Fälle davon gesehen. Vielleicht war das, was
er wollte, für einige grausam, aber ich glaube nicht, dass es
falsch war. Ich weiß es zu schätzen, dass Sie hierherge-
kommen sind, doch ich habe meine Meinung nicht geändert.
In welche Richtung Humans First gehen wird, ist derzeit
nicht klar, aber ich werde die Organisation nicht schließen."

Er erhob sich langsam und behielt mich dabei fest im
Blick, sein Misstrauen offensichtlich. Je länger sein scharfer
Blick auf mir ruhte, desto mehr fachte er meine Wut an. An
diesem Punkt befanden wir uns im Clusterfuck aller Cluster-
fucks, und ich war bereit, Feuer darauf niederregnen zu
lassen und zu gehen. Ich hatte gekämpft, war verletzt
worden, hatte versucht, alles zu tun, um die Situation zu
lösen, und jetzt sah ich zu, wie mir jede Chance auf Versöh-
nung durch die Finger glitt.

Ich stand auf. „Ihr Freund ist tot, nicht wegen etwas, was
ich getan habe, sondern wegen dem, was *er* getan hat. Er hat
mit jemandem, der absolut skrupellos ist, einen Deal
geschlossen. Und falls Sie nur die Kurzzusammenfassung der
Säuberung gelesen haben, lassen Sie mich Ihnen die unver-
fälschte Version geben. Eine Gruppe sehr mächtiger magischer Wesen, die die Magie, die Sie gewohnt sind, aussehen
lassen wie einen Zauberer auf einer Kinderparty, haben
beschlossen, dass sie die einzigen magischen Wesen sind, die
ein Recht haben, zu existieren. Das Verbrechen der anderen
Übernatürlichen für solch ein abscheuliches Urteil? Sie
besitzen unterlegene Magie. Wenn diese Leute Wesen, die

sich in Tiere verwandeln können, Magie wirken und Menschen mit einer Handbewegung töten, Gedanken manipulieren und Schein erzeugen können, der so real ist, dass er nicht davon unterscheidbar ist" – ich warf einen Blick in Harrahs Richtung. So mächtig ich sie auch einschätzte, ich bezweifelte, dass sie es mit Conner aufnehmen konnte – „für unterlegen, lebensunwert halten, was glauben Sie dann, was sie von Ihnen halten? Und was glauben Sie, wird passieren, wenn sie das Interesse an Ihnen verlieren?"

Er verschränkte die Arme vor der Brust, hörte mir aber weiterhin aufmerksam zu, sein eiskalter Blick entspannte sich ein wenig, aber nicht viel. Sein Nicken war kaum sichtbar, doch er forderte mich auf fortzufahren. „Der Große Krieg wurde beendet und diese Leute besiegt, weil Übernatürliche und Menschen zusammengearbeitet haben. Ich weiß, dass die Geschichte dazu neigt, die Perspektive zu verlieren. Das dürfen Sie in diesem Fall nicht. Das mit Ihrem Freund tut mir leid, wirklich leid. Er und seine fehlgeleitete Möchtegern-Justice League waren Fanatiker."

Er verzog das Gesicht. „Justice League."

„Tut mir leid, sie hatten die Aufmachung, das enganliegende schwarze T-Shirt und diesen ‚ich bin knallhart'-Look. Es ging mir auf die Nerven." Ich fand meinen Gedankengang wieder. „Ich bin auch nicht ohne Verluste aus dieser Sache hervorgegangen. Genau dieser Hass, den Sie durch die Wiederbelebung der Humans First-Agenda verbreiten, ist derselbe Hass, den eine Gruppe hat, die uns verfolgt und versucht, uns zu töten."

„Tracker?", fragte er.

Ich nickte. Während ich ihn studierte, versuchte ich, eine schnelle Entscheidung darüber zu treffen, ob ich zu ihm durchdringen würde oder ob er sich bereits entschieden hatte und er sich nur meine kleine Rede anhörte, um mehr Informationen zu sammeln. „Woher wissen Sie von ihnen?"

Er warf einen Blick auf den Papierstapel auf seinem

Schreibtisch. *Verdammte Scheiße, arbeitet HF mit den Trackern zusammen?* Mir war jetzt klar, dass Humans First bereit war, mit demjenigen eine Allianz zu bilden, der den größten Schaden anrichten konnte. Sie waren niemandem treu. Sie hatten sich mit Conner verbündet, um die Übernatürlichen loszuwerden, und mit den Trackern, um die Legacy loszuwerden. Wie hatten sie vor, die Tracker zu töten? Sie waren hinterhältiger, als ich ihnen zugetraut hatte.

Die Männer an Lands Seite hatten sich nicht bewegt. Ihre Mienen waren immer noch streng, von kühler Gleichgültigkeit, was wahrscheinlich das Schlimmste war, was ein Mensch empfinden konnte. Es war ihnen egal, ob ich lebte oder starb.

„Danke, Livy, dass Sie zu diesem Meeting gekommen sind." Und damit entließ er uns mit einem schweifenden Blick, der uns streifte und zu dem Ausgang wanderte, den er uns freundlicherweise zu benutzen bat.

Harrah hatte ein sanftes, professionelles Lächeln aufgesetzt, während sie darauf wartete, dass die Manschette entfernt wurde.

„Das war informativ und etwas, das er von dir hören musste", kommentierte Harrah, nachdem wir das Gebäude verlassen hatten.

„Was haben Sie vor?", fragte ich und drehte mich um, um sie anzusehen.

Mehrere Augenblicke vergingen, bevor sie antwortete. „Sicherlich haben Sie schon mit Gareth darüber gesprochen", sagte sie.

„Nein."

„Sie beide unterhalten sich nicht zwischen Ihren amourösen Aktivitäten?"

Hitze streifte meine Wangen, doch ich ignorierte sie. Ich würde nicht auf ihre Ablenkungstechniken hereinfallen.

„Wir reden nicht über Arbeit"

„Natürlich." Sie lächelte. „Wir haben keine Lust, mit den

Legacy in Konflikt zu geraten. Die Nekrospeere sind zerstört. Meines Wissens ist die Anzahl der noch lebenden Legacy zu gering, um so etwas wie die Säuberung noch einmal durchzuführen. Ich möchte Sie bitten, uns zu helfen, die anderen zu finden, bevor die Tracker es tun. Dann sehen wir weiter."

„Niemand wird verletzt?"

„Natürlich nicht."

Es war die beste Option. Wenn alle geoutet waren, konnten die Tracker nicht mehr im Geheimen arbeiten. Tracker, die jemanden töteten, würden der Gerichtsbarkeit der Gilde unterliegen. Besser noch: Ein Legacy könnte sie erledigen, und es wäre Selbstverteidigung.

KAPITEL 10

Ich verbrachte zwei Tage damit, nach anderen Legacy zu suchen, und mit Zugang zu einem Privatflugzeug und Gilde-Finanzmitteln war meine Suche ehrgeiziger geworden als machbar. Gareths gerunzelte Stirn und seine ständigen Fragen hatten mich schnell daran erinnert, wie unvernünftig der Versuch war. Die massive weltweite Suche, die ich geplant hatte, war auf die Stadt neben uns und ihre Umgebung reduziert worden. Deshalb saß ich gerade auf der dreistündigen Fahrt nach Indiana neben ihm auf dem Beifahrersitz seines Autos.

Ich ging die Informationen im Dossier der Tracker durch. Meine Finger glitten über das Papier, während ich die festgehaltenen Details las. Alle Einzelheiten: den Stammbaum, die letzte Sichtung, Jobs und sogar in einigen Fällen Details des Tagesablaufs. All diese Informationen, nur damit sie uns aufspüren und töten konnten. Und ich fuhr eine kurvenreiche Straße entlang, betrachtete die vorbeifliegenden Pappeln, genoss den azurblauen Himmel, der bei Sonnenuntergang zu Indigoblau verblasste, und saß dabei neben einem Tracker. Einem ehemaligen, musste ich mir immer wieder ins Gedächtnis rufen. Ich musste darüber hinwegkommen, und die meiste Zeit schaffte ich es auch, doch der Ordner in meiner Hand erinnerte mich an seine Verbindung zu den Trackern. Mit Mühe verdrängte ich die Gedanken und betrachtete die positiven Dinge, die dabei herauskommen würden; mit dem Dossier, das ein Ergebnis seiner Zugehörigkeit zu den Trackern war, und meiner Fähigkeit, meine eigene Art durch Magie zu lokalisieren, sollten wir keine Probleme haben, andere Legacy zu finden.

Die Stille zwischen uns war während des größten Teils der Fahrt angenehm, oder zumindest dachte ich, dass es so war, bis Gareth nach zwei Stunden das Radio leiser stellte. „Was ist los?", fragte er und wandte seinen Blick von der Straße ab, um mich anzusehen.

Kopfschüttelnd konzentrierte ich mich wieder auf die Akte.

„Muss ich dich wieder daran erinnern, dass ich Veränderungen in deinen Vitalwerten spüren kann? Ich kann dich daran erinnern, wenn du willst, aber es wird ein bisschen überflüssig."

Ich sah ihn an und stellte fest, dass sein Blick aufmerksam auf mein Gesicht gerichtet war. In seiner Stimme war kein Humor – er machte sich Sorgen um mich.

Einige Augenblicke lang kaute ich auf meiner Unterlippe. „Ich weiß, ich sollte es auf sich beruhen lassen, und mir ist klar, dass du nicht der Mann bist, der du warst, als du dich ihnen angeschlossen hast, aber ich kann nicht anders, als zu denken, dass dieser Mann im Schatten lauert und uns für etwas verantwortlich macht, das andere getan haben. Selbst wenn ich alt genug wäre, hätte ich nichts damit zu tun gehabt. Und ich bin mir sicher, dass andere das auch nicht getan hätten."

„Ich wünschte, ich könnte dir eine Antwort geben, mit der du dich besser fühlen und diesen Punkt überwinden könntest. Uns wurde beigebracht, dass ihr Monster seid, grausame Wesen, die Tausende getötet haben. Machen wir uns nichts vor, die Säuberung hat viele Leute getötet." Er bog auf den Parkplatz des Hotels ein, in dem wir wohnten. Er parkte und drehte sich zu mir um. „Ich bin nicht stolz darauf. Ich versichere dir, wie du weißt, bin ich in vielen Dingen gut" – ein Lächeln umspielte seine Lippen – „doch die Vergangenheit zu ändern liegt außerhalb meiner Kontrolle."

„Ja, du bist in allem gut, einschließlich Demut. Ich bin beeindruckt. Du solltest ein Buch schreiben oder sowas", sagte ich und stieg aus dem Auto.

Die Geschwindigkeit eines Wandlers war genauso beunruhigend wie die eines Vampirs, und es war schwer, meine Irritation zu verbergen, als er mich am Kofferraum des Autos traf und anfing, unsere Taschen herauszuholen.

Wir waren auf dem Weg zum Hoteleingang, als er sich räusperte.

„Die Frau, die ein Problem damit hat, vom Ritter in glänzender Rüstung gerettet zu werden, scheint kein Problem damit zu haben, jemanden ihre überdimensionierte Reisetasche tragen zu lassen."

Ich verdrehte die Augen und ignorierte seine süffisante Bemerkung und den schrägen Blick, den er mir zuwarf, während ich darauf wartete, dass der Portier uns die Tür öffnete.

„In den letzten vier Tagen wurde ich angegriffen, mir wurden Rippen gebrochen, ich wurde von einer von Conners seltsamen Kreaturen attackiert und hatte ein unangenehmes Treffen mit dem ehemaligen Bürgermeister der Stadt, von dem ich vermute, dass er mich hasst. Ich brauche eine Auszeit, bild' dir nicht zu viel deswegen ein."

Sein dunkles Lachen schwebte durch die große Lobby, als er zur Rezeption ging, um einzuchecken. Ich sah mich in dem schicken Hotel um. Ich hätte definitiv etwas weniger Extravagantes gewählt, da wir es nur zum Schlafen für die Nacht benutzen wollten. Während er eincheckte, nahm ich auf einem der hellbraunen, quadratischen Ledersessel Platz und kämpfte gegen den Drang an, meine Füße auf den Tisch zu legen, der aus ineinandergreifenden dunkelbraunen Kreisen bestand. Die Wände in gedämpftem Braun waren mit ähnlich eklektischen Kunstwerken in verschiedenen Braun-, Creme- und Grüntönen dekoriert. Im Restaurant rechts von mir saßen bereits Leute an der Bar, Drinks in der Hand, eingehüllt von beschwingter Musik, die zusammen mit dem Duft von Essen herauswehte. Ich hatte keinen Hunger, doch ein Drink oder vielleicht sogar zwei, drei oder vier wären nett. Ich wünschte, wir wären früher angekommen und ich hätte meine Rede nicht immer und immer wieder so geübt, dass sie nicht authentisch, sondern so einstudiert klang. Sie war überzeugend – oder zumindest dachte ich, dass es so war. Wie sagte man jemandem, dass er wahrscheinlich von einem magischen Fanatiker angesprochen werden würde, der harmlos und majestätisch aussah, und es wäre schwer, ihn abzulehnen, weil er die außergewöhnliche Fähigkeit zu haben schien, Leute dazu zu bringen, lächerliche Dinge zu tun, und sein Ziel war, die Säuberung nochmal durchzuführen?

Ich zuckte zusammen, als ich mir vorstellte, dass jemand mich auf dieselbe Weise angesprochen hätte. Wie hätte ich reagiert? Wie hätte ich vorher auf Conner reagiert? Hätte ich mich dazu verleiten lassen, ihm blindlings zu folgen, in der Hoffnung auf eine andere Zukunft, in der ich mich nicht verstecken oder um mein Leben fürchten musste? Ich verdrängte alles, weit weg von meinem Verstand. Conner war ein Problem, ein großes Problem, aber HF würde ein noch größeres werden.

„Was ist das für ein Gesicht?", fragte Gareth, als er sich meinem Sessel näherte. Als ich aufstand, setzte ich ein ruhiges Lächeln auf, doch es täuschte ihn nicht: Sein Stirnrunzeln blieb. Ich schwieg, bis wir im Aufzug waren und die Tür zufuhr.

„Wir erzählen ihnen von Conner, und dann?"

Gareths Zunge strich über seine Lippen, als er über die Frage nachdachte, und ich versuchte wirklich, mich auf die Falten seiner Stirn zu konzentrieren, den dunklen Schimmer, der trotz des hellen, unversöhnlichen Lichts seine Augen verschattete, doch mein Blick glitt immer wieder zu den Umrissen seiner Brust- und Armmuskeln, wo sie sein T-Shirt dehnten.

„Konzentrier' dich", grollte er leise.

„Was?"

Er fixierte mich mit einem verschmitzten Grinsen und schulterte meine Reisetasche. „Hör' auf, mich mit deinen Augen auszuziehen, und konzentrier' dich auf das vorliegende Problem."

Uff, dieser Typ.

Sein tiefes, kehliges Lachen erfüllte den Fahrstuhl, und ich war froh, als sich die Türen öffneten und ich den Abstand zwischen diesem eingebildeten Mann und mir vergrößern konnte.

„Ich denke, ihr solltet euch alle outen. Ihr alle werdet unter dem Schutz der Gilde stehen. Das Leben im Schatten macht euch verwundbar. Ihr lebt anonym mit falschen Namen, Identitäten und sehr wenigen Verbindungen zu anderen. Wenn also die Leiche eines Legacy gefunden wird, ist es meistens eine Jane oder ein John Doe. Nur sehr wenige von euch haben einen Ausweis, und wenn ihr einen habt, braucht es nicht viele Ressourcen, um herauszufinden, dass derjenige nicht die Person ist, für die er sich ausgibt. Nicht wahr, Anya?"

Dieselbe Anspannung, die mich befiel, wenn ich an meinen richtigen Namen und mein früheres Leben dachte, packte mich. Anya Kismet war der Name, den ich bei meiner Geburt bekommen hatte, und ein Teil von mir wollte diesen Namen wieder annehmen und mein kupferrotes Haar mit Stolz statt Scham tragen.

Er fuhr fort: „Wenn ihr nicht von allen gejagt werdet, hat Conner keine Macht über euch."

„Da die Rekrutierungszahlen von Humans First auf einem Allzeithoch sind, sind wir möglicherweise immer noch gefährdet – genau wie alle anderen Übernatürlichen."

„Lands ist kein Fanatiker, mit ihm kann man reden."

Ich hielt ihn nicht für einen Fanatiker, aber er war auch nicht ganz harmlos. Er hatte das Charisma und die Anziehungskraft eines Politikers. Typen von dieser Sorte neigten dazu, gefährlich zu sein.

Unser geräumiges Zimmer hatte einen großen Fernseher an der Wand und elegante Mahagonimöbel. Auf der rechten Seite war eine Sitzecke mit Schreibtisch und, wie ich annahm, ein Schlafsofa.

Die meiste Aufmerksamkeit galt dem Bett, oder besser gesagt den Betten: zwei Queen-Size-Betten.

Er schlich sich dicht an mich heran, sein Atem heiß gegen meinen Hals, als er sprach. „Du scheinst enttäuscht zu sein."

Er trat zurück, und ich wandte meine Aufmerksamkeit von den Betten ab und konzentrierte mich auf den spöttischen Ausdruck auf seinem Gesicht, der die Scham meiner Reaktion noch demütigender machte. Wärme kroch in meine Wangen.

„Ich wollte nicht anmaßend sein. Das ist nicht meine Natur." Das Grinsen, das er mir zuwarf, spiegelte diese Worte nicht wider.

„Dir ist schon klar, dass wir uns nicht gerade erst kennengelernt haben, oder?"

Wieder wurde ich mit einem Lachen verwöhnt, das tief in seiner Brust begann, sehr katzenartig, fast ein Schnurren. Es zog durch den ganzen Raum, als er sein Hemd auszog, in Richtung Badezimmer ging und mich zurückließ.

Dass er ging, um zu duschen, war eine gute Ablenkung, aber nicht genug, also schaltete ich eine Komödie im Fernseher ein und versuchte, meine Gedanken davon ablenken zu lassen. Gareth hatte recht: Wenn wir uns outeten, würde das Conner die Macht nehmen. Doch dahinter steckte zu viel Geschichte, und ich fragte mich, ob ich überzeugend genug sein könnte, damit die anderen mir zuhörten. Ich legte mich aufs Bett, die Hände hinter dem Kopf verschränkt, und schloss die Augen, während ich versuchte, über die Vor- und Nachteile der Situation nachzudenken.

Ich dachte, ich würde einschlafen, doch ich tat es nicht. Stattdessen fluteten Bilder der letzten Tage durch meinen Geist: die Kreaturen, die Kämpfe, das Blut, der Mord an den Trackern und wie es ausgesehen haben musste, als Conner die anderen Tracker vernichtet hatte. Das waren keine produktiven Gedanken. Wir mussten uns outen und unter den Übernatürlichen leben, mit den Regeln und Einschränkungen, nach denen sie lebten. Ich fühlte mich wohl dabei. Ich war mir ziemlich sicher, dass sie verlangen würden, dass wir etwas tragen, um unsere Magie einzuschränken. Vielleicht ein kleines Iridium-Armband. Je nach Größe würde es die Magie einschränken, aber nicht ganz. Es schien kein schrecklicher Kompromiss zu sein. Wir hatten die Menschheit verraten. Nun, die Generation vor uns hatte die Menschheit verraten, aber wir mussten mit den Konsequenzen leben.

Nachdem ich mich der Idee ergeben hatte, kam der Schlaf leichter als ich erwartet hatte. Ich wurde von Lippen geweckt, die über meine Wange strichen. Gareths Zunge glitt heraus und liebkoste mich. Ich drehte meinen Kopf zu seinen Lippen, und unsere Zungen begannen zu tanzen. Er erkundete meinen Mund, meinen Hals und meine Schulter, bevor er sich abrupt zurückzog, ein neckendes Grinsen an seinen Lippen. Er richtete sich auf und gab mir einen vollständigen Blick auf sich in nur einem Handtuch: die gut definierten Muskeln seiner Brust, die scharfen Linien, die entlang seiner Bauchmuskeln liefen und am Scheitel seiner Hüften endeten.

Ein Ruck, und er wäre nackt. Ich überlegte, genau das zu

tun. Stattdessen sprang ich vom Bett auf, ging an ihm vorbei und strich ihm mit den Fingern über seinen Bauch, als ich ins Badezimmer ging. Ich erwiderte sein Lächeln, bevor ich mein Shirt und meine Hose auszog und ihm erlaubte, mich zu beobachten, als ich unter die Dusche ging. Ich hätte eine kalte Dusche nehmen sollen, denn das war genau das, was ich brauchte. Ich war kleinlich genug, nicht zu wollen, dass er wusste, wie ich auf ihn reagierte. Als ich herauskam, stand Gareth immer noch in einem Handtuch vor einem Tablett mit Essen und einer Flasche Wein, und das Lächeln von vorhin war immer noch da.

Er reichte mir ein Glas Rotwein. „Ich dachte, du könntest das gebrauchen." Ich trank ein paar Schlucke. Ich war eher ein Whiskey-Typ, doch einen guten Wein konnte ich genauso genießen. Gareth konnte sich das Beste aussuchen. Ich trank einen großen Schluck und genoss die intensiven Johannisbeeraromen.

„Hast du entschieden, was du tun wirst?", fragte er, seine Stimme immer noch leise, ein sinnliches, tiefes Grollen. Er kam näher und hob seine Finger, um über meine Wange, meinen Kiefer, die Rundungen meines Halses und über mein Schlüsselbein zu streichen. Sanfte, träge Bewegungen.

„Ich denke, du hast recht. Aber sie zu treffen und sie vor Conner zu warnen, wird leichter sein, als sie davon zu überzeugen, sich zu outen."

Gareth war so nah, dass ich die Wärme seines Körpers spüren konnte. Ich trat näher und legte meine Hand an seine Taille, mein Daumen ruhte auf seinem Bauch. Er küsste mich zuerst zärtlich und strich dann Küsse über mein Kinn, bis er an mein Ohr kam und flüsterte: „Davon habe ich nicht gesprochen. Hast du dir Gedanken über das Schlafarrangement gemacht?"

„Ist das eine Geschäftsreise?", neckte ich.

Er stieß ein weiteres tiefes Grollen aus, und es brachte mich zum Lachen, als ich mich an das erste Mal erinnerte, als er mich gefragt hatte, ob ich ihn schnurren hören wollte. Das hatte ich tatsächlich, und es war ein sehr sinnlicher, kehliger Sound, den ich immer wieder hören wollte.

Seine Hände waren sanft und befehlend, als sie über meinen Körper strichen, meine Kurven streichelten und in das Handtuch kneteten. Sie bewegten sich weiter hinunter, glitten unter das Handtuch und meinen Po entlang. Starke, erfahrene Finger liebkosten sanft meinen Körper, dann zog er mein Handtuch herunter. Er trat einen Schritt zurück und genoss den Anblick vor sich. Dann brachte er mich zurück zum Bett, und ich streckte mich darauf aus.

Er nahm die langsame Reise entlang meines Körpers wieder auf. Seine Finger strichen über meine Brust, bevor er eine ergriff und in seinen Mund saugte. Die Wärme seiner Lippen und die Sanftheit seiner Berührung ließen mich erschauern. Dann wandte er sich auf dieselbe Weise der anderen Brust zu. Ich riss an seinem Handtuch und warf es weg. Ich zog ihn näher an mich heran und küsste ihn hungrig. Seine Küsse wurden fieberhafter und heißhungriger, bevor sie sich von meinen Lippen lösten und den Rest meines Körpers erkundeten – meine Brust hinunter, meinen Bauch und zwischen meinen Schenkeln, bevor er sich zwischen sie schmiegte, mich schmeckte. Er fing an, mit seiner Zunge träge Kreise zu ziehen, und trieb mich damit in den Wahnsinn. Ich wand mich und krallte meine Finger in die Laken. Es war nicht genug, um mich zu befriedigen, ich wollte mehr – ich wollte ihn, und es war offensichtlich, dass er mich auch wollte.

Er strich mit seinen Händen über meine Beine, bevor er sie hob und um seine Hüfte legte. Er versank in mir, bewegte sich vorsichtig, langsam, und sein Becken legte einen gemächlichen Rhythmus fest. Ich streichelte seinen Rücken, aber als seine Bewegungen animalischer wurden, gruben sich meine Finger hinein, zogen ihn näher an mich heran, und ich wollte, dass er das Verlangen stillte, das in mir brannte. Er bewegte sich härter, aggressiver, dominierte meinen Körper und entlockte mir ein erotisches Vergnügen, das mich danach erschöpft aufs Bett sinken ließ, meine Finger immer noch auf seinem Rücken, meine Beine um ihn geschlungen. Wir blieben einige Augenblicke in dieser Position und lösten uns dann daraus. Er bewegte sich nicht weit von meiner Seite. Er zog mich an sich und hielt mich dort, wobei er regelmäßig seine Lippen gegen meinen Hals und meine Schultern drückte.

Unsere amourösen Aktivitäten während der Nacht gewährten uns nicht viel Erholung. Es war fast drei Uhr, als wir endlich einschliefen.

Ich hasste es, Magie vor Publikum zu wirken, besonders Findezauber, weil sie so intim wirkten. Auch wenn er mich das zum zweiten Mal tun sah, hatte ich immer noch das Gefühl, dass Gareth in etwas eindrang, das so viele Jahre nur mir gehört hatte. Das Blut quoll aus meiner Haut, als ich das Messer über meine Hand zog. Er stand auf der anderen Seite des Raumes und beobachtete mich mit lebhaftem Interesse. Gelegentlich sah er aus, als wollte er näherkommen, um es wie alle anderen zu spüren – das Summen der Magie, selbst wenn sie gegen sie verwendet wurde. Es war eine seltsame Neugier, die ich nicht verstand.

Die Magie erblühte und breitete sich vor mir aus: Rot, Orange, Violett und tiefes Blau verschmolzen, wickelten sich umeinander, bevor sie sich lösten, um einen einzigartigen Plan der Stadt zu weben. Ich hob meinen Blick, um ihn anzusehen, und sah Faszination – ein eifriges Interesse an Magie, gegen die er nicht immun war, die ihm genauso schaden konnte wie jedem anderen.

„Das fasziniert dich, nicht wahr?", fragte ich leise.

Er schüttelte den Kopf. „Wir sind in der Lage, Leute zu verfolgen, wenn wir ihr Blut haben, aber es sieht nie so aus.

Das ist Kunst, wunderschön, was das, was andere tun, so pedantisch erscheinen lässt."

Das Lächeln auf seinem Gesicht täuschte nicht über die leichte Schärfe in seiner Stimme und seinen Ausdruck hinweg, in dem nur für einen Moment Sorge aufblitzte. Er beherrschte sich schnell und fegte die Emotionen weg, doch nicht bevor ich sie gesehen hatte.

Die Farben tänzelten herum, Wirbel bildeten ein buntes Kaleidoskop. Farbsprenkel verteilten sich über der Karte, die entstand. Ich starrte mit der gleichen Intensität wie Gareth darauf und fühlte diese vertraute Verbindung, diese Verbindung, die nur wir besaßen, keine anderen Übernatürlichen. Diese Verbindung ermöglichte es uns, einander zu finden.

Gareth trat näher und blickte mit zusammengekniffenen Augen auf die Karte.

Die Liste war nicht so lang, wie ich es mir gewünscht hatte, nur drei Legacy in der Gegend. Der erste war etwa fünfzehn Meilen vom Hotel entfernt.

Nachdem wir dorthin gefahren waren, zögerte ich, bevor ich aus dem Auto stieg. Das malerische Haus ließ mich nicht an Umkehr denken, doch es fühlte sich an, als wäre ich da, um das Stückchen Normalität zu stören, das der Besitzer geschaffen hatte. Ein zartgelbes Haus mit einem weißen Zaun, der es von der Welt abgrenzte. Der Rasen war ordentlich getrimmt und grün. Starke Magie klimperte durch die Luft, intensiv und düster; sie war mir fremd. Ich beugte mich vor und bekam ein Gefühl dafür, als sie sich um mich legte.

„Warte", befahl Gareth und packte meinen Arm. Er ging vor mir her und beugte sich dann vor, sog die Luft ein, und presste die Lippen zu einer dünnen Linie aufeinander.

„Blut", sagte er.

Mein Herz sackte in meine Magengrube. Ich atmete tief ein und wusste, dass mich der Atemzug nicht so entspannen würde, wie ich es brauchte. Ich roch kein Blut, doch die

Magie lag scharf in der Luft, kitzelte meine Nase. Vielleicht war es von einer Verletzung.

Optimismus überwog, als ich bemerkte, dass die Schlösser nicht aufgebrochen waren, doch dann warf ich einen Blick auf Gareths Gesicht. Seine Miene war düster. Wir standen in einem Moment gefrorener Stille. Seine Augen glänzten in einem tieferen Farbton, gequält und trostlos. Hatte er den Tod gerochen oder nur das Blut, das ihm sagte, dass der Tod unvermeidlich war?

Er drückte gegen die Tür, bis sie nachgab. Holzsplitter spritzten am Eingang. Die Leiche lag mit dem Gesicht nach oben auf dem Küchenboden, die Augen vor Schock geöffnet, der Mund fassungslos offen. Ihre Haare waren wie ein Heiligenschein um sie herum ausgebreitet. Ich kniete mich neben sie und streckte die Hand nach ihr aus. Die Haut war fahl, aber noch warm. Der Raum war ordentlich, und alles schien an seinem Platz zu sein. Es sah aus wie ein typisches Zuhause, ein paar Teller in der Spüle, Blumen, von denen ich annahm, dass sie aus ihrem Garten stammten, in einer Vase auf der Theke. Im Zimmer nebenan lief der Fernseher; das Sofa, die Stühle und die Dekoration waren alle an Ort und Stelle. Es gab keine Anzeichen eines Kampfes, nicht einmal eines Versuchs. Wie hatte es keinen Kampf geben können? Selbst der ungeschickteste Magier konnte sich irgendwie wehren.

Ich sah mir ihre Finger an: Es gab keine Blutergüsse um sie herum oder Blut, wo sie versucht hatte, sich zur Wehr zu setzen. Gar nichts. Es gab mehr als nichts. Da war die Magie, eine seltsame Mischung, die sich kalt, stark, grell und seltsam altehrwürdig anfühlte, als wäre sie älter als alles, was mir je begegnet war. Ich fürchtete sie, obwohl ich keinen Grund dazu hatte. Ich mochte das Gefühl nicht, das sie in mir auslöste – Angst, die an Schrecken grenzte.

Ich lenkte meine Aufmerksamkeit wieder auf den Leichnam. Ein Mal auf ihrer Brust. Keine Einschusswunde, auch keine Wunde von einem Dolch oder einem Messer. Ich konnte nicht feststellen, was es war. Gareth untersuchte die Verletzung. Sie hatte einen kleinen Durchmesser und lag über ihrem Herzen.

Wir sahen uns beide die Szene an, obwohl es nichts anzusehen gab. Mit Gareth neben mir ging ich durch das Haus, spürte die Magie und prägte sie mir ein. Ich wollte sie identifizieren können, wenn ich ihr wiederbegegnete. Nach langem Nachdenken zog er sein Handy heraus und sprach einige Minuten mit jemandem. Als er auflegte, sagte er: „Die örtliche Gilde kommt.“

„Wie werden sie damit umgehen?“, fragte ich. Ich konnte den Tatort einfach nicht fassen, ungestört, als hätte sie es kommen sehen und nichts getan. Das Fehlen jeglicher Magie außer der fremden störte mich. Meine Art von Magie hätte die Luft dominieren sollen, unerschütterlich und stark. Es gab keine, als hätte sie keinen einzigen Versuch unternommen, sich zu verteidigen.

„Wissen sie auch von uns?“, fragte ich, ein Hauch von Verärgerung in meiner Stimme. Ich dachte, ich könnte meine Worte mildern, doch sie waren frostig und wütend.

„Wir haben es mit keiner anderen Agentur als unserer eigenen besprochen, und selbst dort ist der Kreis der Eingeweihten beschränkt. Doch seit deinem Treffen mit Mr. Lands bezweifle ich, dass die Existenz der Legacy nicht allgemein bekannt ist und nicht immer noch als Fabel oder Verschwörungstheorie abgetan wird. Er hat in seiner Pressekonferenz gesagt, dass es euch gibt.“

„Was wirst du ihnen sagen?“

Er runzelte die Stirn, verschränkte die Arme vor der Brust, und ich fragte mich, ob er das gleiche beunruhigende Gefühl hatte wie ich. Er brauchte zu lange, um zu antworten. „Wir teilen Informationen mit anderen Behörden, und das würden wir ihnen nicht vorenthalten.“

Ich wollte nicht warten, bis die Gilde kam – ich hatte das

Gefühl, dass unsere Zeit zu knapp war, um zu den anderen zu kommen –, doch Gareth drängte mich zu bleiben. Zehn Minuten später stürmten sie ins Haus, ähnlich gekleidet wie die Agenten zu Hause: Stoffhosen und Hemden, und nichts weiter als eine Marke, um sie zu identifizieren. Sie bewegten sich geübt und strategisch, suchten nach Abdrücken, fotografierten den Raum, das Opfer. Genau wie ich wirkten sie verblüfft über die Szene und den Mangel an Beweisen dafür, dass sich die Frau verteidigt hatte.

Eine große, zart gebräunte Brünette, die sich genauso lautlos und anmutig bewegte wie die meisten Wandler, kam schließlich herein. Ich vermutete, dass sie ein Werwolf war. Nachdem sie sich umgesehen hatte, landeten ihre hellbraunen Augen mit dem dunkelbraunen Ring, der sie umgab, auf Gareth. Der Ring regte sich und begann ganz leicht zu glühen, als sie ihre Aufmerksamkeit auf mich richtete. Ihre Lippen verzogen sich zu einer angespannten Linie, und sie richtete ihre Aufmerksamkeit wieder auf Gareth.

Er nickte zum Gruß. „Tina."

„Gareth, danke, dass du mich angerufen hast", sagte sie in kühlem, professionellem Ton, durchzogen von Misstrauen und Neugier. „Was bringt dich hierher?"

Verdammt, die Wandlerin würde in der Lage sein, eine Lüge zu erkennen. Ich wollte gerade antworten und hoffte, dass sie nicht so gut darin war wie Gareth, aber er ergriff das Wort. „Wir waren hier, um ihre Freundin zu besuchen."

Die Wandlerin runzelte die Stirn und verzog ihre Lippen, als sie ihn mit einem Hauch von Zweifel ansah. Sie versuchte nicht einmal, es zu verbergen. „Also du und deine ..."

Sie wartete geduldig darauf, dass er ihr eingehender erklärte, wer ich war. Er sagte ihr nichts mehr und wiederholte stattdessen nur, was er zuvor gesagt hatte.

„Hexe?", fragte sie.

Gareth zögerte, bevor er sprach. „Schreib für den Moment Hexe auf", sagte er auf eine Weise, die keinen Raum für weitere Fragen ließ. Nach ein paar Augenblicken des Schweigens kniff sie ihre Augen zusammen und versuchte, in einem Gesicht zu lesen, das ausdruckslos war, ohne eine Spur von irgendetwas.

„Ich werde dir später weitere Informationen geben können, aber zu diesem Zeitpunkt muss ich mit äußerster Vorsicht vorgehen. Also nenn' sie einfach Hexe, und wenn du irgendwelche Informationen findest, hoffe ich, dass du bereit bist, sie mit meinem Büro zu teilen."

Ein schiefes Lächeln legte sich auf ihr Gesicht, besorgt und misstrauisch. „Solange du bereit bist zu sagen, was sie wirklich ist. Ich habe viele Hexen getroffen, und ich glaube nicht, dass das eine ist." Wandler konnten vielleicht Magie riechen, aber sie konnten sie nicht so spüren wie ich. Sie wussten nur, dass hier Magie war. Die meisten Leute schienen standardmäßig *Hexe* zu schlussfolgern, weil es so viele von ihnen gab, und da ich eine Frau war, war das wahrscheinlich die erste Annahme. Obwohl es männliche Hexen gab, gab es viel mehr weibliche.

Die vorhandene Magie war so stark und mächtig, dass ich mich fragte, ob sie unsere Magie übertönte, ob das Opfer überhaupt gekämpft hatte. Es war besorgniserregend. Welche Art von Magie könnte uns machtlos machen und diese Frau in einen Zustand des Schreckens versetzen, in dem sie gelähmt und unfähig war zu kämpfen, was unausweichlich gemacht hatte, dass sie dem erlegen war, was auch immer ihr das Leben gekostet hatte.

Es sah so aus, als würde die Agentin uns mit weiteren Fragen überhäufen wollen, als ich Gareths Arm berührte. „Wir sollten wirklich gehen." Meine Stimme war so traurig, dass die Agentin denken musste, ich könnte es nicht länger ertragen, dort zu sein. Ein Teil davon stimmte – ich konnte es nicht ertragen, in der Nähe der Leiche zu sein. Doch ich musste auch zu den anderen. Das war kein Zufall, und ich musste mich vergewissern, dass sie nicht in Gefahr waren.

Ich fragte mich, wie das gehandhabt werden würde. Hatten sie hier ihre eigene Version von Harrah, die es schaffen würde, den Fall zu bereinigen, oder würden sie sie hinzuziehen? Es gab nichts, was mit dem Original vergleichbar wäre.

Das Haus des nächsten Legacy war nur eine halbe Stunde entfernt, und ähnelte dem, das wir gerade verlassen hatten. Ein wenig größer, aber nicht viel, ein Ranchhaus, nicht so ordentlich gepflegt wie das andere. Doch es war schön und ruhig, und so war die ganze Gegend. Die Bewohner lebten näher bei ihren Nachbarn, etwas, das die meisten Legacy nicht taten. Doch in kleineren Städten zu leben, war etwas, wozu wir alle neigten. Nicht zu klein, dass die Leute wissen würden, wer wir waren, aber groß genug, um in der Menge unterzutauchen, normalerweise in Vororten außerhalb einer größeren Stadt.

Als wir zum Haus gingen, legte Gareth die Finger an die Lippen, um mich zum Schweigen aufzufordern. Er drückte sein Ohr an die Tür, und nach ein paar Augenblicken klopfte er an. Es folgte eine Antwort. „Jemand ist drin", sagte er. Ich holte meine Sai heraus und nahm eine Verteidigungsposition ein. Er legte seine Hand auf seine Pistole; es war das erste Mal, dass ich ihn eine tragen sah, davon, dass er sie als Option in Betracht zog, ganz zu schweigen.

Er klopfte erneut an, und dann hörten wir beide Schritte und Schluchzen. Eine junge Frau Mitte bis Ende zwanzig öffnete die Tür. Ihre jaspisbraunen Augen waren vom Weinen gerötet, genauso wie ihre gebräunte Haut und ihre Nase, letztere vermutlich vom aggressiven Putzen.

„Sie sind nicht die Polizei." Sie schluchzte lauter. Ihre Schultern hingen, und sie sah aus, als würde sie gleich in sich zusammenfallen. Gareth fing sie auf, bevor sie zu Boden sinken konnte, und half ihr zum Sofa, wobei er kurz auf den Leichnam am Boden blickte.

Er zeigte ihr seinen Ausweis. Ich glaube nicht, dass es ihr

egal war, ob er von der Polizei oder ein anderer Beamter war oder nicht. Sie wollte nur reden, um es loszuwerden.

Sie starrte den Leichnam an, während ihr Tränen über das Gesicht liefen. Ich zweifelte daran, dass ich diesen Anblick oder den der beiden toten Legacy so schnell aus meinem Kopf bekommen würde.

„Er hat einfach an mir vorbeigesehen", sagte sie zwischen zwei Schluchzern.

„Wer?", fragte ich. Ihr Blick ruhte auf den Sai, und sie begann zu zittern. Ich steckte sie schnell in die Scheide und senkte meine Stimme, als ich noch einmal fragte.

Es war schwerer, das Opfer anzusehen – er war jünger. Wahrscheinlich ein Teenager, höchstens Anfang zwanzig, und wie bei dem anderen Opfer war sein Gesicht in einem Zustand schläfriger Ehrfurcht erstarrt. Es gab keine Abwehrverletzungen und wieder keine Spur seiner Magie – unserer Magie. Er war im Wohnzimmer, nur ein Stück vom Fernseher entfernt, ein Gamecontroller neben ihm und nichts sonst.

Die Frau atmete mehrmals kontrolliert ein, bevor sie die Augen schloss, doch ziemlich schnell öffnete sie sie wieder; ich nahm an, dass die Bilder zu viel waren, um sie zu ertragen. Sie betrachtete den Leichnam erneut und wandte sich dann erneut uns zu.

Ihre Stimme zitterte, als sie sprach. „Ich komme immer Samstagmorgens hierher, und wir spielen Spiele. Niemand hat aufgemacht, aber ich habe einen Schlüssel, also habe ich ihn benutzt. Ich habe diesen Mann über ihm stehen sehen. Als er meine Schritte gehört hat - ich denke, es waren meine Schritte oder wahrscheinlich ein Schrei, nein, ich habe nicht geschrien, bis er gegangen war." Sie schloss wieder die Augen, diesmal länger, und erzählte von den Ereignissen. „Nein, ich habe nicht geschrien. Ich habe gekeucht; dann hat er aufgeblickt. Aber er hat nicht … er hat in meine Richtung gespäht. Er hat durch mich hindurchgesehen, fast so, als könnte er mich nicht sehen."

Gareth fragte: „Wie hat er ausgesehen?"

„Groß. Wirklich groß. Über zwei Meter groß, vielleicht zwei zehn oder mehr. Seine Haut war blass, fast durchscheinend. Und seine Augen waren nicht richtig. Sie waren grau, ganz grau, und ich dachte, das wäre meine Einbildung, bis er mich nicht sehen konnte." Sie brauchte einen Moment, bevor sie wieder sprach. „Vielleicht war er blind", sagte sie halbherzig, als wollte sie sich nicht auf die Lächerlichkeit der Idee einlassen. Ich verstand warum; Es fiel mir auch schwer zu akzeptieren, dass wir es vielleicht mit einem blinden magischen Attentäter zu tun hatten. Ich fragte mich, wie er die Opfer vor Angst gelähmt hatte, damit sie sich nicht wehrten, und welche Waffe er verwendet hatte, um ihnen dieselbe identische Wunde über dem Herzen zuzufügen.

Wir befragten sie weiter, aber es kam nicht viel mehr dabei heraus als in den ersten Minuten. Sie war ins Haus gekommen und hatte einen großen Mann vorgefunden, der eine weiße Tunika und eine weiße Hose trug, blasse Haut hatte, graue Augen – nicht sehr aussagekräftig, außer dass sie gesagt hatte, dass seine Nase breit war und ausladende Nasenflügel hatte. Dann verschwand er.

„Und dann haben Sie die Polizei gerufen?", fragte ich.

Sie schüttelte den Kopf. „Ich habe die Polizei gerufen und dann die andere Polizei."

„Welche andere Polizei?", fragte ich.

„Die für Übernatürliche."

Mein Herz setzte aus, und ich fragte mich, ob sie wusste, was das Opfer war.

„Warum haben Sie das getan?", fragte Gareth.

„Der Mann ist verschwunden. Das ist nicht normal. Was zum Teufel wird die Polizei tun?" Ihr Ton war härter, und es schien, als hätte Wut ihre Trauer ersetzt. Damit konnte ich mich identifizieren; ich fing an, meine eigene Wut zu spüren, und kämpfte darum, sie so weit zu unterdrücken, dass sie nützlich war. Ich sah zu Gareth hinüber. Ich wollte sie nicht allein lassen. Als es an der Tür klopfte, war ich bereit, sie in der Obhut der Gilde-Offizieren zu lassen. Wir trafen dieselbe Brünette, deren Augen jetzt voller Argwohn waren, und das zu Recht.

„Gareth, ich versuche, nicht zynisch zu sein, aber es ist furchtbar merkwürdig, dass du heute bei zwei Morden der erste am Tatort warst."

„Du hast jedes Recht, skeptisch zu sein, auch, wenn es unbegründet ist." Seine Augen wanderten erneut über den Tatort, und sein Stirnrunzeln vertiefte sich. „Ich kann dir versichern, dass ich damit nichts zu tun habe und alles tun werde, um herauszufinden, wer es getan hat." Seine Worte kamen als Knurren heraus – seine Wut kochte über – und seine Nackenmuskeln waren angespannt.

Er blickte zur Zeugin zurück: Ihr Gesicht war immer noch gerötet. Als die Agenten sie befragten, wischte sie die Tränen weg, die ihr übers Gesicht liefen. Er richtete seine Aufmerksamkeit wieder auf Tina. „Brauchst du noch was von uns?", fragte er mit angespannter Stimme.

Der Ausdruck auf Tinas Gesicht veränderte sich; nicht länger skeptisch, schien ein Hauch von Angst und Sorge in ihrer Miene zu liegen, als sie Gareth musterte. Er war nicht so zurückhaltend und emotional kontrolliert wie sonst. Ich war mir nicht sicher, ob seine Gefühle meine widerspiegelten oder ein Ergebnis der Magie waren, die den Raum flutete. Sie war erstickend, und ich hasste die Art und Weise, auf die sie Angst und Schrecken hervorrief. Meine Kampf-oder-Flucht-Reaktion hatte eingesetzt, doch ich hatte keine Ahnung, gegen wen ich kämpfen oder vor wem ich fliehen sollte.

Tina befragte uns noch ein paar Minuten und wollte Einzelheiten darüber wissen, was passiert war. Gareth erzählte ihr das meiste davon. Ich ergänzte die Informationen, wenn ich etwas zu bieten hatte, doch ich war abgelenkt und erinnerte mich wieder einmal an die Magie. Wenn ich sie jemals wieder fühlen würde, hoffte ich, dass sie nicht die gleichen Angstgefühle hervorrufen, sondern mich dazu bringen würde, wie eine Furie zu kämpfen und denjenigen zu töten, der dafür verantwortlich war.

Ich hatte vermutet, dass der Tag so enden würde – in einem Gilde-Büro – nachdem wir die dritte Leiche entdeckt hatten, diesmal nicht in einem Haus, sondern im Wald. Sie war allein in einer von Büschen und Bäumen bewachsenen Gegend zwischen den Blättern, in derselben Position mit dem Gesicht nach oben wie die anderen. Langes blondes Haar umfloss ihren Kopf, ihr Mund und ihr Gesicht spiegelten Verwirrung wider. Die gleiche kleine Wunde durch das Herz. Drei Tote. Drei ermordete Legacy. An einem Tag. Ich war mir nicht sicher, welches Gefühl überwältigender war, Wut oder Frustration.

Immerhin waren wir nicht in einem Vernehmungszimmer, sondern in Tinas Büro, das dem von Gareth sehr ähnlich war. Ihre Arme waren verschränkt, und sie lehnte sich gegen ihren Schreibtisch. Gareth und ich nahmen ähnliche Positionen ein und standen nebeneinander, nachdem wir uns geweigert hatten, uns auf die von ihr angebotenen Stühle zu setzen. Sie starrte uns an, ihre Lippen zu einem trotzigen Ausdruck zusammengepresst, während sie darauf wartete, dass wir ihr etwas gaben, das wir nicht hatten.

„Und ihr habt keine Ahnung, wer dahintersteckt?", fragte sie ungläubig. Wir waren schon seit über zwanzig Minuten dort, und obwohl wir nicht in einem Vernehmungszimmer waren, wurden wir definitiv verhört.

„Nein, haben wir nicht", sagte Gareth.

„Kannst du mir dann wenigstens sagen, was euch hierher geführt hat?", fragte sie.

Vielleicht war es die Müdigkeit des Tages oder das überwältigende Gefühl der Hilflosigkeit oder die Verzweiflung, die mit der Verfolgung durch das Unbekannte einherging, doch ich hatte nicht das Gefühl, viel zu verlieren. Ich wollte gestehen, doch die Worte kamen nicht so leicht heraus wie ich dachte und blieben hinter meinen fest zusammengepressten Lippen gefangen. Gareth sah mich an, als würde er mein Zögern spüren, doch ich konnte nicht sagen, ob er damit einverstanden war oder nicht, oder ob er mir sagen wollte, dass ich nicht reden sollte. Ich vermutete, dass er es mir überließ.

„Wir sind hergekommen, um nach Legacy zu suchen", gestand ich leise.

Sie sah nicht so überrascht aus, wie ich es erwartet hatte. Stattdessen holte sie tief Luft und betrachtete mich dann für einen langen Moment. „Tun Sie das, weil Sie eine sind?", fragte sie mit ebenso leiser Stimme.

Ich nickte kaum merklich.

Wieder folgten einige Momente der Stille, bevor sie erneut sprach. Ihre Stimme war gedämpft, und ihre Haltung veränderte sich ein wenig. Sie wirkte abwehrend, als ob sie das Bedürfnis verspürte, sich zu schützen. Sich vor mir und dem, was sie gehört hatte, wozu ich und meinesgleichen fähig waren, zu verteidigen.

Warum suchen Sie nach ihnen? Ich musste nicht spekulieren – ich wusste, was sie sich fragte. War ich wie Conner, der versuchte, genug zu sammeln, um eine neue Säuberung durchzuführen? Hatte ich einen schändlichen Plan?

Ich zögerte, und bevor ich etwas sagen konnte, legte Gareth zur Beruhigung seine Hand auf meinen Rücken. „Hast du gehört, was in letzter Zeit in unserem Department vor sich geht?", fragte er selbstbewusst und vertraut, als wäre er es gewohnt, dass sie so miteinander sprachen. War sein

Department das, zu dem andere aufblickten, um sich daran zu orientieren, oder waren sie diejenigen, die die größten Fälle hatten, von denen andere lernen konnten?

Sie nickte. „Ihr scheint in letzter Zeit viele *Ereignisse* gehabt zu haben. Ereignisse, die seltsam erscheinen. Ich dachte, das meiste könnte der Tatsache zugeschrieben werden, dass die Maxwells geflohen sind. Aber ich kann nicht umhin zu denken, dass vielleicht mehr dahinter steckt."

Gareth fuhr sich mit den Fingern durchs Haar und zerzauste es mehr als durch die vielen Male, als er es getan hatte, während wir ihnen zum Revier gefolgt waren. Er brauchte lange, um über seine Worte nachzudenken, was Tina nicht zu stören schien. Ich ging davon aus, dass sie mit ihren eigenen Worten genauso vorsichtig gewesen wäre.

Er erzählte ihr mehr, als ich erwartet hatte: einschließlich der Informationen über die Nekrospeere und den Verrat durch ein Mitglied des Magischen Rates und Conners frühere Vergehen, die Maxwells zweimal aus Barathrum zu befreien. Er fuhr mit der Auflistung von Conners Taten fort und erzählte ihr, dass Conner den Gründer von Humans First getötet hatte. Es war das erste Mal, dass sie auf eine neue Information reagierte. Sie stand aufrechter, straffte ihre Schultern, und ihre Augen weiteten sich, als sie hörbar Luft holte. Sekunden später hatte sie die Kontrolle über ihre Haltung wiedererlangt. Die Maske des professionellen Stoizismus war zurückgekehrt. Gareth hat alles offengelegt, bis auf die undichte Stelle in seinem Department, und ich vermutete, dass das weniger damit zu tun hatte, dass sie es nicht wissen musste, als vielmehr mit der Verlegenheit, die mit einem solchen Verrat verbunden war.

„Du scheinst alle Hände voll zu tun zu haben. Wie geht Harrah damit um?"

Alle wussten also Bescheid. Gareth zuckte mit den Schultern. „Du weißt, dass sie alles verdaulich verpacken kann; wir spüren nicht viel Widerstand oder Feindseligkeit."

„Noch nicht", fügte Tina hinzu. Sie sah besorgt aus und dachte über die neuen Informationen nach. „Camden handhabt die Situation mit den drei Morden. Es wird schwer, die Panik zu unterdrücken." Sie schenkte mir ein schwaches Lächeln. „Hexen werden in Aufruhr sein, aus Angst, angegriffen zu werden. Drei ermordete Hexen sind eine Serie. Wir werden tun, was wir können, um ihre Bedenken zu zerstreuen. Camden macht seinen Job genauso gut wie Harrah", erklärte sie.

Gab es eine spezielle „Geschichtenerzählerschule", die sie besuchten, wo sie lernten, in ihrem Job „gut" zu sein? Haben sie die Universität besucht, um sich den Arsch abzulügen, doch nur die besten Absolventen bekamen diese Jobs?

„Danke, dass ihr so offen mit mir wart", sagte Tina. „Im Moment denke ich, dass es am besten ist, wenn dieses Gespräch unter uns bleibt. Ich habe es nicht eilig, das Federal Supernatural Reinforcement herumschnüffeln zu lassen, und in dem Moment, in dem sie der Meinung sind, dass wir die Situation nicht unter Kontrolle haben, werden sie da sein."

Ich wusste nicht viel über das FSR, weil unsere Stadt ihnen selten einen Grund gab, einzugreifen, doch sie waren dem FBI gleichgestellt und befassten sich mit Fällen in der übernatürlichen Welt. Dem ähnlichen finsteren Blick nach zu urteilen, den die Erwähnung ihres Eingreifens auf Gareths Gesicht hervorrief, wollte er sich auch nicht mit ihnen auseinandersetzen.

KAPITEL 11

Ich hatte nicht noch eine Nacht in der Stadt bleiben wollen, wo drei Legacy innerhalb weniger Stunden von einem scheinbar blinden Angreifer getötet worden waren, der sie gelähmt hatte. Ob er es durch Magie oder Angst getan hatte, sie waren nicht in der Lage gewesen zu kämpfen. Die dichte, dunkle, schattenhafte Magie tränkte die Luft, oder vielleicht blieb sie nur in meinem Kopf, weil ich mich gezwungen hatte, sie mir einzuprägen. Ich wusste einfach nicht, was ich tun würde, wenn ich ihr begegnen würde. Würde ich fliehen oder bleiben und kämpfen?

Ich kroch schließlich gegen Mittag aus dem Bett und war froh, dass Gareth damit einverstanden war, dass ich allein schlief, und nicht geblieben war. Der gestrige Tag war anstrengend gewesen, und ich hatte so viele Fragen. Es gab einen Attentäter, der es auf Legacy abgesehen hatte, und er war kein Tracker. Jedes Mal, wenn ich an die Morde dachte, war ich verwirrt: Warum zum Teufel hatten sie sich nicht gewehrt?

Geduscht und angezogen ging ich in die Küche, bereit für den Ansturm von Fragen, die ich von Savannah bekommen würde. Sie hatte Antworten verdient, doch als wir gestern Abend spät nach Hause gekommen waren, hatte ich ihr keine geben können. Ich war mir selbst noch nicht klar, was genau vor sich ging, und hatte das Gefühl, dass alles außer Kontrolle geriet und ich nur verzweifelt nach etwas griff. Der einzige Trost, den ich hatte, war, dass Gareth an diesem Punkt nicht auf Nummer sicher gehen wollte – er würde die Tracker festnehmen. Jeden einzelnen von ihnen. Das schaltete nicht die unmittelbarste Gefahr aus, doch zumindest würden sie die Situation nicht verschlimmern.

Auf Savannahs Gesicht fehlte ihr typisches fröhliches Morgenlächeln, stattdessen war ihre Miene düster, besorgt und vielleicht ein bisschen wütend.

„Die Situation wird schlimmer, nicht wahr?", fragte sie leise.

„Es wird alles gut", versuchte ich und legte mehr Vertrauen in meine Worte, als ich empfand. Doch sie begann nicht mit Fragen darüber, was am Tag zuvor passiert war. Stattdessen schenkte sie uns beiden eine Tasse Kaffee ein und holte eine Schachtel Donuts aus dem Schrank. Wenn es ein anderer Tag gewesen wäre, hätte ich wahrscheinlich einen netten kleinen Scherz darüber gehabt, besonders als sie in einen hineinbiss und nicht so aussah, als hätte sie die schlimmste Sünde begangen, die man sich vorstellen kann.

„Lucas lässt mich nicht mehr ins *Devour* kommen."

Savannah musste zugestimmt haben, denn sie war niemand, der sich gern etwas verbieten ließ, und hatte kein Problem damit, wem auch immer zu sagen, was er mit seinem Verbot tun konnte. Sie fuhr fort: „Er sagt, es ist nicht sicher. Angst macht Leute impulsiv und gewalttätig. Jemand ist gestern Nacht und die Nacht zuvor in seinen Club gekommen und hat versucht, Vampire anzugreifen. Ich weiß nicht, ob es Hass war, der diese Menschen dumm gemacht hat, doch er hat sie nicht unbedingt schlauer gemacht. Wer geht in die älteste Vampirbar, um Ärger zu machen?" Sie verzog das Gesicht, und ich konnte es ihr nicht verdenken. Es war nicht einfach, einen Vampir zu töten, und es war verdammt viel schwieriger, es zu tun, wenn der Vampir Heimvorteil hatte. Ohne neugierige Blicke konnten sie ihre Magie einsetzen. Es war definitiv keine kluge Entscheidung.

„Glaubst du, das hatte was mit diesen schrecklichen Drillingen zu tun?", fragte sie.

„Die Maxwells waren es nicht, die Gilde hat sie." Ich hoffte wirklich, dass sie sie voneinander getrennt hatten, damit keine Chance bestand, dass alle drei entkamen oder wieder befreit wurden. Ohne die Macht der Drei waren sie harmlos.

Sie seufzte und nahm sich einen weiteren Donut, und das war schlimmer, als zu wissen, dass Attentäter hinter uns her waren. Jemand hätte mir genauso gut sagen können, dass eine Apokalypse bevorstand und wir in eine dystopische Welt gezwungen würden. Ihr zweiter Donut war meine Apokalypse.

„Alles wird gut, Savannah", sagte ich mit leiser, tröstender Stimme und schenkte ihr ein mitfühlendes Lächeln.

Ihre Stimme brach, als sie fortfuhr, und das war das Herzzerreißendste: „Das glaube ich nicht, Livy." Ich war mir sicher, dass sie sich dieselben Sorgen machte wie ich – vor allem wegen Conner. Er war da draußen und verbreitete Chaos.

Es sah so aus, als könnte sie nicht noch mehr Neuigkeiten vertragen, und ich war nicht bereit, sie zu überbringen. Sie redete weiter und erzählte mir, dass Mr. Lands wieder aufgetreten war und die Leute gebeten hatte, ruhig zu bleiben und sich an das Bündnis zu halten. Er war vernünftig; Darin fand ich ein bisschen Trost. Doch ich vermutete, dass das nur dazu führen würde, dass sich ein Zweig von HF radikalisierte, und es gab nichts, was die Stimme der Vernunft dagegen tun könnte. Doch das war nicht das dringendste Problem: Ich musste herausfinden, wer es auf die Legacy abgesehen hatte und welche Art von Magie sie besaßen, die uns hilflos machte.

Nach einigen Momenten gewichtigen Schweigens teilte Savannah ihre Aufmerksamkeit zwischen dem Fernseher und ihrem Facebook-Feed, wo sie durch Geschichten und Benachrichtigungen scrollte. Sie griff nach der Fernbedienung und schaltete den Fernseher auf eine Komödie um und ihr Handy auf stumm, bevor sie es mit dem Display nach unten auf den Tisch legte. Die Schwere ihrer Gefühle zeigte sich auf ihrem Gesicht: Ihre Augen verdunkelten sich und ihr Lächeln war gezwungen und angestrengt.

„Was ist gestern mit den anderen Legacy passiert, hast du mit ihnen sprechen können?", fragte sie.

Ich schüttelte den Kopf und beschloss, ihr später davon zu erzählen.

„Nicht", schalt sie leise. „Ich will nicht, dass du etwas vor mir geheim hältst. Wir sitzen im selben Boot."

Es gab nicht viele wahrere Worte. Auch ihr Leben hatte sich verändert, doch sie hatte den Vorteil, im Schatten zu leben, ihre Fähigkeiten waren nicht mehr als ein Blip im Gesamtspektrum. Wenn Conner jedoch erfolgreich die Säuberung durchziehen könnte, würde auch sie sterben.

Savannah hatte den gelassenen Blick gemeistert, an dem sie festhielt, eine unerschütterliche Maske, die weder Schock noch Abscheu darüber zeigte, was ich ihr berichtete. Ihr Ton blieb ruhig und ausdruckslos, als sie ihre Fragen stellte. „Glaubst du, es war ein Zauber?"

„Das ist möglich, aber es hat nicht so ausgesehen, als hätten die Opfer versucht, sich zu verteidigen. Das ist das Beunruhigendste."

Als jemand an die Tür klopfte, blickte sie dankbar auf – eine Atempause. Sie sprang auf, um zu öffnen. Bei ihrem

Bick durch den Spion lächelte sie, und ich musste nicht raten, wer es war. Sie öffnete die Tür, und Lucas kam herein und beugte sich ein ganzes Stück nach unten, wobei der Größenunterschied sich als Nachteil offenbarte. Er drückte seine Lippen auf ihre und gab ihr einen langsamen Kuss. Seine Finger gruben sich in ihr Haar, seine andere Hand legte sich um ihre Taille, und ich wandte den Blick ab. Als ich meine Aufmerksamkeit wieder auf sie richtete, küssten sie sich immer noch und hatten anscheinend vergessen, dass ich da war, oder kümmerten sich sehr wenig darum.

Ich räusperte mich. Beide blickten in meine Richtung. „Oh, guten Morgen, Livy." Er betrat die Wohnung, seine Hand ruhte auf ihrem unteren Rücken. Mit dem Lichtschein der Sonne im Rücken war seine Haut ein bisschen blasser als die von Savannah. Sein großer, schlanker Körperbau spiegelte den meiner Mitbewohnerin wider. Sein kurzes sandblondes Haar war nur ein paar Nuancen dunkler als ihres. Er trug wahrscheinlich seine sonntägliche „Freizeitkleidung", eine graue Hose, eine passende Weste und ein weißes Hemd. Meine Mitbewohnerin war ähnlich gekleidet wie ich in T-Shirt und Yogahose, doch neben ihm sah sie nicht fehl am Platz aus.

„Habe ich euch bei irgendwas gestört?"

Ich schüttelte den Kopf, denn es war nicht so, als würde er sich umdrehen und gehen, wenn er es getan hätte.

„War es gestern Nacht schlimm?", fragte ich.

Er fuhr sich mit den Fingern durchs Haar, gab ein Geräusch von sich und entblößte dann seine Fangzähne, etwas, wovon ich annahm, dass er es letzte Nacht ziemlich oft hatte tun müssen. Und er tat es jetzt als Antwort auf meine Frage. Ich war mir sicher, dass sie bedrohlicher aussahen, wenn sie als Warnung gezeigt wurden. Er kniff die Augen zusammen, und seine Kiefermuskeln spannten sich an. „Ich bin es leid, wie vorsichtig wir jetzt mit Menschen umgehen müssen. Ganz anders als früher. So sehr, dass sie vergessen haben, dass wir für sie eine größere Bedrohung darstellen als sie für uns."

„Dann war's gestern Nacht ziemlich schlimm im *Devour*?", fragte ich und nahm mir den dritten Donut.

Er schüttelte den Kopf. „Nein, im *Crimson*", grummelte er. „Das *Devour* ist selektiver, aber …" Er seufzte erneut. *Devour* war der Club, den die älteren Vampire besuchten, eine Höhle des Hedonismus und der Verführung. Im *Crimson* feierten die jüngeren Vampire. In Anlehnung an jeden modernen Vampir Noir umgaben sie sich mit Fanboys und Fangirls, während sie die grüblerische Maske aufsetzten, als wäre sie Teil ihrer Uniform. Oft fand man ältere Vampire im Club, die sie überwachten, weil die Gesetze es Vampiren verboten, Menschen zu zwingen, sie trinken zu lassen, und einigen fiel es schwer, sich daran zu halten. Da die Gesetze vorschrieben, dass Erzeuger für die jungen Vampire verantwortlich waren, waren die älteren Vampire sehr darauf bedacht, dass sich die Jungen benahmen. Doch einigen von ihnen fehlte die Disziplin, sich nicht zu rächen, wenn sie provoziert wurden.

„Hast du den Abend damit verbracht, dafür zu sorgen, dass sich die Kinder benehmen?" Es war seltsam, so von Wesen zu sprechen, die Jahrzehnte älter waren als ich, obwohl ihr Aussehen nicht vermuten ließ, dass dem so war.

Er nickte kurz. „Diplomatie ist etwas, das mit dem Alter geschliffen wird. Bei den meisten Vampiren dauert es Jahrhunderte, nicht Jahrzehnte. Wenn sie konfrontiert werden, reagieren sie mit Gewalt. Die Toleranz und die Geduld für das schlechte Benehmen der Menschen sinken und der Wunsch, ein Bündnis aufrechtzuerhalten und nett zu spielen, ist überstrapaziert." Lucas rollte irritiert mit den Augen, und es war klar, dass er es nicht schätzte, sich mit beidem auseinandersetzen zu müssen.

Als ich mir einen weiteren Donut in den Mund schob, warf er mir einen missbilligenden Blick zu. *Schau nicht so. Du trinkst Blut, oder hast du das vergessen?*

„Was hast du heute Morgen *gegessen?*", fragte ich mit einem Grinsen und stachelte ihn an. Eine Erinnerung daran, dass mein köstlicher Donut eine viel bessere Alternative war als seine Mahlzeit.

Er lachte. „Vielleicht sollten wir brunchen."

Es schien seltsam, mit einem Vampir zu brunchen, wenn ich wusste, dass ich nicht auf der Speisekarte stand. Doch die Art, wie er Savannahs Hals anbetete, die zärtliche Art, wie er über den Puls ihres Handgelenks streichelte, und die anzüglichen und unangemessenen Küsse, die er ihr gab, erinnerten mich daran, dass ich immer noch auf dem Rücksitz seines Autos saß.

„Ich habe nicht vergessen, dass du da bist; wenn deine Anwesenheit jemals übersehen oder unbemerkt war, dann reicht der finstere Blick, den du jedes Mal hast, wenn ich in den Rückspiegel schaue, als Erinnerung. Und wenn ich es wage, das zu übersehen, ist dein Stöhnen nicht zu überhören", scherzte er. Ein paarmal bemerkte ich, dass sein Blick auf meinen Hals gerichtet war. Ich war mir sicher, dass er einfach nicht anders konnte.

Er wurde langsamer, als wir die Coven Row hinunterfuhren. Er blieb stehen und starrte auf eine Gruppe von vier Männern, die in Tarnhosen und grünen Hemden mit dem Aufdruck *Human Rights Alliance* und mit Waffen in ihren Holstern auf einen der Läden zusteuerten. Sie blieben stehen, als zwei uniformierte Männer herauskamen. Ich erkannte die Abzeichen, doch ich war es nicht gewohnt, die Träger in Uniformen zu sehen – vielleicht trugen sie sie, um eine vereinte Front zu demonstrieren, da der Stil den menschlichen Uniformen ähnelte, doch sie waren definitiv keine menschliche Polizei. Einer war ein Wandler, und seine blassbraunen Augen bohrten sich in die Männer, der dunkle

Wandlerring glühte trotzig, das räuberische Selbstvertrauen und seine tödliche Kraft waren offensichtlich. Der Magier neben ihm bot eine Show, indem er mit einer leuchtenden magischen Kugel spielte, die dunkelorange war und mich an Feuer erinnerte. Die Menschen spannten sich an und suchten die unmittelbare Umgebung ab, wobei sie ähnlich gekleidete Übernatürliche vor jedem Geschäft postiert sahen.

Ich spekulierte, wie viel davon Conner zu verdanken war und wann er seinen großen Auftritt haben würde, um sich mit jedem zu verbünden, der ihm bei seiner Agenda helfen würde. Er würde seine Verbündeten natürlich entsorgen, sobald er fertig war.

Stirnrunzelnd fühlte ich mich in so viele Richtungen gezogen, und keine führte zu einer Lösung. Die Maxwells waren nicht das Problem; Humans First war ein kleines und unbedeutendes Problem. Die Human Rights Alliance, obwohl Agitatoren, war immer noch nicht das Problem. Es war Conner, und das musste enden. Ich fühlte weder Schuld noch Reue, als ich mir wünschte, dass das Ding, das die anderen Legacy getötet hatte, ihn ins Visier nehmen möge. Doch schnell kam mir der Gedanke, dass Conner vielleicht dafür verantwortlich war. Hatte er sie angesprochen? Hatten sie abgelehnt, und das war die Strafe? Wut durchzuckte mich und begann als kleiner Stich. Als unser Essen in dem kleinen französischen Café, für das wir uns entschieden hatten, serviert wurde, war es ein brüllendes Inferno und schwer zu bändigen.

Lucas erwies sich als gute Ablenkung für Savannah; als wir nach Hause zurückkehrten, gingen sie sofort in ihr Zimmer. Ich wollte nicht darüber nachdenken, aus welchem Grund – für Sex, um Blut zu saugen oder beides – ich tat so, als wäre nichts davon eine Option, obwohl sie wahrscheinlich beides vorhatten. Es erlaubte mir, unbemerkt von Savannah das Haus zu verlassen.

Ich trug Laufklamotten und mischte mich unter die Leute in der Gegend, von denen die meisten den Weg entlang rannten. Ich verließ den Pfad und wanderte durch den Wald zu meinem besonderen Ort. Meiner Höhle. Sie war jetzt sinnlos und unnötig, doch ich fand immer noch Trost in der Einsamkeit, die sie bot. Es war mein kleiner Rückzugsort, an dem ich zaubern konnte, verborgen vor der Welt, ein Geist. Ich war kein Geist mehr. Ich war bekannt, und die Leute wussten, was ich war – doch hier hatte ich mich immer sicher gefühlt.

Der Trost war da, als ich mich durch die kleine Luke hinunterfallen ließ.

„Warum hast du so lange gebraucht?" Ich gewöhnte mich an die Dunkelheit und konzentrierte mich auf Gareth, dessen Augen von der Dämmerung getrübt waren. Seine Stimme wurde durch den leeren Raum getragen, und ein kleines Echo seines Neckens hallte von den Wänden wider. Er kam näher und schenkte mir ein Lächeln.

„Lass mich raten, du hast dich ein bisschen weniger wie ein Stalker gefühlt und beschlossen, etwas dagegen zu unternehmen."

„Wann hast du angefangen, zu vermuten, dass Conner hinter dem stecken könnte, was die anderen getötet hat?", fragte er. Ich kniff meine Augen zusammen und hatte das unheimliche Gefühl, dass er in meinen Kopf eindringen konnte. Schon bei dem Gedanken beschleunigte sich mein Herzschlag. Hatten wir alle die Fähigkeiten von Wandlern unterschätzt? Wenn mir jemand gesagt hätte, er könne mich in der Stadt tracken, hätte ich angesichts der Absurdität der Annahme gelacht. Doch hier waren wir in meiner Höhle, und er kämpfte gegen ein Grinsen an.

Ich öffnete den Mund, doch die Worte kamen nicht

sofort heraus, weil ich Angst hatte, etwas auszusprechen, auf das ich vielleicht keine Antwort haben wollte.

„Ich kann deine Gedanken nicht lesen, Livy, aber ich bin sehr gut darin, Gesichtsausdrücke zu interpretieren. Was geht dir über mich durch den Kopf, dass du solche Angst davor hast, ich könnte es erfahren?" Er kam näher, nur wenige Zentimeter von mir entfernt. Ich konnte den sündigen Ausdruck in seinen Augen sehen. „Schließlich hast du mich schon oft nackt gesehen, und wir hatten genug *Begegnungen*, dass du eindeutig nicht mehr über mich fantasieren musst."

„Gut." Ich schnitt eine Grimasse. „Ich bin froh, dass du nicht alle Namen kennst, die ich dir gebe – es könnte deine Gefühle verletzen."

„Wenn du willst, dass ich das glaube, aber ich denke, was dir durch den Kopf geht, könnte ein bisschen anzüglicher sein als ein paar Namen."

„Oh, Mr. Bescheidenheit, können wir wieder an die Arbeit gehen?"

„Natürlich", sagte er, doch die spöttischen Fältchen um seine Lippen blieben. „Lass uns Conner finden."

Ich ging zur Höhlenwand und ließ das Messer über meine Hand gleiten, wobei ich vor Schmerz einen Zischlaut ausstieß. Es wurde weder leichter noch tat es weniger weh, ganz gleich, wie oft ich es tat. Blut quoll aus der Schnittwunde, und ich ließ es tropfen und sprach den Zauber. Als sich das Rot ausbreitete, verdunkelte sich das Gebiet, und die Ränder der Stadt zeigten sich, die Linien und Strukturen gaben mir eine sehr grobe Karte. Ich blickte darüber hinweg und hielt Ausschau nach dem Lichtblitz, der mir Conner und die anderen zeigen würde. Die Karte blieb leer, nur die Orientierungspunkte und sonst nichts. Ich fühlte nichts als das überwältigende Gefühl des Unbekannten. Waren sie von der blassen Kreatur getötet worden? Wenn ja, war es ein Akt des Verrats an Conner? Wenn nicht, wer war wirklich für die anderen Morde verantwortlich?

Ich sang den Zauber erneut und wartete darauf, dass sich mir mehr offenbarte. Doch es war dieselbe Karte, unverändert wie zuvor.

„Wahrscheinlich ist er tot", schlug Gareth vor, doch es gab einen Hauch von Zweifel. Normalerweise, wenn Conner Magie benutzte, gab es wenigstens einen Film, nicht lang genug war, um einen Standort zu finden. Doch zuvor hatte er ein kindisches Katz-und-Maus-Spiel mit mir gespielt. Nach allem, was er getan hatte, und allem, was passiert war, spielte er nicht mehr mit mir. Vielleicht brachte er seine bösen Absichten auf eine neue Ebene. Gareth wartete darauf, dass ich ihm die Bestätigung gab, die er brauchte, doch sie war nicht da.

„Wir sollten nach ihm suchen", war das Letzte, was ich sagte, bevor ich mein kleines Versteck verließ. Gareth folgte mir und war nicht allzu begeistert von meinen Plänen.

„Eine blinde Suche scheint dir ein guter Plan zu sein." Er hielt mit mir Schritt, als ich durch den Wald ging, wo ich Conner schon einmal gefunden hatte. Große Eichen standen überall verteilt, und anstatt von magischen Überresten lag der Duft von Lavendel und Gras in der Luft. Ich ging an einem Baumstumpf vorbei, dem Rest eines Baums, den ich zerstört hatte, als ich Conner zum ersten Mal begegnet war, und mächtige Magie mich verzehrt und verlangt hatte, freigelassen zu werden.

Doch jetzt war an keinem der Orte, an denen ich Conner begegnet war, Magie zu spüren. An keinem der Orte, an denen wir gekämpft hatten, gab es einen Hinweis auf seine Existenz.

Ich wollte mich mit der Idee nur widerwillig anfreunden, bis ich ein paar weitere Orte abgesucht hatte.

Nirgends war etwas zu spüren. „Conner ist tot", sagte ich leise. Unsicherheit haftete an meinen Worten, doch ich sprach sie laut aus, als ob es etwas gäbe, das meinen Glauben bestätigte.

Gareth zögerte genauso, es zu akzeptieren. „Ich muss die Leiche sehen", sagte er.

KAPITEL 12

Kalen und ich gingen im Büro umher und taten so, als wäre das Leben normal. Es war drei Tage her, seit ich diese ermordeten Legacy gesehen hatte, und erst einen Tag, seit ich genug Beweise hatte, um zu glauben, dass Conner tot war, doch das machte die Situation immer noch nicht besser. Jemand hatte drei Legacy getötet, und es waren so viele Fragen unbeantwortet. Meine Neugier war zweitrangig hinter meinem Durst nach Rache an dem, der sie getötet hatte. Es wurde immer frustrierender, mit den Gefühlen der Angst und Hilflosigkeit umzugehen, die sich ihren Weg in meinen Kopf bahnten – zwei Gefühle, die ich verabscheute. Anstatt ihnen zu erliegen, versuchte ich nur umso angestrengter herauszufinden, wer der blinde Attentäter sein könnte. Ich hatte den größten Teil des Sonntagabends damit verbracht, jedes Zauberbuch, jedes Mythologie- oder Geschichtsbuch durchzugehen, das ich in die Finger bekommen konnte.

Ich wusste, dass mein Schweigen Kalen störte, während ich am Computer herumtippte. Beim Bestandsabgleich hatte ich noch nie geschwiegen. Es war eine simple Aufgabe, um sicherzustellen, dass das, was wir zu haben glaubten, mit dem übereinstimmte, was wir tatsächlich hatten, und dann zu bestimmen, was verkauft werden konnte und was vor dem Verkauf verschiedenen Sekten angeboten werden musste. Wenn wir Zauberbücher hatten, boten wir sie zuerst den Hexen an, in letzter Zeit in erster Linie Blu. Wenn es irgendetwas mit Vampiren, Magiern oder Feen zu tun hatte, wurde es durch die entsprechenden Kanäle angeboten. Kalen kümmerte sich darum, weil ich es mir bis vor kurzem zur Gewohnheit gemacht hatte, mich von Übernatürlichen fernzuhalten. Oh, abgesehen davon, dass ich gelegentlich von Savannah in eine Vamp-Bar geschleppt worden war, damit sie mit heißen Zombies kuscheln konnte.

Besorgte silberne Augen spähten mich von der anderen Seite des Raums an und wanderten dann sofort zu den Zwillingen neben mir, die Griffe in Reichweite in meine Richtung gelegt, bereit zum Angriff. Tatsächlich brachten mich die kleinste Bewegung und das kleinste Geräusch dazu, nach ihnen zu greifen.

„Wirst du dasitzen und weiter totenstill vor dich hin grübeln, oder hast du vor, mir zu sagen, was zum Teufel los ist?", sagte er schließlich. Ich warf einen Blick auf die Uhr: Er hatte zweiundzwanzig Minuten gebraucht, ein Rekord für ihn – zehn Minuten Schweigen zwischen uns beiden, und er wurde unruhig.

„Aber ich bin gut in dieser dunklen grüblerischen Nummer", neckte ich.

Sein Lachen war angespannt. „Im Ernst, was ist los?"

Ich erzählte ihm alles, und wie Savannah bemühte er sich sehr, seine Gefühle zu verbergen, als er mit den Informationen konfrontiert wurde. Gelegentlich wankte die Fassade jedoch, und ich konnte seine Sorge sehen, aber er riss sie schnell wieder zurück. Ich sagte ihm sogar, dass Tina jetzt von mir wusste.

„Ich glaube nicht, dass es eine so große Sache ist, dass sie es weiß", sagte er. „In dem Moment, als Gordon Lands HF übernommen und öffentlich erklärt hat, dass er überzeugt ist, dass die Legacy existieren, wart ihr sowieso alle geoutet. Er ist nicht nur irgendein Spinner, der unsinnige Verschwörungstheorien von sich gibt. Er ist ein angesehener Mann. Die meisten Leute würden nicht erwarten, dass er ein solches Interesse zeigt, wenn er nicht glaubte, dass es wahr ist."

Ich wusste, dass er recht hatte. „Die Zeugin hat gesagt, der Mörder sei blind. Keins der Opfer sah aus, als hätte es sich gewehrt, und es gab keine Spuren ihrer Magie in der Luft und keine Anzeichen eines Kampfes."

„Und du glaubst nicht, dass es eine Fee war?", fragte er.

„Ich war deiner Magie, Harrahs und der der Feen in der Gilde ausgesetzt. Ich bin damit vertraut. Sie fühlt sich nicht bedrohlich und dunkel an. Sogar Harrahs Magie fühlt sich nicht so an. Ich spüre einfach Macht, wenn sie in der Nähe ist – starke, kontrollierte, überwältigende Macht."

Kalen stand auf und verschränkte die Arme, während die Finger einer Hand gegen seinen Bizeps trommelten. Endlich zeigte er seine Gefühle und seine Angst und Frustration machten alles noch schlimmer. Als er langsam durch den Raum ging, sah ich ihm zu, wie er eine mentale Bestandsaufnahme von allem machte, was er über die verschiedenen Übernatürlichen wusste, die diese Welt bevölkerten. Es gab so viele Unterarten und natürlich solche, die wir für ausgestorben hielten. Ich hätte beinahe über die Ironie gelacht; Ich hatte auch lange Zeit als ausgestorben gegolten.

„Wie hat sie nochmal gesagt, dass er ausgesehen hat?"

„Sie hat gesagt, er sei groß gewesen, mit heller Haut und grauen Augen – vollkommen grau."

„Aber er war in der Lage, jeden Legacy ohne Sehvermögen zu finden, was bedeutet, dass er euch anhand eurer magischen Aura oder eures Blutes verfolgt, so wie ein Wandler jemanden mithilfe seines Geruchsinns verfolgt.

Eine Aura zu verfolgen ist sehr schwierig. Ich kenne keinen Übernatürlichen, der das kann."

Blut war die Quelle dessen, was wir waren und unser Fingerabdruck. Genau das, was uns mit den anderen verband. Wenn jemand das Blut eines Übernatürlichen hatte, konnte er denjenigen verfolgen. Der Besitz meines Blutes würde es jemandem ermöglichen, jeden Legacy aufzuspüren. Ich ging im Kopf jeden Kampf durch, den ich erlebt hatte, jeden Kampf, jedes Mal, wenn ich Blut vergossen hatte, und ich hatte nie daran gedacht, es aufzuwischen. *Verdammt. Dumm. Dumm. Dumm.* Doch wenn man um sein Leben kämpft, war es schwer, danach ans Aufräumen zu denken. In der letzten großen Schlacht, die ich mit Conner hatte, hatte ich eine beträchtliche Menge Blut verloren. Das hätte man nicht einfach mit einem Tuch oder einer Serviette aufwischen können.

„Doch das erklärt nicht, warum die anderen sich nicht gewehrt haben", sagte ich, betrachtete meine Sai und rückte sie näher an mich heran. Kalen blieb stehen und betrachtete mich lange, und was auch immer er sah, brachte ein Stirnrunzeln auf sein Gesicht. Er war der König der unnützen Informationen, und ich nannte ihn deswegen liebevoll KUI. Es war schwer zu leugnen, dass die meisten seiner Informationen wirklich nutzloser Natur waren, da sich die meisten Leute nicht dafür interessierten, wie das Notizbuch oder eine Kaffeepresse entstanden waren. Doch er war auch die Quelle vieler wertvoller Informationen, und die Tatsache, dass er keine Informationen darüber hatte, lastete schwer auf mir. Es verwässerte den sehr schwachen Überblick, den ich über die Situation hatte.

„Ich habe dich noch nie nervös gesehen", sagte er mit ruhiger Stimme. Auf seinen hübschen, eleganten Gesichtszügen lag ein finsterer Ausdruck. Er bewegte sich mit Anmut und Eleganz durch den Raum, ging zum Schrank und zog ein Schwert heraus. Langsam zog er es aus einer Messingscheide, die mit komplizierten Mustern bedeckt war. Dieselben kunstvollen Verzierungen erstreckten sich über den Griff des Schwertes. Licht schimmerte über der Klinge. Es sah aus wie etwas, das man in einem Martial-Arts-Film sehen würde. Er drehte es mit überraschend geschickter Technik in der Hand. Er machte einen Ausfallschritt, schnitt durch die Luft und verursachte bei jeder Bewegung ein zischendes Geräusch. Seine Haltung erinnerte mich eher an jemanden, der nur im Unterricht übte, und aufgrund von Kalens Lebensstil nahm ich an, dass er Fechtunterricht nahm. Doch seine Schläge, selbst durch die Luft, ohne Gegner, waren präzise und gekonnt. Zumindest in der Präsentation. Ich vergaß nie, dass ein Kampf gegen einen imaginären Angreifer immer anders war als im wirklichen Leben, wenn Fertigkeiten über Leben und Tod entschieden.

„Du siehst gefährlich aus mit dem Ding. Weißt du, wie man es benutzt?", fragte ich.

Er machte noch ein paar Schwünge, bei denen er die Waffe mit der Geschicklichkeit eines geübten Fechters handhabte. Er schlug zu, parierte und bewegte sich, um seinen imaginären Gegner zu blocken und anzugreifen.

„Wenn er dich angreift, bekommt er es mit mir zu tun." Sogar tadellos gekleidet in einer schmal geschnittenen dunkelblauen Hose und einem weißen Hemd mit Manschettenknöpfen, die leicht meine monatlichen Ausgaben decken würden, sah er bedrohlich aus, ein beeindruckender Gegner.

„Ich denke, das nächste Mal, wenn ich durch die Kanalisation wate und einen Troll abwehren muss, übernimmst du, oder?"

Er schnaubte und warf mir ein schiefes Lächeln zu. „Ich sagte, ich würde dich vor dem Tod retten, nicht vor Abwasser. Frau mit Prioritäten – bring' deine Prioritäten in Ordnung."

Ich hörte plötzlich ein beruhigendes Singen, eine angenehme Melodie, die meinen Geist einhüllte und mich in einen schläfrigen Zustand versetzte. Ich hörte sie, hypnotisierend und befehlend. Mein Blick wanderte zu Kalen: Seine Augen waren geweitet, leer. Sein Gesicht war ausdruckslos, und er schwankte einige Momente, bevor er zu Boden sank. Abgesehen vom sanften Heben und Senken seiner Brust beim Atmen bewegte er sich nicht. Die Worte gingen weiter, genauso flehend und sanft, doch der Befehl wurde stärker. Ich rief meine Magie und errichtete einen Schild, während ich hart kämpfte, den bezaubernden Klang eines Zaubers zu ignorieren, der mir nichts bedeutete, und doch versuchte, meinen Geist und meinen Körper zu kontrollieren. Der Geruch einer stärkeren Magie war da. Diese Magie, die ich in den anderen Legacy-Häusern gespürt hatte. Er schlug hart gegen meinen Schild und drang schließlich hindurch. Galle stieg in mir auf, als Schmerz meinen Körper packte. Ich kämpfte entschlossener dagegen an. Ich brauchte Lärm, um die Melodie zu übertönen. *Du musst die Melodie übertönen. iPod!* Wie mein Handy hatte ich ihn immer nah bei mir auf meinem Schreibtisch. Ich schaltete ihn ein, steckte mir die Ohrstöpsel in die Ohren, stellte die Lautstärke so laut wie möglich und schob den iPod in meinen Hosenbund, um ihn ganz nah bei mir zu haben. Musik dröhnte in meinen Ohren, doch ich konnte immer noch die Melodie hören.

Jede Bewegung war ein Kampf. Er erschien, der Mann, den die Zeugin im Haus des jungen, männlichen Legacy beschrieben hatte, und die Beschreibung war eine Untertreibung gewesen. Seine Präsenz überwältigte den Raum trotz des zarten Aussehens seiner langen, schlanken Gliedmaßen und seines sehnigen Körpers. Er schien überwältigend. Er war definitiv über zwei Meter groß und mehr als eineinhalb Kopf größer als ich. Ich packte meine Sai und atmete erleichtert auf, als ich keine Waffen bei ihm sah; er hatte nur seine Worte. Worte, die ich nicht ausblenden konnte. Seine Augen fixierten mich, oder besser gesagt meine Richtung. In einer Sache hatte die Zeugin recht gehabt, sie waren grau – vollkommen, auch das, was weiß hätte sein sollen. Er bewegte sich langsam – ich nahm an, um zu orten, wo ich war. Ich trat zurück und achtete darauf, kein Geräusch zu machen. Die Magie kam härter, nicht annähernd so düster wie zuvor, rau und kraftvoll, als er versuchte, meine Gedanken zu übernehmen.

„Anya." Die Wortmuster änderten sich, als wären sie nur für mich manipuliert worden. Meine Gelenke schmerzten, als ich mich bewegte, und mein Körper begann mich langsam zu verraten. Ich hielt die Zwillinge näher an mich gedrückt, bereit, mich zu verteidigen. Sie fühlten sich an, als würden sie eine Tonne wiegen; meine Muskeln zitterten, als ich versuchte, sie festzuhalten. Ich spannte sie an. Ich straffte meine Schultern und zwang stärkere Schilde hoch, doch auch in denen schien er kleine Öffnungen zu finden, durch die er hindurch kam. Mein Kopf dröhnte. Schneller und stärker kamen seine Zauber und konterten alles, was ich benutzte, um mich zu verteidigen. Er bewegte sich wie eine fließende Welle der Bedrohung und stieg über Kalens reglosen Körper hinweg, als wäre er nicht von Interesse.

Durch die Zauber, die er wirkte, flüsterte er meinen Namen – nein, er *gurrte* ihn. Diese unidentifizierbare Anziehung, die ich beim Zuhören verspürte, wurde aggressiver. Ich schöpfte mehr Magie, als ich hatte, und jagte sie mit Gewalt in ihn hinein. Sie traf ihn, floss dann über ihn hinweg und nahm eine feste Form an, bevor sie in Stücke zerbrach. Er hob seine Hand und wedelte mit den Fingern, verspottete mich, und seine Nägel verlängerten sich zu Spitzen. Jeder einzelne war ein Dolch, genauso groß wie die Wunden, die wir an den ermordeten Legacy gefunden hatten. Ich zwang mich zum Handeln, jede Bewegung war schmerzhaft, da mein Körper den kleinsten meiner Befehle zurückwies. Ich bewegte mich gerade genug, um in eine defensive Haltung zu gehen, und wartete, bis er näherkam. Er bewegte sich langsam auf mich zu, seine seltsamen Augen auf mich gerichtet. Das Singen in meinem Kopf wurde lauter und versuchte, die Musik zu übertönen. Ich konzentrierte mich auf die Worte des Lieds, das aus meinen Ohrstöpseln dröhnte, den Bass, die Variationen der Melodien. Alles, um mich davon abzuhalten, eingelullt zu werden.

Ich schlug zu, als er nahe war, bewegte mich langsamer als ich es gewohnt war, und meine Muskeln stöhnten unter dem Widerstand. Eine Klinge glitt in ihn hinein, und er bewegte sich weiter darauf und kam näher an mich heran. Der Ausdruck auf seinem Gesicht war genauso teilnahmslos wie zuvor, unbeeindruckt von den Schmerzen.

Dann streckte er die dolchklauige Hand aus und schnitt über meinen Bauch; der sengende Schmerz wurde überschattet von dem Schock, als meine Beine unter mir nachgaben und ich zu Boden sackte. Ich konnte sie nicht bewegen und wusste nur, dass sie noch da waren, weil ich sie sehen konnte, als ich erfolglos versuchte, sie zu bewegen. Er rutschte vom Sai zurück, und sein Blut floss nur einen Moment lang, bevor es versiegte. Mit einer Handbewegung schloss sich der Riss in seinem Hemd, und ich vermutete, dass die Wunde es auch tat. Ich hielt die Sai fest im Griff, mir bewusst, dass ich in meiner Bewegung eingeschränkt war und nur wenige Gelegenheiten bekommen würde, zuzuschlagen. Er wartete ab, drückte seinen Zauber durch den wankenden Schild und versuchte, meine Musik zu übertönen.

Komm einfach näher. Ich brauchte ihn näher. Ich schloss für einen Moment die Augen und bezwang meine Panik, damit ich mich konzentrieren konnte. Wenn ich nichts anderes tun konnte, würde ich gegen seinen Zauber ankämpfen, ihn davon abhalten, mich mit seiner Magie zu unterwerfen. Er würde seine Klauen nicht in die Nähe meines Herzens bekommen, um es zu lähmen. So viel Lärm im Raum, in meinem Kopf, ich konnte ihn nicht hören, doch sein großer Körper warf einen Schatten über mich, als er vor mir niederkniete. Ein Schlag war wahrscheinlich alles, wozu ich fähig war. Ich versuchte, ihn so gut wie möglich zu timen, und sobald er nah genug war, rammte ich einen Sai in sein linkes Auge und dann den anderen in das rechte. Während ich meine Schilde fallen ließ, benutzte ich Magie, um ihn zurückzudrängen und an die Wand zu nageln. Er wehrte sich. Ich hielt ihn fest. Er wehrte sich noch mehr. Galle kroch mir die Speiseröhre empor, und meine Muskeln schrien um Gnade, die erst kommen würde, wenn er tot war – das hoffte ich zumindest. Der Bann würde aufgehoben werden, doch ich war mir nicht sicher, was die Lähmung anging. Wahrscheinlich war es ein Gift. Ich würde ein Gegengift brauchen.

„Livy." Harrahs Stimme erhob sich über die Musik, der Zauber tobte nicht mehr in meinem Kopf, nur noch Musik. Ich hätte nie gedacht, dass ich mich freuen würde, sie zu sehen, doch ich tat es.

„Was für eine Sauerei", sagte sie, als sie um mich herumging, um den iPod auszuschalten. Ich hörte, wie sie abgehackt Luft holte, bevor sie sich auf den Weg zu der Kreatur machte, die sich abmühte und versuchte, am Leben festzuhalten, das ihm bald nicht mehr gehören würde. Ich stützte mich auf meine Ellbogen und beobachtete sie, während sie ihn ansah.

„Wissen Sie, was das ist?", fragte ich.

Sie nickte langsam. „Ein Mors. Ein sehr gefährlicher und alter Zauberer, der nur beschworen werden kann. Dazu ist viel Magie erforderlich, mehr als alles, was ein einzelner Magieanwender besitzt." Sie drehte sich um, und ein sanftes Lächeln umspielte ihre Lippen. Ihre ruhigen, sanften Augen sahen mich an, harmlos und freundlich, doch dahinter lauerte mehr.

Ich konzentrierte mich auf sie, als sie langsam durch den Raum ging und neben Kalen in die Hocke ging. „Er lebt", sagte sie. „Sobald der Mors stirbt, wird der Zauber, mit dem er ihn belegt hat, aufgehoben." Es war schwer zu ignorieren,

wie wenig sie der langsam sterbende Mors an der Wand
störte, als wäre sie es gewohnt oder hätte es nicht in sich,
sich davon bewegen zu lassen. Warum tötete sie ihn nicht
einfach, um ihn von seinem Schmerz befreien?

Sie zog ihr Jackett aus, faltete es zusammen und legte es
mir unter den Kopf. „Die Leute sind paranoid, wenn es um
deine Art geht. Ich dachte, es wäre ein leichter Übergang,
doch es sieht nicht danach aus." Ihr Ton war so beruhigend
und melodiös, dass ich meine Augen schloss und mich von
seiner beruhigenden Wirkung einhüllen ließ. „Es ist nicht
deine Schuld. Ich wünschte, sie könnten sehen, was ich sehe.
Kennst du unsere Geschichte? Die Feen waren nicht viel
besser. Zauber und Manipulation des Geistes sind starke
Kräfte, und es ist so leicht, sich der Illusion von Allmacht
hinzugeben. Doch wir sind immer nur einen eisernen Dolch
davon entfernt, unterworfen zu werden. Ihr wart viel stärker. Die Leute fürchten die Vorstellung, dass eine kleine
Armee nötig ist, um eine einzige Person zu überwältigen,
doch das ist, was bei euch nötig ist. Da draußen hast du ihre
Ängste verstärkt: Monster, Wesen mit gottgleicher Macht.
Ich bin sicher, es ist eine Belastung für jemanden in deinem
Alter."

„Ich denke, die Leute werden sich daran gewöhnen", sagte
ich leise.

„Du hast so viel gesehen und hältst dennoch an einer
wunderschönen Unschuld fest. Diese Gedanken sind tröstlich. Halt' sie fest." Ich spürte es. Sie. Hart, erzwang sich ihren
Weg hinein, kämpfte darum, mich zu kontrollieren,
verführte mich in einen ruhenden Zustand. In diesem
Zustand geschah nichts Gutes. Ich drängte dagegen, und sie
schnappte nach Luft. Ich war nicht so schwach, wie ich
aussah. Sie spannte sich neben mir an.

„Schlaf, liebes Kind", befahl sie. Es schien seltsam, so
etwas von jemandem zu hören, der vielleicht nur fünfzehn
Jahre älter war als ich. Ich kämpfte gegen den Schlaf an, den

schläfrigen Zustand, in den sie mich zu verführen versuchte. Während ich dagegen ankämpfte, entging mir die Klinge, mit der sie mir die Kehle aufschnitt.

Dann saß sie einen Moment da und streichelte zögerlich mein Haar. Wie grausam sie sein musste, jemandem so etwas anzutun und dazusitzen und zu warten, bis derjenige starb.

Ich presste meine Hände auf den Hals, Blut quoll aus dem Schnitt und färbte sie rot. Das Atmen fiel mir schwer. Der Schmerz überschattete alles. Ich ignorierte die Müdigkeit – es waren der Schmerz und das Schwindelgefühl, die mich zu überwältigen drohten. Ich musste das durchstehen. Ich erinnerte mich an ihre sanften Finger, die durch mein Haar strichen, ihre zarten Worte, ihre hohle Erklärung. Empfand sie überhaupt etwas?

Ich musste überleben. Ich zwang mich, mich durch die Erschöpfung zu kämpfen. Ich zog Magie ein und versuchte, sie zu benutzen. Meine Hände wurden warm, Farben tanzten und wirbelten um sie herum. Nicht annähernd so lebendig oder stark wie sonst, doch die Magie erfüllte ihren Zweck. Ich musste mich nur heilen, doch die Schwärze kam und schwächte meine Ausdauer und meinen Willen. Ich richtete meine Magie auf meinen Hals. Die Wärme kratzte daran und hüllte ihn ein.

Sie stand auf und sprach, ihre Stimme schien aus der Ferne zu kommen.

„Die Mors sind einzigartige Wesen. Man könnte sie als Bluthunde bezeichnen. Wunderbare Mörder. Alles, was sie brauchen, ist ein kleiner Blutstropfen, und sie können die magische Aura ihres Opfers verfolgen. Aber gerade du weißt das, nicht wahr, Anya?" Ihre leise, feine Stimme schwebte durch die Luft wie eine sanfte Melodie, so freundlich wie immer. „Für jemanden, der so gefährlich ist wie du, achtest du nicht genug darauf, wo du blutest. Du solltest vorsichtiger sein, ein Taschentuch, ein Fleck am Boden, eine vergessene Bluse nach einem Kampf können alle verwendet werden.

Dein Blut könnte von ihm verwendet werden, um die anderen zu finden. Schade, dass er gescheitert ist. Ich habe ihm gesagt, er soll dich zum Schluss zurücklassen – ich irre mich nicht oft." Sie hielt inne. „So wie ich mich nicht geirrt habe, als ich den anderen Mitgliedern des Magischen Rates gesagt habe, dass du Gareths Sturz und möglicherweise den des Rates verursachen würdest."

Ich fragte mich, ob sie Gareth etwas angetan hatte.

Ich spürte es, wie sie sich in meinen Kopf drängte, nicht annähernd so sehr wie der Mors, nur eine sanfte Sonde. Ihr Lächeln wurde breiter. „Du willst mich aufhalten, oder? Aber kannst du den Mors festhalten, deine Wunden heilen und mich aufhalten? Kannst du das?" Sie beugte sich über mich. Ein dunkler Schleier glitt über ihre zarten Züge. Obwohl sie mit dem engelhaften Gesicht, das so viele zuvor getäuscht hatte, vor mir kniete, sah ich sie als das, was sie war, ein Monster.

„Du hast eine ziemliche Aufgabe, nicht wahr? Wenn du ihn gehen lässt, wird er dich erledigen", sagte sie.

Ich presste meine Hände an den Hals und versuchte, die Blutung zu stoppen. Ich kämpfte darum, den Mors festzuhalten, die Blutung zu stoppen und sie davon abzuhalten, das zu tun, was sie in meinem Kopf zu tun versuchte. Alles war verschwommen.

Ich sah vage ihre Gestalt, als sie langsam auf ihn zuging und ihre Stimme senkte. „Du hast versagt. Wenn du noch einmal scheiterst, löse ich den Vertrag auf schicke ich dich ohne die versprochene Zahlung zurück." Mit einem schnellen Ruck zog sie meine Sai aus seinen Augenhöhlen und warf sie beiseite. Es gab einen dumpfen Schlag, als meine Magie schwankte und er zu Boden sackte. Ich fragte mich, was nötig war, um ihn zu töten; die Sai in seinen Augen hätten reichen sollen. Er hätte nicht so lange überleben sollen.

Ich konzentrierte meine Magie darauf, die Blutung zu

verlangsamen. Ich war am Rande der Bewusstlosigkeit, doch ich sah, wie der Mors aufstand. Ich stützte meine Ellbogen auf den Boden und rutschte zurück, wobei ich das leblose Gewicht meiner Beine mitschleifte. Ich konnte ihn nicht an mich heranlassen oder er würde mich töten – der tödliche Stich seiner giftigen Klaue, die das Herz durchbohrte. Tödliche Informationen, die ich für die Zukunft gespeichert hatte – falls ich überhaupt eine Zukunft hatte.

Harrah ging, um ihm zu erlauben, die Arbeit zu beenden. Wenn Kalen aufwachen würde, würde er nur meinen Leichnam sehen und nie erfahren, dass Harrah hier gewesen war.

Wieder einmal erfüllte das sanfte Timbre des Zaubers die Luft, als er versuchte, mich einzulullen. Schwach, erschöpft und kaum bei Bewusstsein, musste ich mich entscheiden, ob ich Magie einsetzen sollte, um zu versuchen, meine Verletzung zu heilen oder gegen ihn zu kämpfen. Keines davon war eine gute Option, weil beides zum Tod führen würde. Ohne die Musik aus meinem iPod wurde es immer schwieriger, gegen die Melodie anzukämpfen. Meine Lider waren schwer – so schwer. Sie offen zu halten, wurde mehr zu einer lästigen Pflicht als alles andere. Ich lehnte meinen Kopf zurück und erlaubte dem Geräusch, mich einzuhüllen, damit ich mich ausruhen konnte. Frieden – dieser Grenzort zwischen Leben und Tod, an dem ich war.

Meine Augen öffneten sich, als ein schrilles Geräusch die Harmonie zerriss. Wenn ich es nicht besser gewusst hätte, hätte ich gedacht, es wäre eine Todesfee, doch der Klang war anders: nicht so hoch, doch genug, um diese einlullende, schöne Melodie zu verzerren, die mich zu überwältigen drohte. Die mich überwältigt hatte. Ich kämpfte gegen das Gewicht meiner schweren Lider an und öffnete meine Augen gerade weit genug, um sehen zu können; Conner stand da, doch sein Mund war nicht offen. Eine durchsichtige Kugel wirbelte um seine Finger herum, als würde sie auf den Gesang reagieren. Dieser schrille Ton durchschnitt die Luft, beherrschte sie und hinderte mich daran, den Zauber zu hören. Der Mors stand auf und richtete seine Aufmerksamkeit auf Conner. Der Ton wurde lauter. Das kreischende Geräusch, das ich sonst gehasst hätte, war das Schönste und Willkommenste, was ich je gehört hatte, weil es den Zauber brach.

Der Mors war nur wenige Zentimeter von Conner entfernt, als der lähmende Gesang aufhörte. Ich bemühte mich, meine Augen offenzuhalten, und hielt die Hände über meine Wunde. Magie strömte durch sie und versuchte zu heilen, doch es war nicht genug. Sie linderte den Schmerz, heilte mich jedoch nicht. Dann manifestierte sich ein Schwert in Conners Hand und mit einem Schlag fiel der Kopf des Mors von seinem Körper. Er brach auf die Knie zusammen, Blut spritzte über die Wände und die Vorderseite von Conners Hemd. Tropfen landeten auf meiner Hose. Ich versuchte, meine Beine zu bewegen – immer noch nichts. Der Zauberer war tot, also sollte ich sie bewegen können. Ich sackte zurück zu Boden, als Conner sich neben mich kniete, seine Finger sanft an meinem Kinn, um meinen Kopf zu drehen, um sich meine Verletzung anzusehen.

„Willst du, dass ich dir helfe?"

Ich hatte eine bissige Antwort für ihn parat, doch ich hatte nicht die Kraft, sie auszusprechen. Ich wollte, dass er mir half. Ich wollte nicht sterben.

„Bitte", sagte ich mit schwacher Stimme.

„Wie du möchtest." Ich hörte Kalen in der Ferne meinen Namen rufen, dann nichts mehr. Absolut gar nichts. Ich wusste nicht, ob ich ohnmächtig geworden war oder ob Conner mich an einen anderen Ort brachte.

KAPITEL 13

Ich wusste, dass ich nur Dunkelheit wahrnahm, weil ich nicht die Kraft hatte, meine Augen zu öffnen, meine Umgebung zu betrachten und zu sehen, wer sonst noch da war. Es war mir egal, solange es nicht der Mors war. Ich fühlte die Wärme von jemandes Körper neben mir. Dann war ein Gesicht nah bei mir, und sanfte Hände legten sich um meine Wangen. Ich bewegte meinen Kopf; ein stechender Schmerz in meinem Hals veranlasste mich, mit meinen Händen danach zu tasten. Ich zog sie zurück und sah rot. Wie viel Blut hatte ich verloren? Wie viel mehr könnte ich mir zu verlieren leisten?

Ich wollte etwas sagen, doch selbst das Schlucken tat weh. Conners Stimme war sanft, ein beruhigendes Flüstern, ein murmelndes Geräusch, das mich an das Rauschen des Meeres erinnerte. Es war vielleicht nicht so schön; vielleicht war ich einfach nur froh, dem Tod nicht so nahe zu sein oder zumindest die Illusion zu haben, dass der Tod nicht unmittelbar bevorstand.

„Meine Magie kann dich heilen, dich ganz machen. Anya, möchtest du, dass ich dir helfe?" Seine Worte waren mehr als ein Hilfsangebot; wenn ich akzeptierte, würde ich eine stillschweigende Treueerklärung an ihn und seine Ziele abgeben.

Ich kämpfte mich durch die Dunkelheit. Meine blutgetränkten Hände fühlten sich an wie Blei, und alles drehte sich, während die Sekunden verstrichen. Die Wolke der Dunkelheit kam, und ich versuchte, sie abzuwehren.

Als ich nicht sofort antwortete, fuhr er fort: „Du gehörst mir. Ich werde dich schützen. Dich heilen."

Ich murmelte ein schwaches „Nein". Es war eine schwache, aber trotzige Ablehnung. Ich brauchte Conners Hilfe, aber ich würde mich nicht in seine Schuld begeben. Er würde mich nicht mitnehmen und versuchen, meinen geschwächten Zustand zu nutzen, um mich davon zu überzeugen, an seiner Seite zu bleiben. Er ignorierte mich – die schwache Magie, die ich ausgestoßen hatte, reichte nicht aus, um Schaden anzurichten. Ich schluckte mehr trotzige Worte herunter, der metaphorische Akt war genauso schmerzhaft, als ob ich es tatsächlich getan hätte.

Ich erwachte in einem großen Raum, das weiche Bett eine willkommene Abwechslung zum harten Boden, an den ich mich erinnerte. Ich hob eine Hand an den Hals – meinen trockenen, heilen und narbenfreien Hals. Keine körperliche Erinnerung an Harrahs Verrat, nur die Wut, die in mir tobte. Ich musste mich sehr anstrengen, nicht aus dem Bett zu springen, um sie zu finden. Ich schob die Decke beiseite und enthüllte meinen nackten Körper. Ich war sauber, unverletzt und unversehrt, und das hatte ich Conner zu verdanken. Er würde mich wahrscheinlich mit einer Rede begrüßen, dass er nur mit unseresgleichen in einer von den Menschen getrennten Welt leben möchte. Ich war so glücklich, gesund und am Leben zu sein, dass ich aus Höflichkeit halb zugehört hätte, weil ich von meiner Wut auf Harrah und meinem Durst nach Rache erschöpft war. Geschichten über eine ideale Welt zu hören, in der Monster wie sie durch einen Zauber getötet würden, erschienen schmackhafter als je zuvor.

Ich sah mich in dem großen Raum um, der viel spektakulärer war, als es für die Genesung nötig wäre. Die blassgelben Wände wurden durch kunstvolle Zierleisten verschönt. Eine kleine, exotische Pflanze in der Ecke war anders als alles, was ich je gesehen hatte. Ihre Blüten verbreiteten einen zarten Duft von Flieder und Geißblatt. Parkettböden wurden von eleganten, teuren Teppichen geschmückt. Die großen Fenster standen offen, fahles Mondlicht strömte herein. Ich fragte mich, ob es so unecht war wie alles andere im Raum. Ich versuchte, nicht darüber nachzudenken, wie viel Macht Conner besitzen musste, um diese Dinge herzustellen und aufrechtzuerhalten.

Jedes Mal, wenn mir der Gedanke an das, was ich ihm schuldete, in den Sinn kam, verdrängte ich ihn. Ich weigerte mich, über den Unsinn und die Rhetorik nachzudenken, die ich zu hören bekommen würde, oder die Tatsache, dass ich wahrscheinlich versuchen müsste zu fliehen, weil sein Plan höchstwahrscheinlich eine Variation des Stockholm-Syndroms für mich beinhaltete. Ich schlüpfte tiefer unter die seidenen Laken, die sich leicht und kühl an meinem nackten Körper anfühlten, und zog das oberste noch fester um mich herum.

„Du bist, wie du warst", sagte Conner in ruhigem Ton, ohne jede Emotion. Sein Aussehen spiegelte seine Stimme wider. Seine Lippen waren eine dünne, gerade Linie. Ich starrte ihn an und hielt seinem grauen Blick stand. Er trug eine Stoffhose und ein lindgrünes Hemd, das seiner natürlichen kupferroten Haarfarbe, zu der er zurückgekehrt war, wenig schmeichelte. Ich setzte mich auf und achtete darauf, das Laken festzuhalten. Er näherte sich langsam, hatte aber dasselbe Selbstvertrauen und dieselbe Zuversicht, die er immer an den Tag legte. Nachdem er sich auf die Bettkante gesetzt hatte, legte er seine Hand an mein Kinn, neigte meinen Kopf zur Seite und begutachtete meinen Hals. Ich nahm an, dass er sich vergewissern wollte, dass es keinerlei Erinnerungen an Harrahs Angriff gab.

„Genau die Leute, mit denen du dich gegen mich verbündet hast, haben dir das angetan", sagte er leise und legte seine Hand auf meine Schulter.

Ich schluckte – eine Erinnerung daran, dass ich es jetzt ohne Schmerzen tun konnte. Ich sah auf meine Hände hinunter. Es gab einen Hauch von Glühen, wahrscheinlich aufgrund des einfallenden Lichts, doch sie waren nicht mit Blut verschmiert.

Sein Daumen streichelte meinen Hals, wo eine Narbe hätte sein sollen. Seine vorsichtige, sanfte Berührung strich über meine Haut, als wäre sie immer noch verletzt und müsste behutsam behandelt werden.

„Danke", sagte ich, mein Ton so leise wie seiner.

„Nichts zu danken. Du warst verletzt, es war mir eine Freude, dir zu helfen."

Ich wandte meinen Blick von ihm ab, weil ich nicht wollte, dass meine Dankbarkeit mein Urteilsvermögen trübte. Ich wollte sehen, wer er wirklich war, und nicht das, was er wollte, dass ich sah. Das Gesicht, das er mir zeigte, war das eines charismatischen Mannes, der die Leute mit seiner Freundlichkeit verzauberte, sie mit seinen Worten hypnotisierte und sie zu Dummheiten verführte. Ich bekam wieder einen flüchtigen Blick auf den Mann, dem die Leute bereitwillig ins Verderben folgten. Sie stürzten sich in einen Kampf, den sie nicht gewinnen konnten, und standen einem Panzer mit nur ihren Händen als Waffen gegenüber. Das war der Mann, dessen Worte die Grenze zwischen richtig und falsch verwischten, wenn er die Leute dazu verleitete, seine Lüge zu akzeptieren, dass es in der verzweifeltsten Situation Hoffnung gab.

Er starrte mich noch länger an, und da war etwas anderes

an der Art, wie er mich ansah, eine Sehnsucht, die ich gesehen hatte, als er gesagt hatte, dass er mich als seine Gefährtin wollte. Er beugte sich zu mir vor, und ich sprang auf und zog das Laken fester um mich herum. „Nein", sagte ich entschieden.

Er verzog seine Lippen zu einem höhnischen Grinsen und sah mich mit zusammengekniffenen Augen an. „Ich habe dein Leben gerettet, obwohl du mir keinen Grund dazu gegeben hast. Wie grausam ist es, meine gütige Tat so geringzuschätzen."

Es ist nicht wirklich gütig, wenn du immer wieder damit prahlst.

„Ich schulde dir Dank, nicht *mich*."

Nach mehreren Momenten des Schweigens nickte er und stand dann auf. „Lass mich dir etwas zu essen holen." Er wirbelte mit dem Finger, das sanfte rhythmische Geräusch von plätscherndem Wasser streichelte die Luft, und in der Ferne sangen Vögel. Er trug ziemlich dick auf und gab mir einen Vorgeschmack auf die Utopie, von der meine Mutter gesprochen hatte. Ein Land, in dem Legacy von Eleganz und Schönheit umgeben waren, ein Ergebnis außergewöhnlicher Magie.

„Wie lange bin ich schon hier?", fragte ich, bevor er ging.

„Fünf Tage. Ich habe dich in einem Schlafzustand gehalten, damit deine Wunde heilen konnte, und dich nur geweckt, um dir zu essen zu geben."

Was für eine zuckersüße Art, mir zu sagen, dass du mir magische k.o.-Tropfen verpasst hat.

Er atmete ein, und Augenblicke später stand er ganz nah, zu nah. Ich kämpfte gegen den Drang zusammenzuzucken an, als er die Hand hob, um meine Wange zu berühren. „Du wurdest schwer verletzt, zum Sterben zurückgelassen und hast viel Magie gebraucht, um zu genesen. Lass mich dir versichern, dass das nicht ohne Folgen bleibt. Es hat mich auch sehr mitgenommen …"

„Danke nochmal." Unsere Blicke trafen sich, doch er behielt einen undeutbaren Ausdruck auf seinem Gesicht. Schließlich verzogen sich seine Lippen zu einem klagenden Lächeln.

„Conner, ich kann nicht in Worte fassen, wie sehr ich das zu schätzen weiß. Ich wäre ohne deine Hilfe gestorben. Aber es wäre grausam, dich an der Nase herumzuführen, dich denken zu lassen, dass ein paar Tage hier an diesem beeindruckenden und schönen Ort meine Meinung ändern werden, wenn dem nicht so ist. Wir spielen nicht im selben Team. Wir sind in jeder Hinsicht Gegner. Du wirst meine Meinung nicht ändern, und ich werde deine nicht ändern." Ich hielt meine Stimme ruhig und sanft. Ich wusste es zu schätzen, dass er mein Leben gerettet hatte, doch mir war bewusst, dass seine Absichten alles andere als altruistisch waren.

Als er aufstand, um zu gehen, zeigte er nach rechts. „Das Badezimmer ist da drüben. Da sind auch Klamotten für dich drin."

Ich ging zur Tür und blieb stehen. „Ich möchte nach dem Duschen nach Hause gehen."

„Wo willst du hin, zurück zu denen, die dich verraten haben? Zu dem Monster, das dir wie ein Feigling die Kehle durchgeschnitten hat, als du am schwächsten warst, und dich sterben lassen wollte – weißt du überhaupt, ob sie auf eigene Faust gehandelt hat oder ob sie im Namen der anderen gehandelt hat? Willst du ihnen weiterhin dienen, während sie darauf warten, nochmal zuzuschlagen, wenn du wieder in einem geschwächten Zustand bist? Beim nächsten Mal kann ich dir vielleicht nicht helfen. Bitte vergiss nicht, dass von denen, denen du begegnet bist, ich der Einzige bin, der bereit ist, dir Freundlichkeit und Barmherzigkeit entgegenzubringen."

Er rollte seine Schultern zurück, stand aufrechter und

schüttelte die Rolle ab, die er gespielt hatte, um mich dazu zu bringen, meine Skepsis fallenzulassen.

Ich erkannte, dass er recht hatte. Ich wusste nicht, was mich erwartete, wenn ich zurückgehen würde. War es nur Harrah, die allein gehandelt hatte, oder war der Angriff von der Gilde geplant? Die Vorstellung machte mich krank. Der Mann, der seine seltsame Kreatur auf mich und Savannah gehetzt hatte, mich mit derselben Bestie in ein anderes Reich gesperrt und geschworen hatte, mich so sterben zu lassen, wie ich gelebt habe – was ein Ausdruck war, den ich immer noch zu verstehen versuchte –, war der Mann, der mich gerettet hatte.

Er hatte seine Wut gezähmt, und sein Gesicht war wieder sanft und einladend. „Du wirst essen müssen. Duschen, und dann kannst du entscheiden, was du tun willst. Ich vermute, hier bei mir zu sein wird keine so schreckliche Option mehr sein."

Das Duschen gab mir nicht die Klarheit, die ich mir erhofft hatte. Ich stand unter dem fließendem Wasser, meine Finger glitten über die Stelle, wo die Schnittwunde gewesen war. Dann ließ ich sie zu meinem Bauch wandern, eine weitere Stelle, an der eine Verletzung hätte sein sollen. Ich dachte an Gareth und Savannah. Suchten sie mich? Wusste Gareth, was Harrah getan hatte?

In dem Badezimmer, das so groß war wie mein Zimmer in meiner Wohnung, fühlte ich mich mehr zu Hause als in dem riesigen Schlafzimmer, in dem ich gerade gewesen war. Die blaugrauen Wände, die mich an den Himmel nach einem heftigen Regenguss erinnerten, das Glas der Dusche, der Wasserfallduschkopf, die Steinfliesen und das sanfte Summen der Vögel aus dem Schlafzimmer gab mir das Gefühl, als würde ich draußen duschen.

Ich trat aus der Dusche auf den kühlen Marmorboden. Er fühlte sich gut an unter meinen nackten Füßen. Das Gefühl war entspannender als die Dusche, und ich war mir nicht sicher, warum. War der harte Boden eine Erinnerung daran, dass ich die ganze Zeit über belastbar sein, mich mit der Situation befassen musste und mich nicht von den plüschigen Teppichen einlullen lassen durfte? Wenn ich mich von irgendetwas überwältigen ließe, würde ich nicht strategisch denken.

Als ich die Klamotten anzog, die ich im Schrank im Badezimmer gefunden hatte, verfluchte ich Conner für die Verwendung des Wortes *Klamotten*, was für mich Jeans oder eine Jogginghose und ein T-Shirt gewesen wäre. Stattdessen schlüpfte ich in ein langes Satinkleid, das sich meinem Körper anpasste und meine Kurven umfloss. Ich hätte auf jeden Fall gerne Unterwäsche oder zumindest einen BH gehabt, doch der Stoff war dick genug, dass ich mich nicht ganz nackt fühlte. Doch ich kam mir absolut lächerlich vor, als ich in die Zehensandalen schlüpfte, die in der Ecke standen. Ich sah aus, als würde ich auf einer Privatinsel am Strand spazieren gehen.

Conner lächelte, als ich den Essbereich betrat. Sein Blick glitt träge über mich und saugte mein Aussehen wie ein Schwamm auf. Als einige Augenblicke vergangen waren, war es schwieriger, es zu ignorieren. *Säuberung.* Ich erinnerte mich an dieses Wort und sorgte dafür, dass ich nicht vergaß, wer er war und was er wollte.

„Du siehst wunderschön aus", sagte er leise.

Ich sah an mir hinab und bemühte mich, seinem verweilenden Blick auszuweichen. „Für Pancakes bin ich ein bisschen overdressed, findest du nicht?" Es war nicht wirklich Frühstück; es war erst drei Uhr.

Er streckte seine Hand aus, um einen Stuhl für mich zurechtzurücken. „Bitte gesell' dich zu mir."

Ich ließ mich schweigend nieder.

„Ich bin froh, dass du hier bei mir bist."

Ich wollte ihm sagen, dass das kein Date war. Er hatte mir das Leben gerettet, erinnerte ich mich, doch ich hatte das

Gefühl, dass er mir immer wieder Dinge enthüllen würde, die meine Dankbarkeit schmälern würden.

Er behielt sein Lächeln bei, und ich konzentrierte mich auf den Tisch mit mehr Essen, als zwei Personen essen konnten, selbst mit meinem Appetit. Er servierte mir Obst, eine Auswahl an Käse, Fleisch, das wie Lamm aussah, mit einer komischen Soße, und French Toast. Es war ein seltsames Frühstück, aber da es immer noch mitten in der Nacht war, nahm ich an, dass wir essen konnten, was auch immer wir wollten.

Wir aßen einige Augenblicke schweigend, und es wurde immer schwieriger, seine unerschütterliche Aufmerksamkeit zu ignorieren. Ich warf ihm ein schiefes Lächeln zu; er erwiderte es und entblößte seine perfekt ausgerichteten weißen Zähne.

Er hatte nur ein paar Bissen gegessen, bevor er sich mit der Serviette über den Mund wischte und sie auf seinen immer noch vollen Teller warf.

„Deine Fähigkeiten sind auf Anfängerniveau und amateurhaft und bedürfen dringend der Verfeinerung."

Ich wies nicht darauf hin, dass ihm meine amateurhaften Fähigkeiten auf Anfängerniveau bei mehreren Gelegenheiten in den Hintern getreten hatten.

Ich lächelte nur. „Sie haben im Laufe der Jahre ihren Zweck erfüllt, und ich glaube, sie haben mir bei vielen Gelegenheiten ermöglicht, von dir wegzukommen."

„Ich habe nicht gesagt, dass du inkompetent bist, nur dass deine Magie nicht so ausgereift ist, wie sie es sein sollte. Du hast nicht die Fähigkeiten, die jemand mit deiner Stärke haben sollte. Wie seltsam, dass deine Eltern dich wehrlos in diese Welt geschickt haben."

„Sie haben mich gut vorbereitet", knurrte ich. Dass er über meine Eltern sprach, schien blasphemisch, da er wusste, wie sehr sie versucht hatten, mir alles in erzwungener Heimlichkeit beizubringen. Unsere Magie bedeutete den Tod, und es war schrecklich für ein Kind, so etwas zu erfahren, zu begreifen. Ich hatte gezögert, und wenn ich nicht ein widerwilliger Teilnehmer an meinen Lektionen gewesen war, war ich nachlässig gewesen. Erst nach mehreren Unfällen mit Magie, bei denen wir beinahe entdeckt worden wären, hatte ich gelernt, vorsichtiger zu sein, und meine Eltern auch. Zugegeben, ich hatte nicht so viel gelernt wie andere. Ich wünschte, ich wüsste, wie man teleportiert und sein Aussehen änderte.

Conner musterte mich interessiert, seine Augen neugierig, und schien etwas zu entdecken, das er noch nie zuvor gesehen hatte – vielleicht eine Schwäche, die er ausnutzen konnte.

Sein Ton war so sanft und glatt wie die feinste Seide und voller Sympathie, die ich von einem Freund erwarten würde, nicht von einem Psychopathen mit Völkermordplänen. „Unser Leben war ziemlich schwierig, nicht wahr? Meine Eltern haben das wohl anders gehandhabt. Du siehst uns als grundverschieden, und vielleicht sind wir das auch. Aber kannst du zumindest zustimmen, dass uns eine einzigartige und vielleicht tragische Kindheit verbindet? Ich habe auch meine Eltern verloren. Die Wunden sind immer noch da."

Ich aß und ignorierte seine Blicke und den größten Teil seines Geredes, das sich auf Banalitäten verlagert hatte. Ich sah die Falle vor mir und zweifelte nicht daran, dass sie beabsichtigt war.

Nachdem ich meinen Teller in die Mitte des Tischs geschoben hatte, stand ich auf. Seine Augen folgten meinen Bewegungen. „Ich möchte jetzt nach Hause gehen."

„Wozu? Wohin du zurückkehrst, wird nicht das sein, was du kennst. Die Schleier der Unehrlichkeit, die die Übernatürlichen angelegt hatten, wurden gelüftet. Die Stadt versinkt im Chaos. Bleibe wenigstens noch eine Weile hier, als Atempause." Woher wusste er das? Hatte er das nur erfunden? Was könnte in den Tagen passiert sein, in denen ich weggewesen war?

Seine Worte kamen jedoch in einem so hinreißenden Ton, dass es mir immer schwerer fiel, nein zu sagen. „Bleib, lass mich dich unterrichten und deine Fähigkeiten verfeinern. Dich zu der wahren Kriegerin machen, von der ich weiß, dass du sie sein kannst."

Ich runzelte die Stirn. Mit jedem Moment, den ich bei ihm blieb, wurde ich verwirrter, und die Grenzen zwischen unseren Differenzen verwischten. Emotionen waren alles andere als logisch. „Auch wenn die Dinge, die du mir beibringst, in Zukunft gegen dich verwendet werden könnten? Du würdest das tun in dem Wissen, dass genau die Dinge, die du mir zeigst, das sein könnten, was ich benutze, um dich aufzuhalten, dich vielleicht sogar zu töten? Ich lasse mich nicht umstimmen", sagte ich herausfordernd.

Ein Lächeln breitete sich auf seinem Gesicht aus, als hätte ich ihm Worte der Anbetung und Liebe zugeflüstert, anstatt meiner Pläne, ihn zu töten. Er konnte nicht zulassen, dass ihn eine Kleinigkeit wie die Bedrohung seines Lebens beunruhigte.

Er nickte knapp. „Ich werde es dir beibringen, in der Hoffnung, dass du dich daran erinnerst und es niemals gegen mich verwendest."

Ich fühlte die Last der Schuld, die ich nicht ertragen konnte. Ich schüttelte den Kopf und sagte leise: „Nein. Ich möchte nach Hause gehen." Ich drehte mich um und ging aus dem Zimmer. Ich fühlte mich undankbar, doch Conner und ich waren in gegnerischen Teams, und es war lächerlich, ein Geschenk von ihm anzunehmen, ohne zu erwarten, dass der Preis so hoch wäre, dass ich es bereuen würde.

„Ich hätte dich sterben lassen können; weißt du, warum ich es nicht getan habe?"

Die Neugier überwältigte mich. „Ein Moment geistiger Klarheit", schlug ich mit einem Hauch von Humor vor.

Er warf den Kopf in den Nacken und lachte, lauter als es der abgedroschene Spruch verdient hätte. „Ich habe dich bei keinem der Male töten können, als ich es versucht habe. Trotz deines Mangels an Erfahrung mit Magie und der dilettantischen Darbietung." Er lehnte sich zurück. Magie tanzte um seine Finger, leuchtende Farben von Blau, Gelb und Rot führten eine Lichtshow für mich auf, eine spektakuläre Demonstration von Kontrolle und Geschicklichkeit. Die Magie lag schwer in der Luft, eine Erinnerung an seine Stärke und Macht.

Er fuhr fort: „Ich konnte dich nicht töten. Einen Moment lang, als du dich meiner Kontrolle widersetzt, meine Angebote abgelehnt und mich zurückgewiesen hast, habe ich dich für einen Dummkopf gehalten, der meiner nicht würdig war. Aber du hast überlebt. Nur jemand, der mich wirklich verdient, hätte das getan. Es war ein Zeichen."

Ich stieß einen tiefen Seufzer aus, der wie ein Knurren klang. Willkommen zurück, Conner. Da war er wieder, der arrogante, aufgeblasene Arsch. Ich bereitete mich darauf vor, dass er darüber jammern würde, dass ich seine Gemahlin werden musste und dass er mich als seine Zuchtstute benutzen würde, um seine übermächtigen magischen Babys zu gebären, die wie Götter verehrt werden würden.

Doch er sagte nichts davon; stattdessen ruhte sein Blick auf mir. Seine Augen wanderten über mein Gesicht, meinen Hals hinunter und dann zu meinen Brüsten. Dann kehrten sie träge zu meinem Mund zurück. „Ich würde dich gerne küssen", sagte er leise.

Mein Ton war genauso weich und sanft wie seiner. „Ich möchte auch, dass du das tust – damit du nah genug bist, um dich schlagen zu können."

Wieder warf er den Kopf lachend zurück. „Ich finde unser Geplänkel amüsant."

„Wirklich? Meine Androhung von Gewalt amüsiert dich?

Du musst in einem Zustand der Glückseligkeit gewesen sein, als ich dich mit dem Dolch erwischt habe."

Ich setzte mich wieder hin und lehnte mich in meinem Stuhl zurück, und er tat dasselbe und spiegelte meine Haltung. Es war eine sehr bewusste Aktion, die den Anschein erwecken sollte, dass wir eine Einheit waren.

Er wartete geduldig darauf, dass ich fortfuhr, und so sehr ich es auch versuchte, ich konnte meine Worte nicht zügeln. „Vielleicht bin ich zu subtil vorgegangen, als ich deine Pläne vereitelt und versucht habe, dich zu töten. Lass mich hier kein Blatt vor den Mund nehmen. Ich bin nicht an dir interessiert. Basta. Es gibt nichts, was du tun kannst, um das zu ändern. Du hast mir das Leben gerettet – dafür bin ich dankbar –, doch meine Meinung über dich ändert das nicht."

Sein Gesichtsausdruck blieb unverändert, als versuchte er zu entscheiden, ob er mich ernst nehmen sollte oder nicht.

„Du denkst, was ich will ist egoistisch und grausam. Ich denke, was du zuzugeben bereit bist, ist genauso ungeheuerlich. Sag mir, Anya, wie möchtest du die Welt und unseren Platz darin sehen? Wirf die Vorsicht über Bord zusammen mit allem, was du für unmöglich hältst, und sag es mir." Sein Ton hörte sich für mich wie echte Neugier an. Es war leicht zu spüren, dass sie aufrichtig war und kein Versuch, mich in die Komplizenschaft und bereitwillige Akzeptanz seiner kranken Pläne zu führen.

„Ich kann es nicht, denn egal wie mächtig du bist, du kannst die Zeit nicht ändern. Wir alle leben mit den Folgen des Handelns anderer. Warum haben wir deiner Meinung nach Gesetze, Regeln und Vorschriften? Irgendwann hat es jemand so dermaßen versaut, dass Regeln aufgestellt werden mussten. Unsere Vorgänger haben es vermasselt." Ich holte tief Luft. „Ich will mich nicht mehr verstecken oder befürchten, wie ein Tier gejagt zu werden, wegen etwas, auf das ich keinen Einfluss und womit ich nichts zu tun hatte." Ich gab es zu und bereute es sofort, als seine Augen weicher wurden.

„Lass mich das für dich wahr machen."

Er erhob sich, näherte sich mir langsam, und seine Gesichtszüge wurde sanfter. Die Magie, die über seine Finger tanzte, war eine klare Demonstration seiner Macht und ein Hinweis darauf, wie viel ich von ihm lernen konnte. Bevor er die Distanz zwischen uns verringern konnte, stand ich auf, bewegte mich von ihm weg und brachte einige Meter zwischen uns.

„Ich gehe nach Hause." Ich sah mich nach meinen Sachen um. Ich dachte, er hätte meine Klamotten weggeworfen, aber nicht meine Waffen. Ich sah mich nach meinen Sai um. Ich schätze, es wäre zu viel verlangt, ihn zu bitten, sie mir zu geben.

„Deine Waffen?", fragte er.

Ich nickte.

Er dachte darüber nach, während er die Magie in seiner Hand in einem Zustand neuen Staunens betrachtete, als wäre es das erste Mal, dass er sie sah. Auf seinen Befehl hin verschwand die Magie. Schweigend ging er zum Schrank und holte die Zwillinge heraus. Die Klingen glänzten, als das Licht auf sie fiel. Das Blut von meinem letzten Kampf war weggewaschen.

Ich nahm sie ihm ab und begann, das Haus rückwärts zu verlassen, überrascht, als er keinen Versuch unternahm, mich aufzuhalten. Stattdessen folgte er mir langsam. Immer noch nichts. Seine Passivität machte mich nervöser, als wenn er mich angegriffen hätte. Ich sah mich draußen um. Drei Häuser, genauso luxuriös wie das, in das er mich gebracht hatte. Riesige Bäume mit dicken Blüten aus üppigen Blättern und dichte, grüne Büsche zierten den Garten. Das Gras war so grün, dass es künstlich aussah, was es wahrscheinlich auch war. Die Luft, gerade genug Wind, um das Kleid sanft über meiner Haut zu streicheln. Ich kniff die Augen zusammen. Als er sprach, hatte seine Stimme ein sanftes Timbre, durchzogen von seinem Selbstvertrauen.

„Iridium ist eine lustige Sache. Ich hasse es. Ich wünschte, die niederen Wesen hätten nie entdeckt, dass es unsere Schwäche ist. Uns kommt nur zugute, dass so viel davon nötig ist, um uns wirklich zu überwältigen. Aber das weißt du, oder? So sehr, dass du diesen Leuten geholfen hast, es vor diesem spektakulären Hinterhalt zu testen. Ich gebe zu, wir waren schlecht darauf vorbereitet – auf dich. Aber da warst du, meine Gefährtin, meine Auserwählte, die den Kader der Agitatoren angeführt hat. Dein winzig kleiner Widerstand."

Ich presste meine Lippen fest zusammen und kämpfte gegen den Drang an, ihm zu sagen, dass der Widerstand den größten Teil seiner Gruppe überwältigt und ihn gefangen genommen hatte. Sein bitterer Ausdruck der Niederlage prägte sich in mein Gedächtnis ein. Es war das erste Mal, dass sein Selbstvertrauen und seine Arroganz ins Wanken gerieten.

„Ich frage mich, wie sie darauf gekommen sind, es zu schmelzen und in einen Pfeil zu laden. Es war ziemlich effektiv, aber nur von kurzer Dauer. Doch ich bin sicher, wenn sie uns dazu gebracht hätten, es einzunehmen, hätte es länger angehalten. Und man kann es kaum schmecken. Wenn man es mit Obst, Saucen auf Fleisch mischt oder es einfach auf French Toast streut – Zuckersirup überdeckt fast den Geschmack. Ich habe nie verstanden, warum Leute den Geschmack eines absolut köstlichen Gerichts ruinieren, indem sie dieses widerlich-süße, klebrige Zeug darüber gießen. Aber sie tun es. Ich schätze, es war Glück, dass du es getan hast – und der Hunger hat dich dazu getrieben. Hast du dein Essen überhaupt geschmeckt, oder hast du es ohne Rücksicht auf den Geschmack runtergeschlungen?"

Er verschwand und tauchte wieder auf, nur wenige Zentimeter von mir entfernt. „Natürlich hast du Letzteres getan, weil du zu sehr damit beschäftigt warst, mich zu ignorieren und mich abzuweisen, als wäre ich nur ein gewöhnlicher Magieanwender, wie du es zuvor getan hast. Wenn ich nur nicht so –"

Er hatte mich vergiftet! All die Freundlichkeit und schönen Worte waren eine Ablenkung gewesen, während er mich dazu gebracht hatte, Iridium zu essen!

Er sprang gerade noch rechtzeitig zurück, um meinen Hieb mit einem der Zwillinge zu entgehen. Ich würde ihn nicht noch einmal verfehlen. Ich stürzte mich auf ihn; er wich zurück. Ich streifte sein Bein, und als er auf dem Boden aufschlug, ließ ich mich auf ein Knie fallen und warf einen Sai zur Seite, damit ich ihn mit all meiner Kraft mit dem anderen aufspießen konnte. Er glitt wie Butter in seinen Arm, und Blut quoll hervor. Er zischte. Die goldene Kugel, die sich in seiner Hand formte, traf mich an der Brust und schleuderte mich mehrere Meter zurück. Ich schlug auf dem Boden auf, und ein weiterer Schlag traf mich. Sein Gesicht war vor Schmerz verzerrt, und er zuckte zusammen, als er meinen Dolch aus seinem Fleisch zog. Er rappelte sich auf, sein Hemd rot gefärbt, und Blutspuren liefen seinen Arm hinab. Ich warf einen Blick auf den weggeworfenen Sai, der nur wenige Meter von ihm entfernt lag. Er starrte auf den, den er aus seinem Arm gezogen hatte, bevor er ihn neben dem anderen auf den Boden warf.

Mein Atem ging schneller, als andere aus ihren Häusern kamen. Nur drei seiner Gruppe waren übrig. So klein jetzt. So schwach. Wahrscheinlich waren sie alle genauso in ihren Plänen verwurzelt wie zuvor. Ob es drei oder dreihundertunddrei waren, sie würden sich nicht davon abbringen lassen.

„Wenn ich hier bleibe, wirst du niemals schlafen, denn in dem Moment, in dem du es tust, werde ich versuchen, dich zu töten", warnte ich. Als er mir ein amüsiertes Lächeln zuwarf, fragte ich mich erneut, womit ich es zu tun hatte, Agitator oder Psychopath. Nun, ich bekam meine Antwort: Er war ein Psychopath mit einer Prise Wahnsinn.

Er entblößte seine Zähne in einem breiteren Lächeln. „Wie kann mich diese Leidenschaft nicht anziehen?"

„Glaub mir, mein Mord an dir wird kein Verbrechen der Leidenschaft sein. Er wird kalkuliert und strategisch ausgeführt." Ich funkelte ihn an und wurde noch wütender. Meine Drohungen störten ihn nicht. Er erwartete zu bekommen, was er wollte.

Er hatte mich unter Drogen gesetzt. Meine Magie war schwach im Vergleich zu seiner, und er hatte sie und mich trotzdem noch weiter geschwächt. Je mehr ich über seinen Plan nachdachte, mich unter Drogen zu setzen und mich hilflos zu machen, falls ich nicht auf seinen unaufrichtigen Altruismus hereinfiel, desto wütender wurde ich. Es machte mich gewalttätiger, als ich mich jemals gefühlt hatte.

„Das ist Hass", sagte er und starrte mir in die Augen. Seine Hände strichen über seine Arme, und das Blut verschwand langsam, bis es nur noch ein kleiner Fleck war. Er benutzte Magie, um es aus dem Hemd zu zupfen, und ließ das rote Rinnsal in der Luft verweilen, bevor es zu Boden fiel. Dann machte er eine Show daraus, seinen Ärmel zurückzuziehen und die Verletzung freizulegen. Mit einer Handbewegung verschmolzen die Wundränder und hinterließen die zart gebräunte Haut so unverletzt wie zuvor.

Die anderen kamen näher, doch er hob eine Hand, um sie aufzuhalten. „Das ist zwischen uns. Wir haben nur einen Streit. Es wird wohl einer von vielen sein. Sie ist ziemlich temperamentvoll." Er behielt mich vorsichtig im Auge, als er sie ansprach. Ich rief meine Magie an, zog sie aus den Tiefen, wo sie am stärksten war, in der Hoffnung, genug zu finden, um alles herauszufiltern, was er mir eingeflößt hatte. Doch sie saß wie ein Felsbrocken in mir, träge. Die Schwere der Magie, die nicht verwendet werden konnte, machte mich noch aufgeregter und wütender.

Als Conner sprach, hatte ich das Gefühl, dass er mich verspottete, obwohl sich sein Ton nicht sehr verändert hatte.

Arschloch. „Ich dachte, Freundlichkeit könnte sie überzeugen, aber ihr hattet recht. Sie ist so weit weg, unter dem Pantoffel der Menschen. Ihr kleines Haustier: Sie wird so viel tun, um ihren Herren zu dienen, in der Hoffnung, dass sie sie von einer Vergangenheit freisprechen würden, mit der sie nichts zu tun hatte. Ziemlich erbärmlich."

Seine Augen huschten in ihre Richtung. „Wenn ihr alle nur annähernd so schwer zu überzeugen wärt wie sie, wäre ich wohl zu erschöpft, um irgendetwas Gutes zu tun." Er sah den einzigen anwesenden Mann an. „Aber du siehst, warum ich mir mehr Zeit für sie genommen habe. Meine Kriegerin, meine Gefährtin, meine zukünftige Braut. Ignoriert uns bitte, während wir unseren kleinen Streit fortsetzen." Seine Stimme war so unbeschwert und luftig wie das kleine Lächeln um seine Lippen. Er öffnete seine Hände, und ein Schwert materialisierte sich. Dasselbe, das er zuvor benutzt hatte. Er verneigte sich vor mir. Besorgt näherte ich mich meinen Sai. „Ich werde nicht mogeln. Wenn du gewinnst, kannst du gehen. Du scheiterst und – nun, du weißt, was dann passiert."

Ich rannte los, um die Zwillinge zu holen. Ich stach einen Dolch durch die Vorderseite meines Kleides und fuhr damit den Stoff hinauf, riss ihn auf, um mir Bewegungsfreiheit zu verschaffen. Es war mir egal, dass ich halbnackt vor Fremden war. Ich griff an, er wirbelte außer Reichweite. Ich drehte mich um und rammte den Kolben des Sai hart gegen seinen Schädel. Benommen stolperte er zurück. Schlagen. Parieren. Schlagen. Ich ging aggressiv auf ihn zu, umkreiste ihn schlagend und zog mich zurück, um mir einen Vorteil zu verschaffen. Ein harter Stoß traf ihn in die Seite, und Blut sickerte durch sein Hemd. Ich erwischte sein Schwert über mir im Griff eines Sai. Ich ging auf die Knie und rammte ihm den anderen in seinen Oberschenkel. Dann riss ich ihn schnell heraus und rammte ihm mit einer weiteren schnellen Bewegung den Griff in die Kehle. Er würgte, hielt aber sein Schwert fest, das mit dem Sai verkeilt war. Ich riss mit genügend Kraft daran und zwang das Schwert aus seiner Hand. Ich packte es und rollte näher zu den Beobachtern. Sie hatten es nicht kommen sehen. Zwei der drei fielen vor ihren Köpfen zu Boden. Ich packte die andere an den Haaren und weigerte mich, ihr die Chance zu geben, zu verschwinden.

Conner schaffte es, mit roten Augen ein paar Atemzüge zu machen, als er auf das Gemetzel und mehr seiner Leute blickte, die durch meine Hand gefallen waren.

Seine Lippen öffneten sich wütend. Sintflutartige Wellen der Magie gingen von ihm aus, als er seine Hände an den Seiten ballte und brodelte.

„Lass mich gehen", verlangte ich, presste die Schneide des Schwerts an die Kehle seiner Akolythin und schluckte die Galle, die meine Speiseröhre hinaufgekrochen war, als ich mir dessen bewusst wurde, was ich getan hatte. Die Regeln des Krieges waren anders, das wusste ich, und ich machte mir nicht vor, dass das keiner war.

Schwere Stille breitete sich aus, und er schloss den Mund. Seine Stimme war ein Flüstern. „Es tut mir leid." Die Worte waren nicht an mich gerichtet, sondern an meine Geisel. Als die Worte über seine Lippen kamen, wurde die Luft von einer dunklen und gefährlichen Magie durchzogen. Seine Augen waren intensiv, hart, kalt wie Marmor. Er bewegte sich schneller, als ich ihn je gesehen hatte, und rammte einen meiner Dolche in die Brust der Frau. Er ging gerade tief genug hinein, um sie zu durchbohren – meine verzauberte Waffe konnte nicht benutzt werden, um mich zu verletzen. Sie sackte gegen mich, ihr Blut benetzte mein Kleid und vermischte sich mit dem Blut, das es bereits befleckte.

Ich wich zurück und ließ den Leichnam fallen. Conner und ich standen nur wenige Meter voneinander entfernt. Ich machte das Schwert wieder einsatzbereit, und er hob die Hand. „Du hast dich als würdiger Gegner erwiesen. Ich hatte zwei Misserfolge, und hinter jedem einzelnen steht nur derselbe Nenner – du. Du hast gesehen, wie weit ich zu gehen bereit bin, um dich hier zu behalten. Sollen wir täglich kämpfen, bis du aufgibst, oder tust du es jetzt? Ich will, dass du verstehst, dass das die einzigen Optionen sind. Jetzt sind nur noch wir übrig …" Er sah die drei Leichen an, seine Wut blitzte auf, und ich fragte mich, wie viel Kontrolle er brauchte, um nicht zurückzuschlagen.

„Ich werde niemals aufgeben. Mit mir hier wirst du verdammt unglücklich sein." Es war keine Feststellung, sondern ein Versprechen, und die Arroganz, die ich so selten hatte wanken sehen, kam wieder zum Vorschein. Obwohl er zusah, wie sich seine etablierten Pläne in Wohlgefallen auflösten, wirkte er nicht verzweifelt. Ich wollte, dass er sich hoffnungslos fühlte, denn das würde ihn dazu bringen, seine Pläne aufzugeben.

Ich stürzte mich auf ihn und schwang das Schwert. Er verschwand und tauchte fast fünf Meter entfernt wieder auf. Er wedelte mit der Hand, und Magie traf mich hart. Ein symbolischer Schlag ins Gesicht, der seinem Unmut Ausdruck verlieh. Meine Knochen stöhnten, als ich gegen einen Baum krachte. Die Rinde biss in meine Haut, als er näher kam. Er betrachtete mich mit großem Interesse, bevor er die Waffen einsammelte und zu seinem Haus schlenderte, wo er blieb. Ich rechnete damit, freigelassen zu werden – doch ich blieb, an den Baum geheftet.

Die Iridiumpfeile, die die Gilde verwendete, hatten eine Wirkungsdauer von etwa sechs Minuten, dann war unsere Magie wiederhergestellt. Wie lange würde es dauern, bis ich das Iridium, das ich mit dem Essen zu mir genommen hatte, ausgeschieden hatte?

Ich versuchte, an jedes Buch zu denken, das ich gelesen hatte, an alles, was Blu mir gezeigt hatte, an die Dinge, die Kalen mir erzählt hatte. Ich versuchte, einen Fluchtplan zu entwickeln, doch nichts würde funktionieren, wenn ich

keine Magie hatte, um den Schutzzauber zu brechen, der
mich hier gefangen hielt.

Ich war mir nicht sicher, wie viele Stunden vergangen waren,
bis er mich endlich vom Baum befreite. Ich betrachtete die
Leichen, die zu meinen Füßen lagen, zog es vor, sie anzusehen anstatt ihn. Ich bezweifelte, dass ich sein Gesicht sehen
konnte, ohne ihm die Augen auskratzen zu wollen. Darauf
war ich reduziert. Ich glaubte jedoch daran, alles zu nutzen,
was verfügbar war, um erfolgreich zu sein, einschließlich
Conner in die Hoden zu treten, was zu einer Priorität für
mich geworden war.

Er wartete am Eingang des Hauses auf mich. Ich ging
langsam darauf zu und hoffte, dass mir jeder Moment
erlauben würde, einen Plan zu entwickeln, um von ihm
wegzukommen. Schweigend bedeutete er mir, ihm ins
Esszimmer zu folgen. Dort angekommen zeigte er auf den
Stuhl, auf dem ich zuvor gesessen hatte. Meine Zähne waren
so fest zusammengepresst, dass sie anfingen zu schmerzen.
Ich starrte auf das Essen auf dem Tisch, machte aber keine
Anstalten, danach zu greifen.

Mit einem schweren Seufzen bewegte er sich und legte
eine breite Iridiummanschette um meinen Arm. Er kehrte zu
seinem Platz zurück und schob einen Teller vor mich. Ich
sah ihn an, reagierte aber nicht; ich würde ihm nicht einmal
das Vergnügen eines finsteren Blicks bereiten. Ich blickte
ausdruckslos geradeaus und betrachtete gelegentlich die
Manschette an meinem Arm. Er sah mich mehrmals an,
lehnte sich schließlich zurück und lächelte. „Du kannst das
Essen verweigern, aber irgendwann wirst du essen müssen.
Du bist stur, aber nicht dumm genug, dich zu Tode zu
hungern."

Ich schwieg, emotionslos, weil ich wusste, dass ihn das
mehr stören würde, als wenn ich redete. In seiner Welt, in

der die Psychos wie er umherstreiften und ihren Größen-
wahn wie eine Messlatte benutzten, waren giftige Worte von
jemandem, den sie im Auge hatten, wahrscheinlich wie ein
süßes Sonett oder schmeichelnde Worte. Ihn zu ignorieren
war meine beste Waffe. Ich war mir sicher, es war schwer für
ihn, mit seiner unerwiderten … nun, es war nicht einmal
Liebe oder Lust, es war eine eigenartige Zuneigung, die auf
einer seltsamen Liste von Eigenschaften beruhte, die er bei
einer Partnerin wünschenswert fand.

„Du siehst hübsch aus." Ich machte mir nicht die Mühe,
das neue Kleid anzusehen, in das er mich mit einer Handbewegung gesteckt hatte. Es war dem ersten ähnlich, nur, dass
es smaragdgrün war und meine Augen und das kupferrote
Haar betonte, das er mir wieder zwangsentfärbt hatte. Ich
behielt ihn mit einem scharfen, hasserfüllten Blick im Auge,
während er das Blut von meinen Händen und Armen
wischte. Ich brauchte eine Dusche; mich einfach nur in ein
hübsches Kleid zu stecken, würde mich in keiner Weise
„hübsch" aussehen lassen.

„Das Essen ist sauber." Als Beweis schob er sich mehrere
Bissen von seinem Teller in den Mund.

Er zuckte nicht einmal zusammen, als ich meine Gabel in
sein Steak stach, es auf die Serviette legte und anfing, es zu
essen.

„Du benimmst dich wie eine Wilde."

„Sagt der Mann, der mich vergiftet und einen seiner
Leute getötet hat, um mich in seiner erbärmlichen kleinen
Welt als Geisel festzuhalten."

„Weißt du, wie lange ich schon daran arbeite? Fast acht
Jahre. Glaubst du, du hast mehr Ausdauer als ich? Ich finde es
geschmacklos, deinen Verstand zu kontrollieren, um dich
zum Aufgeben zu zwingen, doch wenn du mir keine andere
Option lässt, werde ich es tun", erklärte er.

Ich bezweifelte nicht, dass es laszive Absicht war, mich zu
kontrollieren. Ich hasste die Art, wie er mich ansah. Seine

Augen wanderten über meine Lippen, meinen Hals und meine Brüste, wo sie zu lang hängenblieben. Er befeuchtete seine Lippen und entzündete eine Wut in mir, die es leicht machte, den Tod zu wählen, anstatt noch einen Tag mit ihm zu verbringen.

Ich nahm das Gemüse und die Kartoffeln von seinem Teller und aß sie langsam. Ein Lächeln hatte sich auf seinem Gesicht niedergelassen, leicht amüsiert von mir. Ein banaler Blick des Vergnügens.

Ich aß schweigend auf, dann fing er an, den Tisch abzuräumen. Plötzlich peitschte ein heftiger Sturm durch die Luft. Magie – stark und so viele Variationen davon, dass ich die Quelle nicht lokalisieren konnte. Hexen, Feen, Magier, alles verschmolz zu einem Konglomerat virulenter, dominanter Macht.

Conner sprang auf, Empörung auf dem Gesicht. Magie wand sich um seine Hand. Er hatte noch nie zuvor so wirklich gekränkt ausgesehen. Sein Schutzzauber war ohne meine Hilfe von Leuten gebrochen worden, die er für minderwertig hielt.

Dann hörte ich ein ohrenbetäubendes Brüllen, das von den Wänden widerhallte. Conners Augen fielen auf den Eingang des Hauses, und er biss die Zähne zusammen und ging darauf zu. Ich nutzte seine Ablenkung zu meinem Vorteil und sprang auf, wobei ich die Manschette zu meinem Handballen gleiten ließ. Der seltsame Winkel des Schlags und die Wucht würden mein Handgelenk wahrscheinlich nicht unversehrt lassen, doch das war mir egal. Ich schlug hart zu und nutzte die Position meines Körpers, um mehr Wucht zu bekommen. Der Schlag schleuderte seinen Kopf zurück. Ich schlug ihn erneut und spürte, wie die Knochen meines Handgelenks und meiner Hand unter dem Aufprall ächzten. Der entsetzliche Schmerz trieb mir Tränen in die Augen, doch ich konnte nicht aufhören. Ich nahm einen Teller und schlug ihm damit ins Gesicht. Er stolperte wieder zurück und blinzelte. Ein Impuls blind geschleuderter Magie durchzuckte mich. Ich packte ihn am Hemd, und wir fielen gemeinsam zurück, landeten einen Meter vom Tisch entfernt und er auf mir. Ich stieß Conner gerade zur Seite, als der Löwe seine Krallen in seinen Rücken grub und ihn von mir weg über den Boden zerrte. Er riss ihm mit den Krallen über die Kehle und zerfleischte dann seine Brust und seinen Körper, bis nur noch Blut übrig war. Conners Tod war viel barbarischer, als ich es für ihn erwartet hatte. Er starb nicht durch Magie oder meine Sai.

KAPITEL 14

„Mir geht's gut", sagte ich, genervt nach zwanzig Minuten übermäßiger Aufmerksamkeit von Savannah, Gareth und Lucas. Ich wollte keine Suppe, meine Beine auf Kissen gebettet bekommen, als wäre ich verletzt, oder mich hinlegen. Ich hatte einen kleinen Bruch in meinem Handgelenk, etwas, das der Magierarzt im *The Isles* diagnostiziert und innerhalb von Minuten repariert hatte. Ich war nicht verletzt – nur ohne Magie.

Ich war mir nicht sicher, wie lange es dauern würde, bis das Iridium meinen Körper verlassen haben würden. Ohne Magie fühlte ich mich verletzlich – selbst wenn ich sie im Alltag nicht benutzte, hatte ich zumindest Zugang dazu. Jetzt fühlte ich mich, als hätte ich einen meiner Sinne verloren, als wäre ein Teil von mir weg.

Ich konzentrierte mich auf meine Wut, und davon hatte ich reichlich. Sie war entfesselt, grenzwertig gefährlich. Dieser Rachedurst und der Zorn waren tatsächlich tödlich – und sogar für mich beängstigend. Nie hatte ich geplant und mir mehr gewünscht, jemanden in Stücke zu reißen, als ich es mit Harrah tun wollte. Ihr Verrat schmeckte bitter in meinem Mund und ihre hinterhältige Art ließ meine Haut prickeln. Ich wollte sie töten und wieder zum Leben erwecken, nur, damit ich es noch einmal tun konnte.

„Wie habt ihr mich gefunden?", fragte ich, ließ meinen Blick über ihre Gesichter wandern und weigerte mich, mich auf eines zu konzentrieren. Ich wusste, dass ich in allen verschiedene Grade von Sorge finden würde.

„Dich zu finden war nicht der schwierige Teil." Gareths Stimme enthielt etwas Humor, aber nicht genug, um die Wut und Frustration darin zu verbergen. „Das Problem war, durch den Schleier zu kommen. Ich schulde Tina eine Menge Gefallen, nachdem sie zugestimmt hat, ihr Team einzusetzen, um uns zu helfen. Sonst hätten wir nicht einmal mit den Herdsteinen die Macht dafür gehabt."

Niemand musste aussprechen, weil wir es alle dachten – wir waren froh, dass Conner tot war.

„Wie lange war ich weg?" Das war die einzige Frage, die ich zwischen ihre schieben konnte. Ich nahm an, dass Kalen gerade noch rechtzeitig zu sich gekommen war, um zu sehen, wie Conner mich entführt hatte, und seitdem hatten sie nach mir gesucht. Ich konnte mir die Szene vorstellen, zu der Kalen aufgewacht war: der abgetrennte Kopf des Mors und der Leichnam. Ein blutbespritzter Raum. Eine riesige Blutlache, wo ich gelegen hatte. Erstickende Magie, die die Luft verdrängte.

„Fünf Tage", sagte Savannah, Wut und Trauer leise und schwer in ihrer Stimme, als sie die Worte knurrte.

Fünf Tage. Meine Hand strich über die imaginäre Narbe, an der Stelle, wo meine Haut jetzt glatt und makellos war, die Wunde, die mich getötet oder zumindest eine sichtbare Narbe hinterlassen hätte, wenn es keine starke Magie gegeben hätte.

„Ich muss Harrah finden", sagte ich in einem ruhigen Ton. Der Durst nach ihrem Blut war so tief in mir verwurzelt, dass er in diesem Moment ein Teil von mir war. Er änderte nicht die Modulation meiner Stimme, den Rhythmus meiner

Worte oder reizte auch nur meine Gefühle, wie es früher der Fall gewesen wäre. Er existierte einfach, und ich hatte das Gefühl, dass ich *deswegen* existierte.

„Livy", sagte Gareth, betrachtete mich einen Moment lang und runzelte dann die Stirn. „Du kannst dich nicht rächen …" Ich wollte gerade meinen Einwand äußern und hatte eine ausgezeichnete Argumentation, warum ich jedes Recht hatte, mich zu rächen, doch er hob seine Hand, um mich zu stoppen. „Nicht jetzt. Die offizielle Geschichte, dass du und andere Übernatürliche angegriffen wurden, wurde etabliert. Sie haben die Verbrechen Trackern zugeschrieben. Diejenigen, die nicht von Conner getötet wurden, sind jetzt in Haft." Er sagte es, als wäre alles mit einer hübschen Schleife zusammengebunden. Ich interessierte mich nicht für Politik oder offizielle Geschichten.

„Und sie einfach damit davonkommen lassen? Sie hat einen Killer zu dem einzigen Zweck gerufen, mich und meinesgleichen zu töten. Und warum? Ich war keine Gefahr. Wenn sie hinter Conner her sein wollte, okay. Aber sie war ohne Grund hinter mir her."

Gareth seufzte. Als er sprach, war es kaum hörbar. Ich lehnte mich auf dem Stuhl nach vorne, um ihn besser zu hören. „Du musst es für den Moment auf sich beruhen lassen."

Es fiel mir schwer, ihn anzusehen: Ich wollte seine Logik nicht hören, interessierte mich nicht für Vernunft. Bei der Vorstellung, seinen Vorschlag überhaupt in Erwägung zu ziehen, wurde mir übel. Ich wollte meine Rache. Ich stand vom Sofa auf, ging in mein Zimmer und warf mich aufs Bett. Ich hörte, wie Savannah ihm riet, mir ein paar Minuten zu geben, und zu mehr schien er nicht fähig. Augenblicke später war er bei mir. Ich setzte mich auf dem Bett auf und funkelte ihn an. Er arbeitete hart daran, es zu ignorieren, biss sich auf die Lippen, um seine Worte zurückzuhalten. Zögernd trat er näher an mich heran. Es war das erste Mal, dass er etwas anderes als ausgeprägtes Selbstvertrauen zeigte.

„Du bist wütend auf mich, nicht wahr?", fragte er.

Ich war nicht wütend auf ihn, nur verärgert über die Situation. „Nein, aber ich bin nicht unbedingt glücklich mit dir. Ich bin müde. Ich bin es leid, diejenige zu sein, die immer versucht, den rechten Weg zu beschreiten. Ich bin es leid, diejenige zu sein, die versucht, das Richtige zu tun, und ständig deswegen verraten wird. Ich hätte die Säuberung machen können. Ich wäre sicher gewesen. Ich hätte Savannah, Kalen und dich problemlos hinter dem Schleier bei mir haben können. Ich hätte mich Conner niemals ergeben, und doch wurde ich damit belohnt, dass mir dieses Miststück mit dem Messer die Kehle durchgeschnitten hat. Sag mir, wie genau soll ich mich fühlen? Wie soll ich reagieren?"

„Du hast jedes Recht auf deine Wut und sogar auf deine Rache. Ich hoffe, du verstehst es. Wenn du es jetzt tust, bekommst du Rache und den Tod. Ich würde es vorziehen, wenn du nur Ersteres bekommst. Denk also darüber nach und tu es strategisch. Reagiere nicht in blinder Wut und bring dich nicht in eine Situation, aus der du nicht herauskommst."

Das war der Grund, warum man nicht reagieren oder handeln sollte, wenn man wütend war: Man dachte nicht über Strategien nach. Man wurde vom Verlangen verzehrt, den Durst nach Vergeltung zu stillen. Ich war bis zur Austrocknung durstig. Gareth kam näher zu mir, und als er auf Armeslänge war, streckte er die Hand aus und strich mit seiner Hand über meine Wange.

„Ich bin froh, dass es dir gut geht", sagte er. Ich konnte den Anflug von Erleichterung und Trauer in seinem Ton hören. Ich senkte den Blick. Ich wusste nicht, was ich sagen sollte. Alles schien so verwirrend, und ich konnte nicht mehr als eine körperliche Beziehung zu Gareth haben. Die Situation war einfach zu kompliziert, um mehr zu haben. Ich war nicht bereit, eine emotional intime Beziehung zu ihm einzugehen, und ein Teil von mir hatte immer gedacht, er sei nicht der Typ, der eine haben wollte. Einige Augenblicke lang starrten wir uns nur in unbehaglicher Stille an. Er beugte sich vor und küsste mich zärtlich. Seine Lippen glitten über meine, seine Zunge über meine Unterlippe, bevor er meinen Mund damit öffnete und mich härter und drängender küsste.

Er drückte mich zurück auf das Bett. Sein Daumen streichelte meine Wange, bevor er mich wieder zärtlich küsste. Diesmal war es eine federleichte Berührung. Ich schlang meine Arme um ihn, zog ihn näher an mich heran und fühlte die Wärme und Sicherheit seines Körpers an meinem. Ich wünschte, ich wollte es nicht so sehr, doch ich tat es. Ich brauchte es, und so blieben wir, sein Körper ein schwerer Mantel aus Wärme über mir. Von Zeit zu Zeit streiften seine Lippen sanft meine. Irgendwann schlief ich ein.

Während ich schlief, entwarf Gareth einen Plan, und der erste Schritt bestand darin, herauszufinden, wie Harrah den Mors gerufen hatte, und sicherzustellen, dass sie es nicht noch einmal tun konnte. Früh am nächsten Morgen machten wir uns auf den Weg zu Blu.

Sie öffnete die Tür, sobald wir anklopften, trat beiseite und winkte uns herein. Es war das erste Mal, dass ich bei ihr zu Hause war, nachdem ich sie oft im Haus ihres Zirkels getroffen hatte. Ihre Wohnung war definitiv so, wie ich sie mir vorgestellt hatte, basierend auf dem, was sie mir über ihre Eltern erzählt hatte. Sie waren Jazzmusiker, und ihr Beruf beeinflusste nicht nur ihren Namen, sondern auch ihren Stil. Überall in ihrem Haus hatte sie Gemälde von Menschen, die Instrumente spielten. Mehrere kleine Statuen von Frauen, die in verschiedenen Positionen sangen, waren in ihrem Haus verteilt: eine saß an einem Klavier, eine andere stand an einem Mikrofon, dann eine Gruppe von drei Frauen mit unterschiedlich positionierten Armen. Die hellen Wände wurden durch verschiedene künstlerische Darstellungen von Musiknoten akzentuiert. In einer Ecke stand eine Gitarre.

Sie kam mir nicht wie eine Gitarristin vor, doch es gab viele Dinge, die sehr untypisch an ihr waren, wie die Tatsache, dass sie immer eine Variation von Blau in ihrem Haar hatte. Ich hatte erwartet, dass ihr Zuhause genauso aussehen würde, aber sie schien eine Vorliebe für erdige Töne wie helles Braun, Zartgelb, Ziegelrot und Bordeaux zu haben. Ihr großes Sofa war dunkelbraun, mit Kissen in gebranntem Orange und Beige. Vor dem Sofa stand eine große Ottomane, und darauf waren Bücher gestapelt. Die kleinen Sessel in der Ecke waren ziegelrot; die Kissen, die darauf gehörten, waren beiseite geworfen, und auf ihnen und dem Sofa lagen weitere Bücher. In der gegenüberliegenden Ecke hatte sie eine offene, braune Ziertruhe aufgestellt, in der ich mehrere Medaillons, Steine und Kugeln erkennen konnte. Ihre Wohnung war nicht sehr groß, etwas kleiner als die, die ich mir mit Savannah teilte. Ich nahm an, dass sie kreative Wege finden musste, Dinge aufzubewahren.

Blus normalerweise freundliches Auftreten schien von der Ernsthaftigkeit der Angelegenheit gedämpft.

Sie richtete ihre Aufmerksamkeit auf Gareth. „Jemand hat einen Mors gerufen?", fragte sie, setzte sich auf die Kante eines der Stühle und überließ das Sofa uns beiden.

Ich wollte nicht um den heißen Brei herumreden oder in irgendeiner Weise zurückhaltend sein. „Es war Harrah."

Sie runzelte die Stirn, und ihr Blick wurde finster. „Harrah könnte das auf keinen Fall tun. Nicht einmal ein hochrangiger Magier oder eine mächtige Hexe könnte das. Einen zu beschwören, erfordert viel Kraft. Stärke. Ich kann nicht einmal einen mit einem Herdstein beschwören, und der erlaubt mir, die Magie meiner Vorfahren anzuzapfen."

Dann wurde sie blass. „Ich glaube, ich bin dafür verantwortlich." Ihre Stimme war leise. Sie sprang auf und fing an, auf und ab zu gehen, wobei sie laut genug murmelte, dass wir hören konnten, wie sie sich selbst geißelte. „Ich dachte, ich tue das Richtige. Der letzte Herdstein, den ihr mir verkauft habt, war zu stark für irgendjemanden. Ich wollte nicht riskieren, ihn zu verlieren oder dass er in die Hände von jemandem fällt, der ihn missbrauchen würde. Ich habe ihn dem Magischen Rat übergeben."

„Wann war das?", fragte Gareth.

„Vor ungefähr zwei Wochen", sagte sie. Ihre Augen und ihre Schultern senkten sich. „Es tut mir leid."

„Dir muss nichts leidtun. Das ist das Protokoll, wenn du dachtest, er sei zu stark, um in den Händen von irgendjemandem zu sein, und dass er bewacht werden sollte. Du hast das Richtige getan. Das hast du nicht aus bösem Willen gemacht."

Es schien sie nicht von ihrer Schuld zu befreien; sie lief weiter auf und ab und drehte eine Haarsträhne um ihren Finger. „Eine Hexe mit einem Herdstein, ein Magier – ein mächtiger – mit etwas Äquivalentem oder eine Fee mit einem Broven-Kristall könnten es zusammen tun, aber eine solche Beschwörung durchzuführen, ist extrem gefährlich."

„Wie viele Mors gibt es? Ist das eine einmalige Sache und er ist der Einzige, um den wir uns Sorgen machen müssen?", fragte ich.

Sie zuckte mit den Schultern. „Ich bin mir nicht sicher, wie viele Mors es gibt, aber es ist nicht so, dass sie häufig beschworen werden. Es ist schwierig, und sie werden für einen bestimmten Job gerufen."

Ich runzelte die Stirn. „Werden die Steine während des Zaubers zerstört?" Ich erinnerte mich an einige stärkere Zaubersprüche, über die ich in einem der Bücher gelesen hatte, die sie mir gegeben hatte, und in denen das verwendete Objekt geopfert wurde.

„Basierend auf dem, was ich über diese Art von Zauber weiß, würden die Steine als Tribut oder eine Art Opfergabe gegeben werden."

„Dann ist die Chance, dass sie es noch einmal tun, wohl sehr gering", sagte ich hoffnungsvoll. Ich wollte, dass irgendetwas gut lief. Dass das niemals wiederholt werden würde.

Als sie anfing, auf ihren Lippen zu kauen, schwand die Hoffnung schnell.

Sie atmete die Luft aus, die sie einige Sekunden lang angehalten hatte. „Es gibt viele Gegenstände, die wie die Steine verwendet werden können, von denen sich beliebig viele in ihrem Besitz befinden könnten. Seit dem Krieg sind Übernatürliche vorsichtiger, und sie haben jedes Recht dazu. Es war eine Erinnerung daran, wie zerbrechlich unsere Existenz ist. Ein Zauber, und das Leben, wie wir es kennen, ist vorbei." Um diese Illusion der Sicherheit aufrechtzuerhalten, übergaben sie magische Gegenstände an ernannte Vertreter, um dafür zu sorgen, dass das nicht noch einmal passieren würde. Sie sah Gareth an, ihr Blick sanft, aber flehentlich. „Gar, wie viele Leute haben Zugriff auf die Gegenstände, nachdem sie an den Rat übergeben wurden?"

Alle folgten blindlings dem Magischen Rat und erwarteten, dass sie nur ihr Bestes im Sinn hatten. So wie Blu aussah, würde es in Zukunft schwieriger sein, ihnen zu vertrauen. Ihr frustrierter Blick blieb auf ihm, während sie auf eine Antwort wartete. Ich konzentrierte mich auf ihn und verdrängte den Anflug von Wut, der in mir aufflammte. Dem Magischen Rat war unkontrollierte Macht verliehen worden, weil sie zusammen mit den einzelnen Räten und der Gilde der Übernatürlichen die Sicherheit in der Gemeinschaft und das Bündnis mit den Menschen aufrechterhielten. Sie waren die Gesichter und die Integrität der Institution. Harrah und ihre Komplizen hatten dieses blinde Vertrauen missbraucht.

Gareth begann langsam und wählte seine Worte sorgfältig, was die Situation noch schlimmer machte. Jemand wählte seine Worte nur dann so sorgfältig, wenn er etwas zu verbergen hatte. In den Vordergrund meiner Gedanken rückten die magischen Absprachen des Rates und der Gilde – die Zeiten, in denen sie das Gesetz brachen, es umgingen oder netter ausgedrückt: es zum Wohle der Allgemeinheit ignorierten. Wie viele Gedanken hatte Harrah gelöscht? Neue Erinnerungen implantiert. Ich war mir nicht sicher, ob sie Letzteres konnte, aber ich wusste, dass sie Erinnerungen kompromittieren und Feenzauber wirken konnte.

„Die meisten Gegenstände haben wir zerstört, aber über jedes Stück stimmen wir ab."

„Und die Nekrospeere?", fragte ich misstrauisch. Die Gefahr einer weiteren Säuberung war minimal, doch ich wollte trotzdem nicht, dass es dazu kam. Für jeden Conner, der zerstört oder gestoppt wurde, konnte ein anderer auferstehen. Mir lief ein kalter Schauer über den Rücken bei dem Gedanken, dass einer schon irgendwo lauern könnte. Mit wie vielen Leuten hatte er darüber gesprochen? Wie viele Legacy lebten mit dem Überlegenheitskomplex, dass sie verehrt werden und in ihrer abgetrennten Gesellschaft mit magisch aufgehübschten Häusern, Grünanlagen leben sollten, angebetet und gefürchtet von denen, die sie als die magische Elite betrachteten? Geschmäht von denen, die sie für gewöhnlich hielten, fadenscheinige Beispiele von Magie, simpel und nichts weiter als Menschen, auf die man herabblicken konnte.

„Soweit ich weiß, wurden sie alle zerstört", sagte er. Zweifel schimmerten in seinen Worten, doch er hielt Blickkontakt mit mir, was schwierig sein musste, weil ich ihn wütend anstarrte. Ich blinzelte ein paarmal, um zu versuchen, meine fehlgeleitete Wut in den Griff zu bekommen. Sie hätten eine Menge Dinge tun können, doch ich hatte das Gefühl, dass die anderen Harrah genauso blind folgten wie die Durchschnittsbürger. Wenn sie sagte, der Rat sollte Objekte mit großer magischer Kraft „nur für den Fall" behalten, waren sie sicher leicht zu überzeugen. Diesmal hatte ihr „nur für den Fall" einen Attentäter herbeibeschworen.

„Es tut mir leid", sagte Blu erneut, und ich fand es furchtbar, dass sie eine Bürde trug, die nicht ihre war. Ich verdankte ihr viel: Die Bücher, die sie mir geliehen hatte, und ihre Anweisungen hatten mir geholfen, meine magischen Fertigkeiten zu verbessern. Wenn sie nicht diejenige war, die den Mors herbeigerufen hatte, würde ich ihr nicht die Schuld daran geben.

„Denkst du, es war der gesamte Magische Rat, der diese Attentate geplant hat, oder hat Harrah nur eine zufällige Person dazu gebracht, ihr zu helfen?", fragte ich Gareth, dessen Augen angesichts der Härte meines Tons zu Schlitzen wurden. Ich war nicht sehr gut darin, meine Wut zu zügeln.

„Mors zu beschwören ist sehr schwierig, doch die Verwendung von Steinen oder ähnlichen Gegenständen würde den Anwendern genug Macht geben, dass es nur ein paar, vielleicht drei oder vier mächtige und geschickte Übernatürliche sein müssten", erklärte Blu.

„Harrah hat dem Mors gesagt, dass sie den Vertrag auflösen und ihn ohne Zahlung zurückschicken würde, falls er scheitern würde. Was bieten sie?", fragte ich.

Blu dachte lange darüber nach und kehrte dazu zurück, langsam im Raum auf und ab zu gehen und ihre Locken um den Finger zu wirbeln, während sie tief in ihre Gedanken eintauchte. Sie sah aus, als würde sie versuchen, sich an die Geschichte zu erinnern oder Folklore von dem zu trennen, was wahr war. Schließlich hörte sie auf, auf und ab zu gehen, verließ den Raum und kehrte mit drei großen Büchern zurück. Wir sahen schweigend zu, wie sie darin las. Finger strichen über die Seiten, und es war offensichtlich, warum sie und Kalen sich so gut verstanden. Er war wirklich begeistert von ihr, und das ging über ihre Liebe zur Mode hinaus zu ihrer Ehrfurcht vor Wissen. Jedes Mal, wenn sie von den Seiten aufblickte und die

Worte und das, was sie las, betrachtete, funkelten ihre Augen vor Interesse.

„Es gibt einen Blutvertrag", begann sie. „Wenn der Attentäter Erfolg hat, darf er bleiben."

„Ich habe das Ding gesehen, er würde nicht gerade unbemerkt bleiben", sagte ich.

„Er bleibt nicht in diesem Körper. Er braucht nur einen kürzlich Verstorbenen in der Nähe, und er kann ihn übernehmen."

Ich fluchte leise, froh, dass Conner ihn getötet hatte. Ich fragte mich nur, wie viele andere gerufen werden konnten. Der einzige Weg, um sicherzustellen, dass es nicht wieder passieren würde, bestand darin, alle Objekte zu zerstören, die verwendet werden konnten, um einen zu beschwören. Ich war bereit, das Gebäude des Magischen Rates in Brand zu setzen und alles darin zu zerstören. Ich hatte das Gefühl, Opfer des ultimativen Verrats geworden zu sein.

Blu ließ immer noch zu, dass die Schuldgefühle ihre Stimmung trübten, als ich aufstand. „Danke." Ich lächelte. „Bitte" – ich wies mit dem Kopf in Richtung der Bücher – „wenn du diese Informationen mit Kalen teilen kannst, tu es."

Sie lächelte. „Ich sehe ihn heute Abend."

Natürlich tust du das, weil ihr beiden jetzt wie siamesische Zwillinge aneinanderklebt. Barbie und Ken aus dem Mittleren Westen.

Die Rückfahrt von Blu war nicht so unbehaglich, wie ich befürchtet hatte, doch es wurde immer schwieriger, Gareths verstohlene Blicke zu ignorieren. Meine Wut und Frustration waren so groß, dass es mir schwerfiel, sie zu unterdrücken. Sie waren fehlgeleitet, und leider ging ein Teil davon in seine Richtung. „Wie konntest du ihnen blind folgen!", keifte ich.

„Ich bin niemandem blind gefolgt", blaffte er zurück, sein

Ton war frostig und so rau, dass es wie ein Knurren klang. Ich war mir sicher, dass er über Harrahs Verrat genauso aufgebracht war wie ich. Es war nicht nur Harrah, es war allen Mitgliedern des Magischen Rates zuzuschreiben, mit Lucas als einzige mögliche Ausnahme. Geheime Treffen, geheime Absprachen und versteckte Vereinbarungen, nur damit sie die Legacy töten konnten. Ich hatte einen Feind gegen einen anderen eingetauscht. Einen mit besseren Ressourcen. Die Tracker galten nur als verrückte Verschwörungstheoretiker, die über eine nicht existierende Gruppe von Leuten laberten, von der alle geglaubt hatten, dass sie ausgestorben sei. Für den Magischen Rat gab es keine Beschränkungen. Sie wussten, dass ich existierte, und Harrah hatte gewollt, dass ich das Aushängeschild für uns alle wurde und mich outete. Ich war anfangs mit ihren Absichten einverstanden gewesen und hatte geglaubt, sie seien rein. Ich hatte geahnt, dass es irgendwann problematisch werden würde, und mich dagegen entschieden. Ich war es leid, den Leuten im Zweifelsfall zu vertrauen, wenn sie mir nicht dieselbe Höflichkeit entgegenbringen konnten. Ich war keine Mörderin. Ich hatte weder den Wunsch, die Säuberung noch einmal zu initiieren, noch das Bedürfnis, von anderen verehrt zu werden oder in meinem separaten kleinen Paradies zu leben. Ich wollte einfach nicht im Verborgenen leben und geheim halten, was ich war. Ich verstand, dass meine Kräfte den Menschen Angst machten. Ich hätte zugestimmt, ein Iridium-Armband zu tragen, um meine Magie einzuschränken, damit ich mich nicht mehr verstecken muss. Das war nicht genug für Harrah – für sie und wen auch immer. Ich erinnerte mich an die Plattitüde, dass der einzig gute Legacy ein toter sei. Wut prickelte über meine Haut und richtete die Haare an meinen Armen auf.

„Wenn ich gewusst hätte, dass das ihre Absicht war, denkst du, ich hätte es dir nicht gesagt? Sie nicht aufgehalten?", fragte Gareth.

„Ich hätte auch nie gedacht, dass du ein Tracker warst, und schau an, wie ich mich da geirrt habe." Ich war mir nicht sicher, warum ich ihm gegenüber so zickig war. Bevor ich aufhören konnte, flogen die Worte heraus; ich wollte nur wütend auf jeden sein, der in Reichweite war, und das war gerade er.

„Es tut mir leid", sagte ich leise. „Ich fühle mich hintergangen. Nicht von dir, von ihnen. Ich bin es leid, zu versuchen, mich zu beweisen. Ich habe alles getan, was ich konnte."

Ich sah aus dem Fenster auf die Bäume, an denen wir vorbeifuhren, den klaren türkisblauen Himmel und schließlich die Gebäude. Sie sprachen mich nicht so an, wie sie es hätten tun sollen, sondern riefen eine neue Erinnerung an Bäume hervor, die ich zerstört hatte, weil ich zu viel Magie in mir hatte, die freigesetzt werden musste. Der klare blaue Himmel der künstlichen Welt, in die mich Conner gebracht hatte. Die Gebäude, in denen ich die anderen Legacy und Conners Akolythen und sogar die Maxwells aufgespürt hatte.

„Ich kann das nicht auf sich beruhen lassen." Ich atmete aus.

Das Schweigen hielt lange an, und ehe ich mich versah, waren zehn Minuten vergangen. Als Gareth mich ansah, leuchteten seine Augen mit klarem Verständnis. Hinter ihnen sah ich dieselbe Wut und Frustration, die ich fühlte. „Ich weiß."

Mehr Stille. Die Muskeln in seinen Unterarmen spannten sich an, weil er das Lenkrad so fest umklammert hatte. „Ich weiß, dass du es hasst, wenn ich Politik anspreche, aber du kannst nicht über die Harmonie diskutieren, die zwischen den Menschen und uns besteht, ohne darauf einzugehen. Wenn du da reingehst und sie und alles zerstörst, was passiert dann? Wie erklärt man das weg? Es ist einfach zu erklären, dass eine Person stirbt oder von ihrer Position zurücktritt. Doch der gesamte Magische Rat mit Ausnahme von Lucas und mir, den beiden einzigen Personen, die keine Magie besitzen? Glaubst du, die Leute würden nicht eins und eins zusammenzählen?"

„Ganz ehrlich? Das ist mir scheißegal." Doch das war weit von der Wahrheit entfernt. Es war mir nicht egal. Ich hatte verdammt viel gegeben. Denn am Ende des Tages, wenn die Feuer gelegt waren und die Gebäude in Flammen standen, die Leichen tot dalagen, mein Rachedurst gestillt war und ich ein Gefühl der Genugtuung verspürte, musste ich mich immer noch für meine Taten verantworten. Gareth müsste sich dafür verantworten, dass er es mir erlaubt hatte, und dann musste das wegerklärt werden. Die Menschen mussten wissen, warum es erlaubt war. Ich fragte mich, ob die Geschichte lauten würde, dass diese Mitglieder des Magischen Rates die wenigen Leute waren, die mich hätten aufhalten können, also hatte ich sie getötet und die Objekte zerstört, damit ich nicht mehr aufzuhalten wäre.

„Die unaufhaltsame Juggernaut", murmelte ich.

Gareths Kopf ruckte in meine Richtung, und er runzelte die Stirn. „Was?"

„Er ist ein Superschurke – Cain Marko, er ist der Juggernaut. Ein unaufhaltsamer Bösewicht", erklärte ich. Seine Augen waren klar, als er mich ansah, und Verwirrung zeichnete sein Gesicht. Dann erblühte ein kleines Lächeln und wurde schnell zu einem Grinsen. „Das ist keine Geschichte, die zu deinen Gunsten funktionieren wird." Er schüttelte den Kopf. „Vergiss die Superhelden-Anspielungen. Sprich nicht über die Avengers, X-Men, Suicide Squad oder sowas. Du bist eine sehr seltsame Frau, Livy."

„Ich bin die Seltsame?", neckte ich. „Ich bin diejenige, die weiß, wer der unaufhaltsame Juggernaut ist, zusammen mit Millionen anderer Leute. Ich denke, du bist der Seltsame. Du bist gerade nicht sehr heiß."

„Ich bin mir ziemlich sicher, dass ich mehr tun müsste, als

ein paar Comicfiguren nicht zu kennen, damit das wahr
wäre."

Hallo, Mr. Arrogant. „Nun, zumindest wissen wir, dass
deine Superkraft nicht Bescheidenheit ist."

„Sollte sie das sein?", fragte er, sein Lächeln wurde breiter.

Ich wollte meine Scherze mit ihm fortsetzen, noch mehr
flirten und necken, und für ein paar Sekunden war es genau
das, was ich brauchte – eine Atempause. Jemand hatte
andauernd versucht, mich zu töten, seit ich ein Kind gewesen
war; ich brauchte ausnahmsweise einfach eine Pause. Das
würde jedoch nicht so schnell passieren; ich musste
irgendwie mit dem Magischen Rat fertig werden. Ich war
nicht naiv genug zu glauben, dass das ihr einziger Versuch
bleiben würde.

Ich ließ das Schweigen zu und unternahm nichts dagegen,
obwohl ich es vorgezogen hätte, wenn wir weiter geplänkelt
hätten. Wenn ich Fragen beantwortete, dachte ich nicht an
die Probleme, mit denen ich mich auseinandersetzen musste.
Und vielleicht, wenn ich nicht so sehr darüber nachdachte,
würde sich der Wunsch, da hineinzustürmen und jeden in
Sichtweite auszuschalten, irgendwann in Wohlgefallen auflösen. Doch ich wusste, dass das unmöglich war. Um die Wut
wieder zu entfachen, musste ich nur daran denken, wie ich
mit aufgeschlitztem Hals am Boden gelegen hatte, und an die
Leichen der anderen, die von diesem Mors getötet worden
waren.

Als Gareth mir in meine Wohnung folgte, anstatt mich
einfach abzusetzen, war ich erleichtert. Ich handelte
emotional – es waren gefährlich dunkle Emotionen – und er
war die Stimme der Vernunft. Ich hasste es, dass einiges
davon in Politik verwurzelt war, doch er hatte nicht viele
Möglichkeiten, er hatte eine Verantwortung, die weiter
reichte als meine. Stundenlang war das Gespräch banal; wir
streiften nicht einmal die Themen HF, Harrah, Conner, der
magischen Objekte oder des Mors. Wir brauchten beide

eine Pause. Das Abendessen war voller trivialer Gespräche, doch je mehr Zeit verging, konnten wir nicht mehr so tun, als ob alles in Ordnung und normal wäre, denn so war es nicht. Die Situation zu ignorieren würde nicht verhindern, dass das Gemetzel wieder stattfand, und sie würde auch Harrah und die anderen nicht hinter Schloss und Riegel bringen.

„Was ist mit Humans First?", fragte ich und setzte mich nach dem Abendessen auf das Sofa. Er blieb stehen, stand an der Wand, die Arme vor der Brust verschränkt, die Augen auf mich gerichtet. Er dachte lange über meine Frage nach, und ich fragte mich, ob er mich abschätzte und herauszufinden versuchte, ob ich meine Rachegedanken aufgegeben hatte. Betrachtete er sich als die einzige Barriere, die einen weiteren Tatort voller Leichen aufgrund meiner Wut verhinderte?

„Sie sind ein Problem, aber mehr für sich selbst als für jeden von uns. Es ist wie früher …" Er hielt abrupt inne und atmete tief durch, anstatt zu sagen: „Bevor Harrah dich beinahe getötet hätte und du von Conner entführt wurdest." Er fuhr fort. „Bevor dir das alles passiert ist. Sie werden sich gegenseitig von innen zerstören. Die radikalen Mitglieder werden von den vernünftigeren Mitgliedern an der kurzen Leine gehalten, und sie scheinen zu viel Zeit damit zu verbringen, gegeneinander zu kämpfen, als dass sie uns Sorgen machen könnten. Ich vermute, die Radikaleren werden sich abspalten. Wir werden sie beobachten, sobald sie das tun, und uns hoffentlich darum kümmern."

„Wäre es so eine schlechte Idee, wenn sich Übernatürliche von der Menschenwelt absondern würden?" Ich konnte nicht glauben, dass ich das gesagt hatte, aber für einen kurzen Moment schien es die einfachste Lösung zu sein. „Denk' an alles, was ihr alle tut: die Anstrengungen, die ihr unternommen habt, um diese Erzählungen zu etablieren, die uns für die Menschen erträglich machen, den Umgang mit Gruppen, die uns niemals akzeptieren werden, und die Notwendigkeit, unter all diesen Einschränkungen leben zu müssen."

Gareth kniff die Augen zusammen und musterte mich, als würde er jemand anderen sehen und versuchte, denjenigen zu verstehen. „Was hat Conner dir angetan?"

„Nichts, was mich so fühlen lassen würde. Ich möchte keine Welt wie die von Conner haben, sondern nur eine, die frei von all diesem Unsinn ist." Meine Gedanken wanderten zu den toten Legacy, dem Mors, und mein Finger strich über die Linie, wo Harrah meine Kehle aufgeschlitzt hatte.

„Gerade du weißt, dass man die Geschichte nicht ändern kann, sie macht uns zu dem, was wir sind. HF hat nicht einmal hundert Mitglieder." Er ließ seine Worte einen Moment in der Luft hängen. „In einer so großen Stadt wie unserer sind das die einzigen Menschen, die bereit sind, sich ihnen anzuschließen. Sogar mit Mr. Lands als Anführer. Was sagt dir das?"

Logik, er war ihre Stimme, und ich brauchte sie. Gareth beobachtete mich aufmerksam, während ich weiter mit dem Griff eines Sai spielte. Ich hatte sie immer ganz nah bei mir – zu nah. Wenn sie nur ein paar Meter von mir entfernt waren, schienen sie zu weit weg zu sein. Ich fragte mich, ob sie mir ein falsches Gefühl der Sicherheit vermittelten. Er verzog das Gesicht, denn ich erinnerte ihn sicher daran, wie ich in der Nacht zuvor aus dem Bett aufgestanden war, um sie neben mich zu legen. Jedes Mal, wenn ich mich in seinen Armen hin und her geworfen und gewunden hatte, hatte ich auf den magischen Gesang des Mors gewartet, der mich lähmen würde. Ich schluckte und versuchte, alles niederzuringen. Ich war besser als das.

Zögernd kam er auf mich zu. Er ging in die Hocke, legte seinen Finger unter mein Kinn und hob es an, bis ich in seine Augen sah, und küsste mich sanft auf die Lippen. Dann presste er seine Lippen auf meine Wange.

„Lass uns gehen", sagte er und stand auf.

„Was?"

„Dein Herz schlägt schneller, deine Atemfrequenz ist zu hoch, und du bist angespannt. Das bist nicht du, und ich möchte nicht, dass du so bist. Scheiß auf die Politik. Lass uns ein bisschen was zerstören." Er zwinkerte mir zu.

Ich bewegte mich nur langsam, obwohl ich in dem Moment aufgestanden war, als er die Zerstörung der Objekte angedeutet hatte. „Ich möchte nicht, dass du deinen Job oder deine Position im Magischen Rat meinetwegen verlierst."

„Und das habe ich auch nicht vor. Du hattest recht. Sie haben die Regeln gebrochen – das wird die offizielle Geschichte sein. Und wenn überhaupt, sollte es demonstrieren, dass wir alles tun, um das Vertrauen der Menschen zu verdienen und unser Engagement für die Einhaltung des Eids, den wir geschworen haben, zu beweisen. Harrah ist eine Lügnerin, und ich habe es immer gewusst. Ich wusste nur nie, wie verabscheuungswürdig sie sein kann. Ich verstehe, warum sie es tut, aber mir ist auch klar, dass sie ethische Grenzen und sogar Gesetze überschritten hat. Das kann ich ihr weder durchgehen lassen, noch darf ihr der Eindruck vermittelt werden, dass sie ohne Konsequenzen tun kann, was sie will. Es wird Strafen geben."

Meinte er mit „Konsequenzen" sie nach *The Haven* zu bringen? Meine Vorstellung von Konsequenzen war, sie tot und begraben zu wissen. Vielleicht sollte sie auch erfahren, wie es sich anfühlte, wenn ihr die Kehle durchgeschnitten wurde. Doch ich würde mich damit begnügen, die Gegenstände zu zerstören, die ihr zu morden erlaubt hatten.

Ich folgte Gareth zur Tür, die Sai in den Scheiden und auf meinen Rücken geschnallt.

„Es sollte niemand außer den Wachen dort sein", sagte er. Da ich im *The Haven* gewesen war, wusste ich, dass das ausreichen könnte. Jeder, der im *The Haven* arbeitete, war nicht gerade das schwächste Glied der Kette der übernatürlichen Welt. Ganz im Gegenteil; wie die Agenten bei der Gilde waren die Wachen dort die stärksten und geschicktesten. Seit der Säuberung gab es nicht mehr viele schwache Übernatürliche. Sie hatte sie zuerst ausgelöscht. Selbst die Schwächsten waren aus historischer Sicht immer noch ziemlich stark.

Wir fuhren zum Eingang. Eine Wache stand am Tor; Gareth zeigte ihm seine Ausweise und seine Dienstmarke, obwohl der Mann ihn durchwinkte, ohne sie genau anzusehen. Er musterte mich ein paar Sekunden lang, dann wanderte sein Blick wieder zu Gareth, doch er sagte nichts.

„Du bringst oft Leute hierher?", fragte ich ein wenig belustigt.

„Wenn er nicht weiß, wer du bist, denkt er wahrscheinlich, dass ich dich herumführe."

„Eine Tour um elf Uhr nachts?" Ich war skeptisch.

Er zuckte mit den Schultern. „Vielleicht denkt er, ich versuche, dich mit meiner Position zu beeindrucken. Du siehst aus wie die Art von Frau, die viel mehr braucht, um sich begeistern zu lassen. Ich bin sicher, die meisten Männer sehen dich an und glauben nicht, dass sie eine Chance haben. Und sie wissen verdammt nochmal nicht, dass der Weg zu deinem Herzen darin besteht, endlos über Comics und Superhelden zu reden", sagte er und warf mir einen Blick zu, bevor sich seine Lippen zu einem Grinsen verzogen.

„Nun, bitte sag, was ist der beste Weg in *dein* Herz?"

„Ich fühle mich seltsam angezogen von reizbaren Brünetten, die ununterbrochen über Superschurken und die Suicide Squad reden, mich Kätzchen nennen und Mitbewohnerinnen haben, die keine Grenzen kennen." Er parkte und stieg aus dem Auto.

Ich folgte seinem Beispiel. „So eine Frau scheint mir ziemlich heiß zu sein."

Er schenkte mir ein schiefes Grinsen, und ich wusste, dass er eine schlaue Antwort hatte, an der er festhielt.

Er benutzte seine Marke, um durch einen anderen Eingang einzutreten als den, den ich benutzt hatte, als ich wegen Mordes verhaftet worden war. Die Beleuchtung über der Tür bot etwas mehr Licht als das gedämpfte, das das Gebäude umgab. Ich hatte erwartet, dass sie heller waren, damit sie sehen konnten, wenn jemand es wagte, auszubrechen, doch gesehen zu werden dürfte die geringste Sorge eines Flüchtlings sein. Da sich außer Legacy und Vertu niemand teleportieren konnte, würde es sich als schwierig erweisen, die drei Meter hohen Mauern zu überwinden. Wenn ein Gefangener versuchte, sie herunterzuklettern, würden die Blumen, die daran empor rankten und von denen ich sicher war, dass sie giftig oder magisch waren, sie viel eher aufhalten als helles Licht, das auf sie schien. Wenn all das fehlschlug, würden die Wandler, die Patrouille gingen, mit ihrer Immunität gegen Magie und ihrer räuberischen Natur dafür sorgen, dass sie nicht zu weit kamen. *Ok, also brauchen sie kein Licht.*

Von außen sah das Gebäude nicht so unheimlich und überwältigend aus. Innen war das ganz anders. Magie machte die Luft schwer, und obwohl es in vielen Räumen Sigillen gab, um Magie zu verhindern, lag sie wie ein dichter Schal in den Fluren. So viel davon und so viele Variationen, dass es schwierig war, die Nuancen auszumachen. Nicht unmöglich, aber schwierig. Feen-, Magier- und Hexenmagie vermischte sich in den Räumen.

Es war schwer, die Erinnerungen an meine Zeit hier zu ignorieren, als ich mit magischen Wesen konfrontiert worden war, die keine großartige Arbeit geleistet hatten, um mir das Gefühl zu geben, willkommen zu sein – aber warum sollten sie das auch? Wenn ein Magieanwender dort war, wurde ihm etwas ziemlich Schlimmes vorgeworfen, das die

Allianz zwischen Menschen und Übernatürlichen in Gefahr bringen konnte.

Ich folgte Gareth durch die langen Flure. Ich wurde langsamer, zog Magie aus mir heraus und ließ sie meine Arme hinab wandern, bis Funken davon an meinen Fingern entlang tanzten. Und Gareth blieb, wie jedes Mal, wenn ich zauberte, stehen, um es kurz zu betrachten, aus so vielen Gründen verzaubert. Ich war zu dem Schluss gekommen, dass ihm das ein seltsames Gefühl gab. Die einzige Magie, gegen die er nicht immun war. Für die meisten wäre es ein Grund, mich zu hassen, aber nicht für ihn. Oder vielleicht war es das, und er war besser darin, es zu verbergen.

Wir kamen an mehreren verschlossenen Räumen vorbei; einige hatten Tastenfelder neben der Tür. Ich blieb einen Moment lang stehen, um in den Raum zu blicken, in dem ich dem Magischen Rat zum ersten Mal begegnet war. Reihen von Stühlen und lange Tische auf einem Podium, das sie so weit erhöht hatten, dass sie auf den Angeklagten herabblicken konnten. Die Angst zu wissen, dass jemandes Leben von sieben Wesen verändert werden könnte.

Es gab keine Geschworenen, die Sympathie oder Verständnis haben konnten. Ich erinnerte mich lebhaft daran, wie sie mich befragt hatten. Es war das erste Mal, dass ich Harrah und Lucas begegnet war, ganz zu schweigen von Jonathan, der sie alle schließlich verraten hatte und getötet worden war. Ich hätte beinahe über die Absurdität gelacht. Sie hatten ihn getötet, weil sie das Gefühl hatten, er hätte sie verraten, indem er sich auf die Seite von Conner gestellt hatte, nur um sich bei den Vertu einzuschmeicheln und Teil einer Welt zu sein, in der er als Teil der Elite angesehen werden würde. Offensichtlich verstand ich diesen Wunsch, verehrt zu werden, sich nach Macht zu sehnen und bereit zu sein, alles und jeden zu opfern, um sie zu bekommen. Ich verstand das Bedürfnis nach Rache. Es störte mich, dass es so war, doch der

Wunsch, etwas um jeden Preis zu bekommen, war etwas, das ich jetzt kannte.

Ich verließ den Raum und musste schneller gehen, um Gareth einzuholen. Er führte mich in einen anderen Flur. Das Licht war gedämpft, und die Wände waren schlicht weiß, im Gegensatz zu den anderen, die in kräftigen Farben gestrichen und mit Verzierungen versehen waren. Es war, als ob jemand nicht wollte, dass dieser Flur die Aufmerksamkeit von irgendjemandem erregte. Es war ein Ort, von dem sie nicht wollten, dass andere Leute davon erfuhren – wo sie die illegalen und mächtigen Objekte aufbewahrten, die als zu gefährlich galten, um sie der Öffentlichkeit zugänglich zu machen.

Wie war der Rat auf eine solche Liste gekommen? Die Geschichte der Magie hatte so viele Ausschmückungen – wie konnte man die Wahrheit aus fantastischen Ausschmückungen extrapolieren? Selbst wenn ich Bücher über die Säuberung las, hätten einige Geschichten der Realität nicht ferner sein können. Revisionistische Geschichte, nahm ich an. Dasselbe könnte für all diese Objekte gelten, die als so gefährlich eingestuft wurden. Einige könnten harmlos sein, doch basierend auf den Erzählungen einer Person über ihre Geschichte und Eigenschaften wurden sie zusammen mit den anderen mächtigen und gefährlichen Objekten hier aufbewahrt. Gareth gab seinen Code in das Tastenfeld ein und drückte dann seinen Finger auf ein Lesegerät, bevor er die Tür öffnete.

„Sie werden wissen, dass du hier drin warst", sagte ich und folgte ihm hinein.

„Ich habe meine Marke an der Tür vorgezeigt." Er zuckte mit den Schultern. „Auf keinen Fall werden die anderen herausfinden, dass ich das getan habe." Er wirkte schrecklich unbekümmert, dafür, dass er sich an etwas beteiligte, das dazu führen konnte, dass er seinen Job verlor oder, schlimmer noch, eines Verbrechens angeklagt wurde. Doch

wenn er sich keine Sorgen machte, würde ich mir auch keine
machen.

„Ich will hier drin nicht wahllos Dinge zerstören", sagte
er, schaltete das Licht ein und erhellte einen riesigen Raum.
Ich konzentrierte mich auf die Sigillen, die knapp unter der
Decke die Wände zierten. Wenn jemand nicht wusste, was sie
waren, konnte man sie für schöne Dekorationen aus ineinandergreifenden Schleifen, Kurven und Wirbeln aus roten und
lehmbraunen Symbolen halten. Ein paar weiße Kreise mit
schwarzen Punkten darin sahen aus wie Augen. Ich hatte
keine Ahnung, ob sie überhaupt etwas bedeuteten oder nur
dazu dienten, jeden, der eintrat, wissen zu lassen, dass er
beobachtet wurde. Ich suchte den Raum erneut nach
Kameras ab. Es gab keine, und sobald man den Türcode und
das Fingerabdrucklesegerät hinter sich gelassen hatte,
konnte man tun, was zum Teufel man wollte. Und genau das
taten sie in der Regel auch. Ich wollte mich vergewissern,
dass ich meine Magie benutzen konnte. Ich öffnete die Hand
und ließ sie aufleuchten; die Magie pulsierte kurz und
verschwand dann.

Nachdem ich bestätigt hatte, dass ich zaubern konnte,
richtete ich meine Aufmerksamkeit auf die Regale an den
Wänden. In der äußersten rechten Ecke waren drei Regale
voller Bücher. Manche sahen alt und verwittert aus, mit
braunem oder dunkelblauem Ledereinband. Die anderen
sahen aus wie Bücher, von denen ich erwarten würde, sie in
einem Zauberladen zu finden, wo sie für einen fantastischen
Look sorgten. Die Buchrücken zierten kunstvolle Muster in
Gold- oder Bronzewirbeln, einige Titel waren englisch, die
meisten jedoch lateinisch. Andere waren in Sprachen, die ich
nicht identifizieren konnte. Hier wurden verbotene Schätze
aufbewahrt, und ich war mir sicher, dass die Bücher in
dieselbe Kategorie fielen. Wahrscheinlich waren sie mit
verbotenen Zaubersprüchen gefüllt. Niedrige Vitrinen

standen in der Mitte des Raums, und die Magie, die von ihnen ausging, war unleugbar.

Es war gerade genug Platz übrig für einen kleinen schwarzen Schreibtisch, auf dem ein Desktop-Computer und ein großer Monitor standen. Der Ledersessel sah bequem genug für stundenlanges Sitzen und Lesen aus.

Ich fing an, Schränke zu öffnen. Ich hatte keine Ahnung, was ich sah. Ich sah einen Stab, um den sich Muster wanden. Ich konnte nicht erkennen, was sie darstellen sollten. Es schien ein schlechter Plan zu sein, irgendetwas zu zerstören, ohne seine Fähigkeiten zu kennen, falls sie in Zukunft von Nutzen sein könnten. Ich stand vor demselben zweischneidigen Schwert, vor dem der Magische Rat gestanden hatte. Es zerstören und wissen, dass es niemals für Böses verwendet werden könnte, oder es für den Fall behalten, dass man es irgendwann brauchte.

Ich nahm den Stab in meine Hand, ließ meine Finger darüber gleiten und spürte die Macht, die Stärke darin, fragte mich, wozu er gut war. „Wir sollten das nachschlagen und sehen, was er kann."

„Den wirst du zerstören wollen", sagte Gareth und blickte vom Computertisch auf. Er betrachtete ein Bild davon auf dem Bildschirm und dann die Beschreibung. „Der ist schlimmer als die Herdsteine."

Ich zerbrach den Stab über meinem Bein und zuckte vor Schmerz zusammen. Er war stabiler als er aussah. Ein weiterer Versuch ließ mich fluchen. Grinsend kam Gareth herüber und zerbrach ihn in Stücke. Mit dem Griff meines Sai zertrümmerte ich die Stücke in kleinere Splitter. Etwas zu zerstören hätte sich nicht so gut anfühlen sollen, doch das tat es.

Wieder am Schreibtisch ging Gareth die Kataloge auf dem Computer durch. „Es gibt noch sechs weitere Herdsteine." Er studierte erneut den Bildschirm und ging dann zu einem Schrank ganz rechts. „Die sollten ebenfalls vernichtet werden.“

Widersprüchliche Gefühle belasteten mich. Ich wollte sie vernichten, doch da war dieses nagende Gefühl von „Was wäre wenn“. Gareth lächelte mich angespannt an. Ich hatte die Härte in seiner Stimme und die Wut über den Verrat gehört, und ich empfand ihn auch. Doch ich hasste auch die Vorstellung, Menschen schutzlos zu lassen. Sie waren nicht völlig wehrlos, oder? Gegen einen magischen Putsch half nicht nur Magie, sondern auch das Militär und sein Waffen-arsenal.

„Ich werde einfach alles vernichten, was dazu verwendet werden kann, gefährliche Kreaturen zu beschwören“, erklärte er.

Ich nickte und schlug dann mit dem Griff meines Sai auf einen der Herdsteine. Es brauchte mehrere kräftige Schläge, bevor er in Stücke zerbrach. Nachdem ich drei der sechs Herdsteine und zwei der zehn Broven-Kristalle zerschmet-tert hatte, ging ich zu den Bücherregalen hinüber und strich mit den Fingern über die verschiedenen Titel, bis ich zu einem kam, der Englisch war. Ich blätterte durch die Seiten und überflog sie. Ich dachte, wir würden wahrscheinlich einige der Bücher verbrennen. Die meisten Zaubersprüche erforderten nur Objekte. Doch manchmal brauchte man auch ein Buch mit bestimmten Zaubersprüchen. Bücher zu verbrennen schien falsch, doch es war notwendig. Je mehr Zaubersprüche ich las, desto leichter fiel es mir, sie zu zerstören. Einige von ihnen waren so böse, dass ich bald damit einverstanden war, alles im Raum zu vernichten.

Ich ging zurück zum Schrank, suchte nach den restlichen Steinen und schlug dann mit den Griffen meiner Sai aggressiv auf sie ein, bis sie in Stücke brachen. Sie Steine zu nennen, war ziemlich großzügig. Sie waren hart, aber nicht annähernd so stabil wie Stein. Ich änderte meine Methode und zerschmetterte einen Kristall am Boden. Splitter flogen umher, und ich stampfte, bis nur Sand übrig war. Es war katharisch. Ich zerschmetterte noch einen und dann noch einen, bis ich alle zehn zerstört hatte. Ich wirbelte mit dem Finger herum und wischte die Überreste beiseite, bis sie in einem kleinen Haufen glasigen Sandes lagen, und suchte dann nach weiteren Stäben.

Gareth und ich hatten einen einfachen Rhythmus gefunden. Er zeigte entweder auf Dinge in den Schränken und zog sie heraus oder sagte mir, wonach ich suchen sollte, und ich zerstörte sie. Ich stieß auf einen weiteren Stein, der hinter anderen Gegenständen versteckt war; er war von einem etwas dunkleren Grau, ähnlich dem, den Kalen und ich an Blu verkauft hatten. Ein Stein, der nicht katalogisiert war. Ein wohlmeinendes Mitglied der übernatürlichen Gemeinschaft hatte ihn wahrscheinlich aufgegeben. War dieser Stein übersehen worden, ein einfacher Verwaltungsfehler?

Es machte mich wütend, denn so sehr ich auch versuchte, es zu rationalisieren, ich konnte es nicht. Es war aus einem bestimmten Grund versteckt worden, und wenn dieser eine hier gewesen war, dann waren es sicher noch mehr. Ich schmetterte den Stein zu Boden. Nichts geschah, bis ich anfing, mit den Sai darauf zu hämmern. Die Schläge waren aggressiver und feindseliger als das, was ich mit den anderen getan hatte.

„Ein bisschen zerstörerisch unterwegs?", bemerkte Gareth und blickte über seine Schulter. Er zog eine Augenbraue hoch, als er mich ansah und dann den Raum begutachtete.

„Kann dabei genauso gut Spaß haben", erwiderte ich mit einem gezwungenen Lächeln.

„Und du scheinst tatsächlich Spaß zu haben. Ich schätze, du hast keine Bedenken oder Befürchtungen mehr, etwas hier zu zerstören."

„Die habe ich immer noch, aber ich glaube nicht, dass es darauf eine richtige oder falsche Antwort gibt. Wenn wir sie existieren lassen, werden Harrah und ihre Verschwörer mehr Macht und Kontrolle haben, als ich denke, dass sie sollten." Es folgten mehrere Augenblicke der Stille, als ich die Situation betrachtete. Harrahs Ansichten waren, obwohl sie sich stark von denen Conners unterschieden, genauso gefährlich. Die reaktiven und präventiven Maßnahmen, die sie ergriff, um die harmonische Beziehung zu den Menschen aufrechtzuerhalten, waren teils grausam und oft unnötig. Alles war so verschwommen, dass es keine klare moralische Haltung gab.

Als ich weiter heftig auf den Stein einschlug, fragte ich mich, ob ich als „gut" gelten würde, weil ich das tat. Würden die Geschichtsbücher mich freundlich darstellen als diejenige, die all das hier zerstört hatte? Ich sah zu dem Haufen zerstörter Kristalle hinüber. Es war zu verdammt spät, um mich zu fragen, ob wir das Richtige taten, also hörte ich damit auf und schlug weiter auf den Stein ein. Die Luft war jetzt erfüllt von Magie, die von den zerbrochenen Objekten freigesetzt worden war und ungenutzt herumschwebte; irgendwann würde sie sich verflüchtigen. Ich blickte in einen leeren Schrank und sagte: „Es besteht eine sehr gute Chance, dass du keinen Job mehr hast, wenn sie das hier herausfinden."

„Ich *werde* einen Job haben und meine Position im Magischen Rat behalten. Die anderen haben die Regeln gebrochen. Diese Dinge sollten nicht verwendet werden. Nicht gegen dich. Nicht so, wie sie es getan haben. Soweit es mich betrifft, haben sie das Vertrauen der Gemeinschaft missbraucht, und zwar aus keinem anderen Grund, als dich loszuwerden, obwohl du keine Bedrohung für andere dargestellt hast."

„Das war präventiv", sagte ich leise. Ich drehte mich zu ihm um und begegnete seinem Blick, der weicher geworden war. Er war zuvor nicht hart gewesen, doch in seinen Augen hatten Kummer und Enttäuschung gelegen – nicht Reue.

Ich warf einen Blick auf mein Handy; wir waren fast eine Stunde hier. Ich ging zu den letzten Schränken im Raum.

Gareth neigte den Kopf und atmete tief ein, und als er sprach, war seine Stimme leise. „Jemand ist hier."

Er musste es mir nicht sagen. In dem Moment, als die Worte über seine Lippen kamen, flogen die Türen auf. Harrah kam herein, und ungezügelte Macht ging von ihr aus, die über Gareth rollte und mich angriff. Meine Schilde gingen hoch. Und die Person hinter ihr kam mit einer magischen Welle durch, die sie zerschmetterte. Sie besaßen verstärkte Magie, ich war mir sicher, dank eines Objekts, das im Raum mit den anderen magischen Objekten hätte untergebracht sein sollen. Bevor ich reagieren konnte, wurde ich mitten in die Brust getroffen, flog zurück und krachte gegen die Wand. Ich rappelte mich schnell auf und erwiderte das Feuer genauso hart. Mein magischer Strahl traf die kleine Gruppe von Leuten, die sie bei sich hatte, und schleuderte sie aus der Tür und gegen die Wand dahinter. Putz bröckelte, und ich hörte jemanden stöhnen. Es waren drei. Ich nahm an, dass es Harrah, ein Magier und eine Hexe waren – höchstwahrscheinlich waren sie diejenigen, die den Mors gerufen und den Präventivschlag durchgeführt hatten. Als wieder Magie durch den Raum rauschte, war mein Schild aufgerichtet, verstärkt und bereit, Magie zu bekämpfen, die meiner ebenbürtig war. Diesmal schwankte er kaum. Ich hatte sehr wenig Magie eingesetzt, um die Gegenstände hier im Lagerraum zu zerstören. Meine Magie war also so stark wie immer.

Ich war bereit, dem ein Ende zu setzen, und ich hatte die feste Absicht, die einzige zu sein, die das tat. Das war das letzte Gefecht, doch sie versuchten nicht, zurückzuschlagen. Stattdessen blieben sie in der Ecke, und ihre Münder bewegten sich. Ich blickte auf ihre Hände und sah zwei Kristalle, die in grellem Licht glänzten, seltsame Steine – dunkler als die, die wir zerstört hatten. Diese waren bordeauxrot, schimmerten leicht und hatten eine überwältigende magische Aura. Der Magier und die Hexe hielten die Gegenstände in der Hand, und Harrah hatte einen Dolch, *meinen* Dolch, einen Legacy-Dolch. Es war ein Nekrospeer.

Gareth starrte die Waffe an. Er wusste, dass sie gefährlicher war als alles andere, was sie für ihren Zauber benutzten. Wenn er ihn jemals traf, würde er die Fähigkeit zu wandeln verlieren, und seine Immunität gegen Magie wäre aufgehoben. Doch Harrah schien sich weniger für ihn zu interessieren und war mehr damit beschäftigt, die Worte des Zaubers zu sprechen. Die Lippen des Trios bewegten sich inbrünstig. Magie klimperte nicht nur durch die Luft, sie tobte wie ein Hurricane. Gareth und ich stolperten zurück, als die stürmische Welle in den Raum raste.

„Leben" war alles, was Harrah laut aussprach, und Augenblicke später liefen sie und ihre Gefährten davon. Wieder erfüllte dieser sanfte Rhythmus, dieser beruhigende, melancholische Klang die Luft und fesselte mich in seiner magischen Falle. Es grub sich in meinen Verstand und riss alle Schilde nieder, die ich mit einer überwältigenden Kraft errichtet hatte. Der verführerische Gesang ging weiter. Ich hielt mir die Ohren zu und schrie, wobei ich die Melodie vorübergehend übertönte, doch sie wurde lauter als meine Stimme.

Gareth stand vor mir und starrte mich stirnrunzelnd an. Seine Augen waren zutiefst besorgt. „Livy, was ist das?" Ich hörte seine Worte nicht, ich konnte nur seine Lippen lesen. Ich weigerte mich, gelähmt und kampfunfähig zu werden, und schrie lauter.

Der Mors betrat den Raum langsam und seelenruhig. Dieselben ausdruckslosen Augen wie der andere, und auch sein Todesgesang erklang aus leicht geöffneten Lippen.

Lass ihn dich nicht mit seinen Krallen stechen. Ich sagte es in meinem Kopf, doch ich musste es Gareth sagen. Ich war mir nicht sicher, welche Wirkung das Gift auf ihn haben würde.

Bevor ich etwas sagen konnte, stürzte sich Gareth auf den Mors. Er verschwand und tauchte hinter Gareth wieder auf. Er landete einen scharfen Schlag gegen Gareths Rücken. Gareth wirbelte schnell herum und erwiderte den Angriff, hämmerte harte Schläge in den Unterleib der Kreatur und dann ins Gesicht. Der Mors taumelte. Sein großer, imposanter Körper zuckte, als er versuchte, sein Gleichgewicht zu halten. Gareth trat ihm gegen den Kiefer und traf ihn hart, woraufhin er das Gleichgewicht verlor und zu Boden stürzte. Ich nahm mir meinen Sai und rannte auf die Kreatur zu, um sie aufzuspießen. Der Nekrospeer flog durch die Luft und traf Gareth in den Bauch. Er stolperte zurück, Blut breitete sich auf seinem Hemd aus. Er schwankte, fiel aber nicht. Es war mehr als eine Verletzung – er war nicht mehr immun gegen Magie. Seine Augen weiteten sich, und ich wusste, dass er den bezaubernden Klang hörte. Diese einschläfernde, lähmende Musik. Gareth stieß einen gutturalen Schrei aus und versuchte, den Gesang zu übertönen, bevor er zu Boden ging. Der Mors richtete seine Aufmerksamkeit auf mich und die Mauer, mit der ich mich umgeben hatte. Er kam langsam auf mich zu, während er daran arbeitete, meinen Schild zu brechen. Ich hoffte, dass der Kampf mit Gareth ihn so geschwächt hatte, dass er keinen Erfolg haben würde, doch er hatte die anderen in der Nähe, die ihm ohne Zweifel halfen.

Gareth war nur wenige Meter von mir entfernt. Der Mors war jetzt direkt vor mir. Seine Klauen kratzten über den Schild, während seine Lippen ein kleines O formten, als wollte er gleich ein Blasinstrument spielen. Dünne Lippen öffneten sich weiter, als er seine melancholischen Laute gurrte. Ich wartete und ließ ihn um den Schild herumgehen und nach einer Öffnung suchen. Die seltsame graue Farbe seiner Augen wäre nicht beängstigend gewesen, wenn ich nicht gewusst hätte, wozu er fähig war. Er ging um den Schild herum, sang seine eindringliche Musik und versuchte, mich wehrlos zu machen. Gerade als er links von mir war, ließ ich den Schild mit einem lauten Schrei fallen, der alles andere übertönte. Ich riss den Speer aus Gareths Bauch und rammte ihn in den Hals des Mors. Es war ein sauberer Schlag; er heulte auf. Ich ließ mich fallen, rollte mich auf die Seite, schnappte mir meine Sai und stieß ihm einen in den Bauch und den anderen in die Brust. Er stürzte zu Boden. Ich zog die Klingen heraus und hackte und schlug auf ihn ein, bis er tot war. Als er sich nicht mehr bewegte, ließ ich mich neben Gareth auf die Knie fallen.

„Bist du in Ordnung?"

„Mir geht's gut", sagte er durch zusammengebissene Zähne.

Gut. Denn da waren Leute, um die ich mich kümmern musste. „Bleib hier, bis es geheilt ist." Ich hoffte, dass die Wunde heilte, jetzt, wo der Nekrospeer nicht mehr in ihm steckte. Ich packte meine Sai fester und rannte den Flur hinunter, wobei ich der sehr identifizierbaren Magie folgte. Sie strich über meine Haut. Ich lächelte über den hinterhältigen Plan, mir zu entkommen – sie hatten sich aufgeteilt. Einer hatte die Treppe rechts genommen, und der andere war nach links geflohen. Ich konnte sie allein anhand ihrer magischen Fingerabdrücke aufspüren. Zarte Wellen von Magie wehten über meinen Arm – diese vertraute, verheerende Magie, die die Gedanken sauber wischte, für die Kameras lächeln und Magie harmlos und süß erscheinen ließ. Außer, wenn man auf der anderen Seite war, dann war sie nicht so schön. Sie war grausam und boshaft. Ich rannte in Harrahs Richtung

Ich hörte das Flüstern von Magie in meinem Kopf, doch nachdem ich mit dem Mors gekämpft hatte, war das nichts. Ich stieß hart dagegen. So hart, dass ich hoffte, es würde wehtun. Genug Schmerz, um sie auf das vorzubereiten, was auf sie zukam. Es war keine große Jagd. Ich rannte los und hörte das Klicken ihrer Absätze. Sie versuchte, zum Ausgang des Gebäudes zu gelangen, um zu entkommen.

Im vollen Lauf holte ich sie schließlich ein. Sie drehte sich um und wich mit erhobenen Händen zurück. Sie entblößte ihre Handflächen, als würde sie sich ergeben. Der gelassene Ausdruck auf ihrem Gesicht, die sanfte Unschuld und die weit aufgerissenen Augen: genau die Züge, die sie ungefährlich wirken ließen. Sie trug es ziemlich dick auf und gab sich größte Mühe, auszusehen, als wäre sie der Taten, die ihr vorgeworfen wurden, nicht fähig. Ich gab ihr keine Gelegenheit, etwas zu sagen; ich stieß ihr einen meiner Dolche in die Brust. Ihre Rehaugen weiteten sich, und ihr Mund entspannte sich, als sie auf die Knie sank und meine Arme ergriff. Nach ein paar Augenblicken lockerte sich ihr Griff um meinen Arm, und sie fiel zu Boden.

Ich spürte, wie etwas in meine Seite biss. Es brannte wie Höllenfeuer. Ich wirbelte herum und sah, dass der Magier bereit war, erneut anzugreifen. Magie tanzte von seinen Fingern, und seine Augen glänzten vor Wut. Sein Knurren war einschüchternder als die Magie. Ich lächelte nur und rief meine Magie, starke Magie, die ich bisher für meine Kämpfe mit Conner reserviert hatte. Sie schoss aus mir heraus wie eine Kugel und war genauso tödlich, als sie den Magier traf. Er schlug hart gegen die Wand, wo ich ihn festhielt. Ich riss ihn weg, nur um ihn noch härter dagegen zu rammen. Ich näherte mich ihm langsam und versuchte zu entscheiden, was grausamer war, seinen Verstand zu manipulieren, bis er die Intelligenz einer Scheibe Brot besaß, und Magie nur noch etwas war, was er „früher" gewirkt hatte, oder ihn Harrahs Schicksal ereilen zu lassen.

Ich hatte mich noch nicht entschieden. Ich war nur Zentimeter von ihm entfernt und hielt meinen Sai fest, als ich hörte: „Stehenbleiben!" Ich rechnete mit einem weiteren magischen Treffer, der nicht kam. Stattdessen hörte ich, wie eine Pistole gespannt wurde. *Wer bringt eine Pistole zu einem magischen Kampf? Feigling.*

„Nimm die Waffe runter!"

„Ich kann meine Magie nicht einfach wegstecken, oder?"

„Lass das Messer fallen!"

Ich wollte ihn so dringend korrigieren, doch ich entschied mich dagegen und ließ meinen Dolch fallen. Klirrend schlug als er auf dem Boden auf.

„Hände auf den Kopf!", verlangte er. Ich gehorchte. Jemand anderes näherte sich von hinten, riss meine Arme auf den Rücken und legte mir Handschellen an. Sie waren höllisch schwer, also wusste ich, dass sie nicht nur aus Eisen waren. Hatten sie auf Iridium aufgerüstet in der Annahme, dass, wenn es bei uns funktionierte, es das auch bei allen anderen tun würde?

Er packte mich fest um meinen Arm – zu fest. Mein natürlicher Impuls war, ihm dafür meinen Ellbogen in die Brust zu rammen, doch ich rang sie nieder und ließ mich von ihm wegführen.

„Stehenbleiben!" Gareths Stimme dröhnte durch den Flur, hallte von den Wänden wider, und alle blieben stehen. Seine Augen blitzten vor Zorn, als er den Flur entlang kam, seine Hände zu Fäusten geballt und seine Miene finster. „Was tun Sie da?"

Die Männer blickten nur auf Harrahs Leichnam, der ausgestreckt auf dem Boden lag, und sahen dann zu ihm zurück, dann gingen sie weiter.

„Ich sagte *stehenbleiben.*" Kalter Stahl durchzog seine Stimme, als forderte er sie heraus, auch nur einen weiteren Schritt zu tun. Sein Hemd war immer noch blutbefleckt, und er hielt seine Hand über der Stichwunde, seine Finger waren nass und rot gefärbt. Obwohl ich wusste, dass die Verletzung schmerzen musste, ging er, als würde ihm das nichts ausmachen. Er straffte seine Schultern und schob sein Kinn vor, seine Augen lodernd vor Wut. Er ließ seine Aufmerksamkeit in Harrahs Richtung gleiten und dann wieder zurück.

„Wenn sie befragt werden soll, werde ich es tun. Aber es wird keine Anklage gegen sie erhoben. Es war Selbstverteidigung und ich kann es bezeugen."

Die Lippen der leitenden Wache waren zu einer dünnen, angespannten Linie verzogen, so schmal wie seine Augen, die sich auf Gareth verengten.

„Es tut mir leid, Mr. Reynolds, wir unterstehen Ihnen nicht mehr."

„Wie bitte, was meinen Sie?"

Und dann hallte eine andere Stimme durch die Luft, selbstbewusst und tief mit einem Hauch von Belustigung. „Das bedeutet, da du kompromittiert bist, kümmern wir uns von nun an um alles."

Der Besitzer der Stimme trat zusammen mit zwei weiteren Männern in unser Blickfeld. Sie alle sahen aus, als wären sie irgendwann in ihrem Leben beim Militär gewesen. Sie standen aufrecht mit kantigen Kiefern, kühlen Augen und finsterer Ausstrahlung. Ihre Anzüge waren schwarz und sahen offiziell aus. An ihren Hüften trugen sie Pistolen in Halftern und an ihren gegenüberliegenden Hüften etwas, das aussah wie die Pfeilpistolen, die Gareth bei Conner und mir benutzt hatte.

„Und seit wann ist daraus eine Situation für die Feds geworden?", fragte Gareth mit leiser, rauer Stimme.

Der Mann in der Mitte trat vor. „Wir haben diesen Clusterfuck überwacht. Denn Mr. Reynolds, machen wir uns nichts vor, das ist die Definition von Clusterfuck. Der Magische Rat hatte die Aufgabe, den Frieden unter den Übernatürlichen aufrechtzuerhalten und dafür zu sorgen, dass magische Objekte nicht dazu missbraucht werden, Menschen zu verletzen. Vor allem waren Sie verpflichtet, uns zu informieren, wenn extreme Gefahren im Spiel waren."

Seine Augen schossen in meine Richtung und durchbohrten mich. „Olivia Michaels?"

Als ob er nicht wüsste, wer ich war. Anstatt zu antworten, fixierte ich ihn mit einem harten Blick, während ich versuchte, alles zusammenzufügen. Er hatte recht, das war ein Clusterfuck, ein riesiger; und am Ende war ich wirklich angeschissen. Alles, was in den letzten zwei Wochen passiert war, ging mir durch den Kopf: wie viele Leichen ich hinterlassen hatte, die Gewalt, die Vergeltung. Es lief alles darauf hinaus, dass ich mit einer Leiche vor drei Männern in Anzügen stand – Harrahs Leiche und dem Magier, der im Begriff gewesen war, ein weiteres Opfer zu werden. Das sah nicht gut aus für mich, und das wusste ich.

„Es war Notwehr", sagte ich leise. Und das war es auch. Harrah hätte nicht aufgehört.

Der Mann, der gesprochen hatte, lächelte schief. „Was für eine interessante Verteidigung. Wir haben Zeugen, die Sie in die Carter Street gebracht haben, wo Sie drei Zivilisten getötet haben. Nach meinem Verständnis grundlos."

„Grundlos? Sie meinen die Leute, die mich auf der Straße in einen Hinterhalt getrieben und versucht haben, mich zu ermorden? Gleich sagen Sie mir noch, ich hätte sie mit meiner Anwesenheit provoziert!", blaffte ich.

Als er nähertrat, sah ich den vertrauten kleinen Ring, der um seine Pupillen tanzte – derselbe, den Gareth besaß. Als die anderen ihm folgten, spürte ich auch ihre Magie. *Fuck.* Es gab so viele *Fucks*, und sie schossen schnell aus mir heraus. Die Gilde war staatlich, sie überwachten die Übernatürlichen. Das Federal Supernatural Reinforcement stand darüber. Zumindest mit der Gilde und einem neuen Wandlervertreter und Gareth war ich im Vorteil. An welcher Stelle waren sie involviert worden? Mein Herz begann zu rasen. Das höhnische Grinsen, mit dem der Fed mich ansah, zeigte, dass er keine Nachsicht für mich oder die Situation haben würde.

„Und wann genau wollten Sie mir sagen, dass sich die Feds eingemischt haben?", knurrte Gareth.

„Sie sind schon seit ein paar Tagen nicht mehr offiziell in der Gilde gewesen. Oder nicht so, wie Sie es hätten sein sollen. Sie hätten mit dem Auftauchen der Legacy umgehen sollen, und nicht so, wie Sie es getan haben." Der Leiter, oder zumindest nahm ich an, dass er der Leiter der drei war, spie es mit einer Wut aus, die der von Gareth zu entsprechen schien.

Mit einem Kopfnicken näherten sich die anderen beiden Gareth. Es gab keine Rechte, die Übernatürlichen vorgelesen wurden; unser System funktionierte anders. Miranda-Rechte waren für Menschen. Wir hatten unsere Version der Polizei und des FBI, aber keine Rechte, die uns vorgelesen werden mussten, weil impliziert wurde, dass wir das Recht hatten, uns an die vorgelegten Gesetze zu halten. Wir hatten das Recht, die Allianz zwischen Menschen und Übernatürlichen zu schützen. Wir hatten das Recht, keinen Schaden anzurichten.

Als sie die Handschellen von ihren Gürteln lösten, flackerte ein urtümliches Funkeln in Gareths Augen. Ich erwartete, dass er Widerstand leisten würde. Stattdessen sah er mich an, ließ seine Arme sinken und ließ sich von ihnen Handschellen anlegen.

KAPITEL 15

Ich verbrachte viel Zeit mit Blut an mir, nur dass diesmal das getrocknete Blut auf meinem Hemd und meiner Jeans von einem Mitglied des Magischen Rates und dem Mors stammte, den sie auf mich gehetzt hatte. Es war schwer, diese Tatsache zu vergessen, während der FSR-Agent mich streng anstarrte, als ich ihm im Vernehmungszimmer gegenübersaß. Ich war vor nicht weniger als einer Woche mit einem Gilde-Agenten dort gewesen, mit Harrah im Zimmer, und jetzt wurde ich wegen Mordes an ihr verhört. Ich war mir nicht sicher, was sie wollten, dass ich sagte. Dass ich mich schuldig bekannte? Fein. Ich gestehe es. Aber er sah mich mit einem Interesse an, in dem mehr als nur der Wunsch nach einem Geständnis lag. Nein, er suchte nach etwas anderem, und ich war mir nicht sicher, was es war. In seinem Blick lag Verzweiflung, und als das wilde Tier hindurch spähte, wollte ich ihn herausfordern und mich nicht einschüchtern lassen. Doch er war einschüchternd.

„Ich würde Gareth gerne sehen", sagte ich nach einigen Momenten des Schweigens.

„Noch nicht, wir müssen reden."

„Fein. Sie können so viel reden, wie Sie wollen, aber wenn Sie Antworten wollen, will ich Gareth sehen.”

Als er lächelte, entblößte er die Spitzen seiner Zähne. Er gehörte definitiv zur Familie der Hunde – ein Wolf, ein Schakal, vielleicht sogar ein Fuchs. Seine Hakennase, seine schmalen Gesichtszüge und zusammengekniffenen Augen wirkten trotz ihrer runden Form eher fuchsartig. Wandler nahmen nicht gezwungenermaßen die Züge ihres Tieres an, doch meistens war es so. Ich hatte das Gefühl, dass ich es mit einem Hinterhältigen zu tun hatte. Er rutschte in seinem Stuhl zurück, die Arme verschränkt, und schenkte mir seine ungeteilte Aufmerksamkeit. Aufmerksamkeit wollte ich nicht.

„Würden Sie mir bitte Ihren vollen Namen nennen?”

„Ich würde Gareth gerne sehen”, sagte ich. Das Eis in meinen Worten kühlte sogar mich ab, hatte aber wenig Wirkung auf ihn. Er fletschte die Zähne einfach mehr. Sein strenger Blick traf mich hart, und es hätte wahrscheinlich bei jedem anderen gewirkt, doch ich war nicht so leicht einzuschüchtern. Wenn man erst einmal mehrere Attentate überlebt hatte und Leute, deren eigentliche Aufgabe es war, die Übernatürlichen zu beschützen, hinter einem her waren, gab es nicht mehr viel, was einem Angst machen konnte.

„Sie werden sehen, dass ich nicht dieselben Spiele spielen werde wie Gareth. Ich finde Ihren Eigensinn nicht unterhaltsam. Versuchen wir es noch einmal. Wie. Ist. Ihr. Name?”

„Harley … Harley Quinn. Vielleicht haben Sie schon von mir gehört?” Ich bereute es sofort. Von allen Comicfiguren, die ich hätte aussuchen können, war eine psychotische Superschurkin vielleicht nicht ideal. Er schien amüsierter zu sein, als ich dachte. Ein breites Lächeln huschte über sein Gesicht, und der Humor erreichte seine Augen. Er schloss sie für einen langen Moment, und seine langen Wimpern verschleierten sie fast hübsch, sodass er nicht mehr so hart und grausam aussah wie noch vor wenigen Sekunden. Als er seine Augen wieder öffnete, waren sie sanfter, und das Lächeln blieb. Ich schätze, er wollte eine andere Taktik anwenden. Jetzt spielte er den guten Cop.

„Ich kann mir vorstellen, dass es anstrengend ist, eine Legacy zu sein. Gejagt zu werden. Leute, die Sie für böse halten, ohne Ihnen eine Chance zu geben. Ich schätze, wenn ich an Ihrer Stelle wäre, würde ich mich auch dafür entscheiden, zickig zu sein. Es wird Sie nicht sehr weit bringen, aber zumindest haben Sie Spaß damit. Nicht wahr?" Er grinste, bevor er mit seiner Zunge über seine Zähne strich, doch anstatt liebenswert zu wirken, hatte ich den Eindruck, dass er mich gleich zu seiner Mahlzeit machen wollte. Seine schmalen Gesichtszüge wurden schärfer, und er strich mit den Fingern über den Tisch, als hätte er Klauen statt Fingernägel. Ich setzte mich aufrechter auf meinen Stuhl.

„Was werfen Sie Gareth vor?", fragte ich.

„Sieht so aus, als sollten Sie sich eher Sorgen darüber machen, was ich Ihnen vorwerfe, als darüber, was mit Gareth passiert. Also, Sie sind eine Legacy, so viel wissen wir."

„Wenn Sie schon so viel wissen, kann ich Ihnen nicht wirklich viel mehr sagen."

Seine Lippen verzogen sich frustriert. Wir musterten einander länger, als nötig war, um zu einem Schluss zu kommen.

„Okay, Miss Michaels. Wir haben kein Interesse daran, daraus mehr als nur eine Diskussionsphase zu machen. Sie marschieren hier raus ohne Anklagen gegen Sie. Doch Sie müssen die Situation verstehen, in die Sie uns gebracht haben. Sie schlafen mit dem Leiter der Gilde, einem Mitglied des Magischen Rates."

Ich verzog das Gesicht; gab es ein Video davon oder sowas? Woher wussten sie das?

Er lächelte. „Es ist nicht so, als wäre es ein Geheimnis. Sie haben Harrah, die Vorsitzende des Rates und die Sprecherin der Übernatürlichen bei den Menschen getötet und hätten ein weiteres Mitglied getötet, wenn Sie nicht aufgehalten worden wären. Sie haben das Lager magischer Objekte aufgebrochen und betreten und eine beträchtliche Anzahl von Objekten zerstört, die wir erhalten wollten. Sie haben am helllichten Tag drei Personen getötet, die einer Untergrundgruppe angehört haben, die sich *Die Hüter der Ordnung* nennt, und werden mit dem Mord am ehemaligen Leiter von Humans First in Verbindung gebracht."

Heilige Scheiße, das hört sich schlecht an! „Nun, jeder kann sich schlecht anhören, wenn Sie es so aufzählen", sagte ich mit ruhiger Stimme. „Was genau wollen Sie von mir?"

„Wie Sie wahrscheinlich sehen können, gerät die Gesamtsituation außer Kontrolle, und es herrscht Chaos. Und es hilft nicht, dass es jetzt Gerüchte gibt, dass Legacy existieren. Ganz zu schweigen von der Flucht der Maxwells, der Freilassung von Declan und der Kreatur, die letzte Woche die Stadt terrorisiert hat. Anscheinend waren Sie daran beteiligt, Letztere zu Fall gebracht zu haben."

Beteiligt? Ich habe diese Kreatur getötet. Einen Mord, den ich nicht begangen habe, schreibt er mir zu, aber gewährt mir nur teilweise Anerkennung für etwas Gutes, das ich getan habe. „Ich bin mir nicht ganz sicher, worauf Sie damit hinauswollen. Doch da Ihr Dossier über mich ziemlich unvollständig zu sein scheint, lassen Sie mich Ihnen helfen. Meine Eltern wurden von der Bruderschaft des Ordens getötet, die mich mit sechzehn Jahren zur Waise gemacht hat. Ich bin bei mehreren Gelegenheiten mehreren von ihnen begegnet, und sie hätten mich fast ermordet. Ich war jedoch in der Lage, sie so zu manipulieren, dass sie mich für tot gehalten und mich in Ruhe gelassen haben, zumindest dachte ich das, als niemand sonst gekommen ist, um mich anzugreifen. Dann bin ich die Straße entlang gefahren auf dem Weg zur Arbeit, als mich eine andere Gruppe von ihnen angegriffen hat. Nur weil ich zufällig als Sieger hervorgegangen bin, sitze ich hier vor Ihnen und werde des Mordes an ihnen beschuldigt. Ich habe sie nicht ermordet – ich habe mich gegen sie verteidigt." *Auch wenn ich ein bisschen kreativ mit der Wahrheit umgehe, was sie angeht.* Ich wusste, dass ich es anders hätte handhaben können, doch ich hatte es nicht gewollt. „Und dass die Maxwells nicht mehr frei herumlaufen, keine seltsamen Kreaturen die Stadt terrorisieren und auch keine neuerliche Säuberung stattfindet, haben Sie auch mir und Gareth zu verdanken. Also tun Sie nicht so, als würden Sie mir einen Gefallen tun, indem Sie mich nicht anklagen werden. So wie ich es sehe, steht die Waage sehr zu meinen Gunsten."

Er sog scharf Luft ein. „Ich habe nie behauptet, dass wir Ihnen nicht viel Dankbarkeit schulden. Es gibt immer noch das Problem, ob Ihresgleichen die Vernichtung anderer Übernatürlicher für inakzeptabel hält oder nicht."

„Ja, und jemanden loszuschicken, um meinesgleichen zu ermorden, weckt diesen Wunsch sicher nicht in uns. Wenn es jemanden da draußen gibt, der eine weitere Säuberung plant, wissen Sie, dass das allein Ihnen zuzuschreiben ist."

„Ach so?"

„Tun sie nicht so, als wüssten Sie nicht, dass Harrah zwei Mors gerufen hat, um die übrigen Legacy zu finden und uns zu ermorden! Also, wenn Sie das nächste Mal eine Gruppe von Legacy haben, die sich zusammenschließen, um es noch einmal zu tun, denken Sie daran, dass das erste Mal vielleicht nicht gerechtfertigt war, aber dieses Mal wird es so sein. Sie haben gesagt, Sie haben nicht die Absicht, mich hier festzu-halten." Ich stand auf. „Also werde ich jetzt gehen."

Mit durchdringendem Blick musterte er mich lange. Ich fragte mich, was er sah, eine von Tragödien geschädigte Frau oder einen grundlos zickigen Freak, und für eine Mikrose-kunde war es mir wichtig. Er starrte mich immer noch an, und ich wurde entschieden trotzig, eine finstere Miene legte sich über mein Gesicht. Die Verärgerung darüber, dass meine Magie eingeschränkt war, fühlte sich aufdringlicher an als die dicken Fesseln an meinen Handgelenken. Schutzmagie braute in mir, unfähig, freigesetzt und verwendet zu werden. Meine Finger prickelten, und ich wollte sie unbedingt ausstrecken und magische Blitze abschießen. Vielleicht spürte er dieses Verlangen, weil er sich vorbeugte, seine Augen zu Schlitzen zusammenkniff, während er wie ein wildes Tier die Zähne fletschte. Ich hatte das Raubtier geweckt, und es dauerte einige Zeit, bis er es beherrschte.

„Livy, Sie haben genauso geholfen, wie Sie geschadet haben, lassen Sie uns das klarstellen." Er schnaubte. „Ich bestreite nicht, dass das, was Harrah getan hat, falsch war …"

„Oh, wagen Sie es nicht, so flapsig über diese Person zu reden, die einen Dämon beschworen hat, um mich und meinesgleichen zu ermorden!"

„Wie ich schon sagte, es war falsch, doch sie hat nur versucht, einen Krieg zu verhindern, der sich sicherlich zwischen den Übernatürlichen und den Menschen zusammenbraut. Menschen haben Angst, und Angst bringt Paranoia und törichte Gruppen wie Humans First hervor."

Er hatte recht – deshalb hatten sie sich mit Conner für eine weitere Säuberung zusammengetan, um alle anderen Übernatürlichen auszuschalten. Sie hatten dasselbe gewollt, wenn auch aus unterschiedlichen Gründen.

„Ich möchte, dass Sie uns helfen, alle Legacy zu finden", platzte er heraus.

„Und dann?"

Seine Miene blieb zu lange ausdruckslos. Seine Augen wurden unheimlich leer und schwer zu lesen. Ich fühlte mich mehr wie Beute, und ich hasste dieses Gefühl.

„Gar nichts. Wir schließen ein Bündnis. Einen Vertrag."

„Und was beinhaltet der? Dass sie unsere Magie in keiner Weise einschränken werden?"

Er holte erneut scharf Luft und dachte über die Frage nach. „Das hängt davon ab."

„Wovon?"

„Wie viele es sind. Livy, ich kann nicht so tun, als wären

wir nicht besorgt. Doch ich denke, es gibt mehr Vertrauen, wenn alle Karten auf dem Tisch liegen. Sie helfen uns, sie zu finden, Sie werden die Verbindungsfrau, und wir werden uns einigen." Seine Stimme war leise, aber belastet mit Sorge.

Obwohl er es nicht sagte, ließ mich die Leere hinter seinem Blick deutlich wissen, dass er mein Leben, wenn ich nicht half, zur Hölle auf Erden machen würde, und er mehr als bereit war, es zu seiner Priorität zu machen, genau das zu tun.

„Gareth. Ich werde es nur tun, wenn Gareth seinen Job und seine Position im Magischen Rat behält und derjenige ist, dem ich unterstehe."

„Nein."

„Okay." Ich stand auf. „Dann danke für die Unterhaltung." Ich zeigte auf die Tür. „Müssen Sie aufschließen oder ist sie offen?"

Er tat nicht einmal so, als wollte er seine Abscheu verbergen. Seine Kiefer waren so fest zusammengepresst, dass sie verkrampft aussahen. „Gareth wird an Bord sein und eine wichtige Rolle spielen", sagte er schließlich, doch es dauerte lange, bis er nachgab.

Ich nickte. „Dann bin ich bereit zur Kooperation." Auf dem Weg zur Tür sah ich über meine Schulter. „Ich bin sicher, Sie stehen zu Ihrem Wort, doch ich freue mich darauf, das, was wir gerade besprochen haben, in den nächsten Tagen schriftlich zu bekommen."

Das Augenrollen musste wehgetan haben, und er fuhr sich mit der Zunge über die Zähne, als wünschte er, er hätte Reißzähne, die er bei mir einsetzen könnte.

KAPITEL 16

Ich zog meine Beine auf Gareths Sofa unter mich. Meine Haare waren noch feucht, da ich keine Lust gehabt hatte, sie zu föhnen. Es fühlte sich so gut an, raus aus meiner blutbefleckten Kleidung und in sauberer, frischer Wäsche zu sein, und es war noch besser, in Gareths geliehenem Hemd dazusitzen. Meine Kleider waren in der Waschmaschine, doch es gab nichts, was die Menge an Blut, die daran klebte, herauswaschen würde. Die Jeans war vielleicht noch zu retten, aber ich bezweifelte, dass das Hemd es wäre.

Das kurze Lächeln, das Gareth mir jedes Mal zuwarf, wenn ich an dem Hemd zog und alles daransetzte, nicht blankzuziehen, war vergebens. Er hatte nichts dagegen. Als ich noch einmal am Saum des Hemdes zupfte, es weiter nach unten zog und es unter mir einklemmte, um sicherzustellen, dass es nicht hochrutschte, fragte er: „Sind wir wieder da angekommen?"

„Anders als du bin ich kein Exhibitionist", schoss ich zurück.

Die Freude, die um seine Lippen und sein Gesicht spielte, war nur eine Maske, die seine Sorge verbarg. Seine Hände strichen ein paarmal durch seine Haare und dann über den Stoppelbart, der sich auf seinen Wangen zu bilden begann.

„Vertraust du ihnen?", fragte ich.

„Im Moment fällt es mir schwer, irgendjemandem zu vertrauen. Dass Harrah eine geschickte Lügnerin und Manipulatorin war, hätte mir eine Warnung sein sollen. Das war es natürlich, doch das waren die Fähigkeiten, die man braucht, um ihre Arbeit gut zu machen. Fähigkeiten, von denen ich dachte, dass sie nur dazu dienen würden, die Allianz aufrechtzuerhalten und uns im richtigen Licht darzustellen. Ich habe sie nie für skrupellos gehalten. Was sie getan haben, war einfach skrupellos."

Er warf einen Blick auf sein Handy, das auf dem Tisch summte, und verdrehte die Augen, als er die Nummer sah. „Würdest du bitte Savannah anrufen? Es ist das vierte Mal, dass sie mich anruft. Ich fürchte, wenn ich ihre Nummer blockiere, wird sie hier bei mir aufmarschieren."

„Oh, sie wird bestimmt mit ihrer *Missionstasche* und dem Messer, mit dem sie sehr gefährlich aussieht, bei dir vor der Haustür auftauchen." Kichernd beugte ich mich vor, um einen Blick auf mein Handy auf dem Sofatisch zu werfen. Ich hatte sieben Anrufe von ihr. Ich nahm es und wählte ihre Nummer.

„Wenigstens bist du nicht tot", spie sie mit frostiger Stimme.

„Nein, ich lebe und bin unverletzt."

„Wo bist du?"

„Bei Gareth."

„Gib ihm das Handy. Ich will mit ihm sprechen", verlangte sie.

„Du steckst in Schwierigkeiten", flüsterte ich ihm zu und warf ihm mein Handy zu.

Sein Ton war seidenweich mit einem Hauch von Humor, als er sie begrüßte. Der Ton blieb, auch wenn er seine Augen so verwirrt zusammenkniff, wie er es tat, wenn

Savannah uns alle in einem Meeting zurechtwies. Er verstand nicht, dass Savannah nicht an Grenzen glaubte. Seine Position, sein Geld, seine familiären Beziehungen oder irgendetwas anderes waren ihr egal. Er hatte gegen ihre Regel verstoßen, dass sie über alles informiert werden musste. Ich liebte Savannah, aber ihr Geglucke war erdrückend. Ich verstand es – meine Welt war beängstigend – und deshalb wollte ich, dass sie so viel Abstand wie möglich davon hatte. Das Leben funktionierte nicht so, wie sie sich das vorstellte.

Savannah kaute Gareth das Ohr ab. „Ja, ihr geht es gut", sagte er zum wiederholten Mal. Amüsiert gab er einen Überblick über alles, was in den letzten Stunden passiert war. Nachdem er ihr noch einmal versichert hatte, dass es mir gut ging, seine Wunden keiner ärztlichen Versorgung bedurften und die Mors nicht mehr gerufen werden konnten – etwas, dessen ich mir nicht unbedingt sicher war – schien sie beruhigt genug zu sein, ihn auflegen zu lassen.

„Ich bin sicher, wir werden weitere Anrufe bekommen, wenn ihr noch mehr Fragen einfallen. Anscheinend liegt deine Sicherheit in meiner Verantwortung, wenn du dich in einem Umkreis von zwanzig Meilen um mich befindest. Und irgendwie bin ich verpflichtet, sie über alles auf dem Laufenden zu halten. Sagst du mir nicht immer, ich soll dich nicht wie eine Jungfrau in Nöten behandeln? Was sollte ich tun?", neckte er.

Ich warf ihm ein verschmitztes Lächeln zu und schlug vor: „Ich würde auf mich hören und Savannah ignorieren."

„Im Ernst? Sie ignorieren? Ich habe das Gefühl, dass sich das als höchst unmöglich erweisen könnte."

Ich grinste, als ich mich an meine erste Verhaftung erinnerte, als Savannah vor dem Gilde-Büro kampiert und versucht hatte, mit Gareth zu sprechen. „Aber block' ihre Nummer nicht – niemals. Wenn du auch nur für eine Minute denkst, dass sie deine Adresse nicht hat, irrst du dich", warnte ich. Ich dachte nicht, dass er es tun würde, aber ich musste ihn warnen.

„Sie ist hartnäckig und sehr begeisterungsfähig. Vielleicht sollte sie einen Job bei der Gilde haben.”

„Du willst ihr ein Abzeichen geben! Bist du verrückt?”

Er lachte über meine Antwort und seufzte schwer. Mit strenger und allzu ernster Stimme sagte er: „Sie ist sehr enttäuscht von mir. Sehr, sehr, sehr enttäuscht.” Als ob es eine zu große Last wäre, sagte er theatralisch: „Offenbar bin ich deine Leibwache, und ich habe versagt.”

Ich rollte mit den Augen. „Das ist okay, ich glaube, sie denkt, dass du mein Vorgesetzter bist, und ich sollte alles von dir genehmigen lassen, bevor ich es tue.” Ich lachte über die Absurdität des Gedankens.

Sein Grinsen verschwand, und seine Lippen verzogen sich nun zu einer dünnen, strengen Linie. „Dir ist klar, dass du genau dem zugestimmt hast. Auf deine Bitte hin unterstehst du mir als Verbindungsmann. Deswegen hat das Treffen, das sie mit mir hatten, so lange gedauert. Wir haben meine Verantwortung für die Rolle, ihre Erwartungen und einige der Herausforderungen definiert, die uns möglicherweise erwarten, wenn du unter mir arbeitest.” Darüber schien er ein bisschen zu erfreut.

„Nicht *unter*. *Zusammen*. Wir arbeiten *zusammen*”, betonte ich.

„Das wird nicht passieren. Ich muss zugeben, ich freue mich sehr, dass du für mich arbeitest.” Er lachte und schlenderte zu mir herüber. Er beugte sich vor und küsste mich auf die Stirn. „Ich bin müde. Es war ein langer Tag, und ich bin gerade von einer Zivilistin runtergeputzt worden. Ich brauche Schlaf.” Er streckte seine Hand aus. „Komm, Schlafenszeit.”

Ich wollte seine Hand gerade nehmen, als er hinzufügte: „Das ist ein Befehl.” Er konnte einfach nicht anders.

Ich riss meine Hand zurück, ließ mich wieder auf das

Sofa fallen, schaltete den Fernseher ein und starrte geradeaus.

„Warum hältst du nicht die Luft an, bis ich es tue?"

„Was soll ich wegen deines Ungehorsams unternehmen?"

„Ich vermute, du wirst dich daran gewöhnen", sagte ich mit süßlicher Stimme und schenkte ihm ein breites Grinsen.

„Nun, *ich* gehe ins Bett." Er zog sein Hemd aus und wollte gehen. „Ich bin mir ziemlich sicher, dass du bald da sein wirst." Und er drehte sich um und ging weg, mit einem Selbstbewusstsein und einer Arroganz, die nur er besaß – seine besondere Handschrift. Ich bemühte mich, meinen Blick von ihm auf den Fernseher zu lenken. Meine Sturheit war stärker als jedes Verlangen, das ich nach ihm hatte.

Ich hatte nicht erwartet, dass sich die Situation so schnell wieder normalisieren würde. Sie als normal zu bezeichnen, verlangte jedoch eine gewisse kreative Freiheit bei der Verwendung des Begriffs. Ich hätte nicht gedacht, dass sich dieser gigantische Clusterfuck so schnell in Wohlgefallen auflösen würde. Die Feds waren in meinem Leben immer noch sehr präsent und auch nicht schwer zu erkennen. Wie die Typen, die in Mr. Lands Büro gewesen waren, hatten sie diesen Men-in-Black-Look, wanderten in Anzügen durch die Stadt und hingen im Allgemeinen in der Coven Row und in Forest Park ab, wo die meisten Wandler wohnten. Savannah und ich beobachteten die beiden, die uns gefolgt waren, seit wir das Haus verlassen hatten. Fünf Tage waren seit dem Vorfall mit Harrah vergangen, und ich hatte meinen Vertrag erhalten, nach dem ich mit ihnen und Gareth zusammenzuarbeiten würde, um die anderen Legacy zu finden. Dass ich dafür bezahlt werden würde, war ein Bonus. Genau wie Gareth gesagt hatte, würde ich ihm unterstellt sein – ich arbeitete für ihn. Das fühlte sich allerdings überhaupt nicht gut an. Und das Grinsen, das er mir jedes Mal zuwarf, wenn er mich daran erinnerte, verriet, wie sehr er es genoss, mich zu provozieren.

Trotz der Arbeitsbeziehung, die wir jetzt hatten, hatte ich einen Vorteil. „Hast du eine Ahnung, wie lange sie vorhaben, uns zu folgen?", fragte Savannah, doch ich war darüber noch irritierter als sie. Tatsächlich glaubte ich, dass ihre Anwesenheit für sie ein bisschen tröstlich war.

„Sie versuchen nicht gerade, diskret zu sein; das ist ein gutes Zeichen. Sie wollen gesehen werden. Gareth hat gesagt, sie würden das tun, bis sie die Human Rights Alliance im Griff hätten. Sie sind nach wie vor ein Problem."

Savannah zuckte mit den Schultern. „So, wie ich diese Spinner sehe, ist ihre Dummheit eine größere Bedrohung für sie selbst als für jeden von uns. Wie viele von ihnen sind diese Woche verhaftet worden? Zwanzig, dreißig? Das ist einfach albern. Aber sie haben der Polizei, dem FSR und der Gilde einen guten Grund gegeben, sich mit ihnen zu befassen." Sie lächelte beim Gedanken daran. Und sie hatte recht. Humans First war im Vergleich zu ihnen geradezu zivilisiert geworden und hatte sich zum Gesicht der Aufrechterhaltung der Allianz zwischen Mensch und Übernatürlichen entwickelt. Ob es den Feds zu verdanken war oder jemandem, der fragwürdige Magie benutzte, Mr. Lands marschierte jetzt in eine andere Richtung. Ich denke, es war eine Kombination aus beidem und der Erkenntnis dessen, was seit seiner Übernahme passiert war. Niemand wollte die Verantwortung für die Human Rights Alliance tragen, und letzten Endes war Mr. Lands ein Politiker, der unbedingt an seinem Erbe und seinem Ruf festhalten wollte.

Savannah hakte sich bei mir unter. Es war nicht nur so, dass sie sich nicht an unseren Verfolgern störte, sie hatte auch viel zu viel Freude daran, sie an der Nase herumzuführen. Der von ihr gewünschte „Mädelstag" war die perfekte Gelegenheit dafür. Nachdem wir in einen Laden gegangen waren, in dem man bei Wein oder Cocktails malen konnte, drehte sie ihr fertiges Kunstwerk um, das aussah, als hätte sie während der Entstehung ein Glas Wein zu viel getrunken.

In der Bäckerei, dem einzigen Ort, auf den ich für unseren Tag bestanden hatte, starrten sie sie einige Momente lang finster an, als sie mit Cronuts auf sie zu ging. Anfangs behielten sie professionellen Stoizismus bei, doch schließlich nahmen sie ein paar. *Wer würde einen Cronut ablehnen? Das ist unmöglich.*

„Wann fängst du an, nach den anderen zu suchen?", fragte Savannah, als wir eine Dessous-Boutique betraten.

„In ein paar Tagen, nach dem Sonnwendfest."

Sie rümpfte die Nase und runzelte die Stirn. „Wieso? Beeinflusst das unsere Magie oder sowas?"

Es gibt kein „unser" – du hast keine Magie! Aber das behielt ich für mich und spürte, wie eine verlegene Röte meine Wangen erwärmte. „Nein, ich mag es einfach."

Ich blickte hinüber zu einem Tisch mit überteuerten BHs, um das zufriedene Strahlen nicht sehen zu müssen, von dem ich wusste, dass sie es jetzt im Gesicht hatte. Das Lächeln lag in ihrer Stimme. „Ich wusste, dass es dir gefällt! Jedes Jahr hast du es so aussehen lassen, als würde ich dich dorthin schleppen. Das ist das beste Festival des Jahres." Sie hatte recht. Es hatte als Fest für die Hexen begonnen und sich zu einem gewaltigen Ereignis aus Magie, Prunk, Umzügen und Paraden entwickelt. Es war auf das reduziert worden, was die Menschen am St. Patrick's Day und Cinco de Mayo taten: feiern, trinken, Spektakel veranstalten und Spaß haben. Übernatürliche und Menschen kamen gleichermaßen. Für einige hatte es eine andere Bedeutung: Das Sommerfestival fiel in die Woche des Ausbruchs des großen Krieges. Das Zusammenkommen von Menschen und Übernatürlichen war für einige daher von großer Bedeutung. Doch für die meisten war es einfach ein weiterer Grund zum Feiern.

„Ich weiß, dass dir die Hälfte der Dinge, von denen du

behauptest, dass du sie hasst, in Wirklichkeit gefällt", sagte sie schnaubend, bevor sie eine Grimasse schnitt. „So wie du vorgibst, diesen Laden hier zu hassen." Sie betrachtete Unterwäsche, die nichts weiter als Schnüre und winzige Stoffdreiecke waren. Zu wissen, für wen sie einkaufte, war noch beunruhigender.

„Ich hasse diesen Laden wirklich."

„Natürlich", schnaubte sie. Dann hielt sie einen BH und ein passendes Höschen hoch, um meine Meinung zu hören. Ich berührte den BH, fühlte den Stoff und den Draht darunter. Ich verstand die Idee einfach nicht, dass meine Brüste mit Metall und Vorrichtungen hochgezogen wurden oder warum jemand mit Zahnseide zwischen den Pobacken herumlaufen wollen sollte. Aber wann immer ich sah, wie Savannahs Kleider ihren Körper aussehen ließen, überlegte ich es mir wieder – bis ich mir die Preise ansah. Savannah war in vielen Dingen vernünftig, doch wenn es um hübsche Kleinigkeiten und Vampire ging, flog ihre Logik zum Fenster hinaus. Jetzt, da sie mit einem Vampir zusammen war, schien es ihr noch mehr Spaß zu machen, in Läden wie diesem einzukaufen.

„Was denkst du über das hier?", fragte sie und hielt ein weiteres Set hoch: einen blassrosa BH und ein dazu passendes Höschen, wobei angesichts des Mangels an Stoff „Höschen" eine ziemliche Übertreibung war.

„Ist er nicht ein Halsmensch? Egal, ob du sexy Dessous oder ein Tanktop und Boxershorts trägst oder nicht, solange er deine Halsschlagader sehen kann, bin ich sicher, dass er glücklich sein wird. Wenn du seine Welt auf den Kopf stellen willst, solltest du den Tanga um deinen Hals tragen", schlug ich vor und zwinkerte.

Sie warf mir ein freches Grinsen zu. „Ich kann dir versichern, Lucas geht es um mehr als nur meinen Hals."

Wenn man gewisse Dinge einmal gehört hatte, konnte man das nicht rückgängig machen. Ich zog ein Gesicht.

Gerade, als ich dachte, ich würde mich an sie als Paar gewöhnen, sagte sie so etwas, und mir wurde klar, dass ich noch lange nicht so weit war.

Ich lenkte das Gespräch in eine andere Richtung. „Nächste Woche nach dem Sonnwendfest machen wir uns auf die Suche nach den Legacy. Mit den Akten der Tracker und dem Findezauber sollten wir in der Lage sein, sie alle aufzuspüren."

Sie lächelte sanft, bevor sie sich vorbeugte und mich umarmte. Ich hatte nicht damit gerechnet und war angespannt, als sie es tat. Auf den Blick, den ich ihr zuwarf, antwortete sie: „Du scheinst glücklich darüber zu sein." Ich würde mich nie ganz entspannen, doch es war ein Schritt in die richtige Richtung.

„Okay, welches?" Sie hielt ein weiteres sexy Set hoch, in zartem Apricot und Schwarz. Ich wollte gerade eine weitere Bemerkung über ihren Hals machen, als sie vorsorglich die Augen verdrehte und sich unseren Begleitern zuwandte, die nur wenige Meter entfernt auf einer Bank saßen. Sie winkte, bis sie ihre volle Aufmerksamkeit hatte, hielt die beiden Höschen hoch und formte lautlos mit den Lippen: „Welches?" Ich war mir nicht sicher, ob sie ihren Job in diesem Moment liebten oder hassten.

KAPITEL 17

Die Sonnenwend-Parade war der beste Teil der Feierlichkeiten. Die Straßen leerten sich, als die Schaulustigen am Rand standen, Essen oder alkoholische Getränke in der Hand für die aufwändige und großartige Show. Es begann immer mit einer anmutigen und beweglichen Gruppe, die vor einem Festwagen tanzte. Es war schwer, die Wandler von Menschen zu unterscheiden, bis ich einen Blick auf diesen verräterischen Wandlerring bekam. Niemand kümmerte sich darum, da alle in die extravagante Show hineingezogen wurden. Die Tänzer bewegten sich durch die Straßen, ihre Bewegungen fließend und leicht wie Wasser, das einen Wasserfall hinunter fällt. Sie wirbelten herum und schlugen Räder. Die Menge jubelte, wenn sie sich in Spagats stürzten und sich mit der gleichen Leichtigkeit daraus aufsprangen. Akrobatik, die viel mehr Kraft erforderte als die meisten Menschen besaßen, war ein weiteres Unterscheidungsmerkmal zwischen den Wandlern und den Menschen. Die Choreographie war so perfekt, dass alles, was die Menge sah, ein rhythmisches Hin und Her, Wirbel, Drehungen, Sprünge und Bewegungen ihrer Hüften waren, während sie sich zur Musik bewegten.

Wir standen alle ehrfürchtig da, als wir Feen auf einem Festwagen dabei zusahen, wie sie Zaubertricks vorführten – es war der eine Tag, an dem sie ihren Zauber legal einsetzen durften. Wir sahen zu, wie sie sich in wunderschöne Kreaturen verwandelten und dann in etwas Schreckliches, wobei sie ihr Aussehen mit der gleichen Leichtigkeit veränderten, als würden sie ein Hemd ausziehen. Die Menschen waren fasziniert und unterhalten von der Magie, die einst gegen sie eingesetzt worden war. In diesem Moment fanden sie einen kleinen Schimmer von Schönheit darin und vergaßen das Elend, das sie verursachen konnte.

Ich dachte an die Diskussion, die ich am Vortag mit Gareth und den Feds geführt hatte. Das FSR wollte, dass er uns davon überzeugte, Iridiumbänder zu tragen, die nicht entfernt werden konnten. Egal, wie man es drehte und wendete, das schien eine Bestrafung zu sein – und eine präventive noch dazu. Es war unmöglich, es als etwas anderes zu betrachten, doch es war für das Allgemeinwohl. In gewisser Weise wurden wir alle bestraft, und es wurde euphemistisch Einschränkungen genannt; doch es war eine Strafe dafür, Kräfte und Magie zu besitzen, die für den Großteil der Bevölkerung potenziell gefährlich sein konnten. Doch niemand trug Armbänder oder Fesseln, es sei denn, er war eines Verbrechens für schuldig befunden worden. Das war ihre Strafe, weil man nicht darauf vertrauen konnte, dass sie Selbstbeherrschung zeigen konnten. Allen anderen wurde auf ihr Wort vertraut; warum nicht mir? Ich glaube, das war, was mich am meisten störte. Wie konnten sie erwarten, dass ich das Gefühl hatte, mich einzufügen, wenn ich immer eine Ausnahme war?

Gareth war entschieden dagegen, und am Ende des Treffens war noch keine Entscheidung getroffen worden. Ich nickte nur und sagte, dass ich darüber nachdenken würde. Ich hatte nicht darüber nachgedacht, bis ich anfing, die Magier und ihre magische Präsentation auf ihrem Wagen zu beobachten, und mir klar wurde, dass die Bänder nicht viel einschränken würden. Ich fragte mich, ob das FSR das wusste und es eine falsche Sicherheit für die Öffentlichkeit war. Wenn ich keine andere Wahl hätte, wäre ich vielleicht bereit, mitzuspielen, wenn es mit Freiheit und Schutz für die Legacy einherging.

Als ich den Blick über die Menge schweifen ließ, sah ich keine Stadt, die sich in einem Konflikt befand oder eine, die sich noch vor Wochen in einem Konflikt befunden hatte. Körper wiegten, drehten sich und hüpften zur Musik herum. Der Prunk schien die Erinnerungen an die feindseligen letzten paar Wochen auszulöschen. Ich hasste diese Schuldgefühle, die ich empfand, weil ich Harrah getötet hatte. Ich hatte nichts getan, was sie rechtfertigte. Sie hatte andere Möglichkeiten gehabt und sich für die falschen entschieden, doch ich konnte nicht umhin, diese Gefühle zu empfinden, die damit einhergingen, jemanden getötet zu haben. Diese Feierlichkeiten waren genau das, woran Harrah festgehalten hatte: Ideologie und Illusion. Und doch war es nicht ganz so, wie sie es sich gewünscht hatte, denn während die Leute die Darbietungen sahen, bekamen sie einen Eindruck von Magie – echter Magie. Meine Augen fielen plötzlich auf den Haufen zotteliger brauner Haare von Avery, Gareths Neffen. Ein schelmisches Funkeln hatte immer einen Platz in seinen Augen, und das schiefe Lächeln machte es nicht besser. Es war eine einzigartige Mischung aus Unschuld und Schalk. Er hob seinen Becher in meine Richtung und grinste. Ich betrachtete seine Schar von Freunden, die alle Becher in den Händen hielten. Sie waren Wandler, und das gesetzliche Mindestalter für Trinken in der Öffentlichkeit war achtzehn. Ich war mir sicher, dass in diesen Bechern kein Saft war. Wenn doch, war er wahrscheinlich mit etwas ziemlich Starkem gemischt.

Savannah sah ihn ebenfalls und winkte. Sobald er sie

bemerkte, wurde sein Grinsen breiter – es war offensichtlich, dass er wie die meisten Männer in sie vernarrt war,
obwohl sie das letzte Mal, als er sie gesehen hatte, in Lucas’
Armen gelegen und ein paar Minuten später Molotow-
Cocktails geworfen hatte – um ihn und seinen Onkel davon
abzuhalten, sich gegenseitig zu zerfleischen. Savannah
packte mich am Handgelenk, als wir durch die Menge navi-
gierten, um zu ihm zu gelangen. Sobald wir ganz nah waren,
streckte sie die Arme nach ihm aus und umarmte ihn. Als er
sich zurückzog, sah er überrascht aus. Savannahs übertrie-
bene Freundlichkeit war gewöhnnungsbedürftig. Wenn sie
jemanden schon einmal getroffen hatte, bekam derjenige
höchstwahrscheinlich eine Umarmung, als wäre er ein lange
verschollenes Familienmitglied, das sie eine Ewigkeit nicht
gesehen hatte.

„Wo ist dein Onkel?“, fragte ich.

„Um ehrlich zu sein, wahrscheinlich hinter Gittern“, sagte
er mit einem Anflug von Belustigung. „Er und dieser FSR-
Typ können einander nicht ab.“

Ich fragte mich, ob sie die Diskussion über das Iridium-
band fortgesetzt hatten. „Wie kommst du darauf?“

Er verzog das Gesicht. „Ich musste heute früh ins Büro,
um zu arbeiten, und habe ihn zu Onkel Gars Büro gehen
sehen. Sie haben ausgesehen, als wollten sie sich schlagen.
Ich bin ein bisschen beleidigt – ich dachte, nur ich könnte
ihm so unter die Haut gehen.“

„Warum musstest du heute ins Büro? Ich dachte, deine
Arbeitsstrafe wurde erlassen.“

Avery sah mich mit weichen, klaren blauen Augen an,
und ich musste Gareth zustimmen, er war bis ins Mark
verwöhnt. Er hatte einen Look einstudiert, der garantierte,
dass er mit vielen Dingen davonkam. Nur nicht bei Gareth.

„Bei ihm weiß ich nie. Alles, was ich tue, ist strafbar. Du
kannst ihn fragen, wenn er herkommt. Ich weiß nur, dass ich

gestern Abend einen Anruf bekommen habe, dass er mich um fünf Uhr früh im Büro haben wollte. Um fünf! Kannst du das glauben?" Er runzelte die Stirn. „Ich bin sicher, er wird bald hier sein", sagte er mit einem Kichern, das auch den Rest seiner Freunde zum Lachen brachte.

Eine leichte Röte breitete sich über seine Wangen aus, und er zuckte mit den Schultern. „Mir kommt es so vor, als hätte er ein Talent dafür, aufzutauchen und mir den Spaß zu verderben, sobald er vermutet, dass ich mich irgendwo amüsiere."

„Hat er das? Dein Onkel klingt anstrengend. Vielleicht solltest du dir mehr Mühe geben, Spaß zu finden, der dich nicht in Schwierigkeiten bringt", sagte Gareth hinter ihm. Ich war überrascht, ihn zu sehen, die anderen jedoch nicht. Geschärfte Sinne hatten ihre Vorteile.

Onkel und Neffe sahen einander an, und ich sah, dass es ein geistiges Kräftemessen war. Ich wollte nicht in der Nähe sein, wenn sie versuchten, es gewaltsam auszufechten.

„Erzählst du Livy deine traurige Geschichte, warum du heute Morgen arbeiten musstest? Vielleicht hast du ihr dieselbe Version aufgetischt, die du gestern Abend deiner Mutter serviert hast. Weißt du, die, wo du ihr gesagt hast, dass du bei mir zu Hause warst, was für ein paar Stunden auch so war. Zufällig habe ich einen Anruf von meinen Nachbarn bekommen, der überrascht war, dass ich in das Loft gekommen bin, da ich seit über einem Jahr nicht mehr dort war."

Averys Gesicht wurde rot, als er sich nach seinen Freunden umsah, die alle schuldbewusst aussahen. Gareths Augen wanderten über ihre Gesichter. „Lass mich raten – wenn ich auf meinem Parkplatz nachsehen würde, wäre mein Auto nicht da."

„Na ja, ich habe ein Auto gebraucht, um hierherzukommen, und meines ist einfach nicht groß genug für alle meine

Freunde." Er gestikulierte zu den Leuten hinter sich. „Danke, dass ich mir deinen Geländewagen ausleihen durfte, Onkel Gar", sagte Avery lässig und trank dann einen weiteren Schluck aus seiner Tasse.

Das würde nicht gut für ihn ausgehen.

Gareth grinste und bleckte die Zähne wie ein Tier, das bereit war, sich auf seine Beute zu stürzen. „Natürlich. Und *danke*, dass du dieses Wochenende auf deinen Trip verzichtest, um das Loft zu putzen und für meinen nächsten Besuch vorzubereiten. Ich muss dir sagen, es ist wirklich nett von dir, das Auto nach dem Ausleihen zu waschen. Ich finde es großartig, dass du es selbst machst, anstatt es waschen zu lassen. Und das Angebot, meine Dolchsammlung zu polieren, war außergewöhnlich freundlich von dir. Da sie im Keller lagern, werden sie selten mit der angemessenen Aufmerksamkeit behandelt. Ich neige dazu, sie zu vergessen, also brauchen sie wirklich ein bisschen Aufmerksamkeit. Und da du das ganze Wochenende bei mir zu Hause sein wirst, habe ich Leslie freigegeben, damit du auch die Einkäufe erledigen und kochen kannst."

„Ich weiß, dass Mom dem nicht zugestimmt hat – wir planen diese Reise seit über einem Jahr."

„Da ist es wirklich schade, dass du sie verpassen wirst. Alles nur, weil du nicht gelernt hast zu sagen: *darf ich*."

Avery zog sich zurück und verschwand mit seinem Handy in der Hand in der Menge. Er tauchte ein paar Meter entfernt wieder auf. Alles, was ich sah, war, dass sich sein Mund bewegte und seine Nase sich rot verfärbte, ein Ton, der sich schnell über seine Wangen ausbreitete. Wut. Er drehte sich um und funkelte Gareth an, der ihn jetzt mit demselben herablassenden Grinsen bedachte, das kurz zuvor Averys Gesicht geziert hatte.

Er kehrte zurück. „Anzeige? Wirklich? Du hast gesagt, dass du das Auto als gestohlen melden würdest und auch, dass ich eingebrochen wäre? Was ist los mit dir? Du bist mein Onkel." Averys Verteidigung war, dass Gareth sein Onkel war und ihm erlauben sollte, mit Einbruch und Diebstahl davonzukommen. Es war, als hätte er den Mann gerade erst kennengelernt.

Ich wollte sie einander unbedingt vorstellen. *Avery, das ist Gareth. Gareth, Avery.*

„Das Auto wurde gestohlen, und du bist vielleicht nicht eingebrochen, aber du hattest keine Erlaubnis. Du hast meine Schlüssel gestohlen", betonte Gareth. „Ich war bei der Arbeit, habe dir nie die Erlaubnis gegeben, das Loft zu benutzen, und du hast zum zweiten Mal eines meiner Autos genommen, ohne zu fragen. Das ist Diebstahl. Es ist ja nicht so, dass ich es dir nicht gegeben hätte, wenn du mich darum gebeten hättest."

Avery kochte. Zornesblitze schossen durch seine Augen, und je mehr er sich aufregte, desto mehr Belustigung fand Gareth darin. „Lasst uns dies als Lektion betrachten. Frag' mich, wenn du etwas brauchst."

„Du bist mein cooler Onkel, ich wusste, dass das für dich in Ordnung war", sagte Avery und versuchte es mit einem betretenen Ausdruck auf dem Gesicht, und seine Freunde begannen, nachdrücklich zustimmend zu nicken.

Wirklich? Offensichtlich ist das das erste Mal, dass du deinen Onkel triffst. Leidest du unter Amnesie?

„Komm schon, Onkel Gar, wenn ich gefragt hätte, hättest du jemanden nach mir sehen lassen, und ich wollte dir nicht so viele Umstände bereiten. Ich habe dir wirklich geholfen. Du hast so viel mit den Feds um die Ohren, das ganze Job-Ding, die Stadt implodiert, Humans First, ich wollte dich nicht noch mit was anderem belasten."

Jetzt war ich diejenige, die sich darüber amüsierte, wie unbeschwert er log, über den wirklich braven Blick. Ich fing an zu lachen und versuchte, es mit einem Husten zu überspielen. Wenn Avery auch nichts sonst war, aber hartnäckig und sehr von sich eingenommen war er.

„Wow, das klang fast echt. Hut ab. Wenn ich nur so schlecht darin wäre, Lügen aufzudecken, wie du darin, sie zu erzählen", schnaubte Gareth sarkastisch.

Wieder standen sie sich in einer Pattsituation gegenüber, die Augen zusammengekniffen, als sie einander anstarrten. Sogar Savannah war von ihrer Eigensinnigkeit und ihrem Trotz abgelenkt. Averys Blicke auf seinen Onkel hatten wenig bis gar keine Wirkung auf ihn. Sein Lächeln wurde breiter, je finsterer sein Neffe dreinblickte.

„Du ruinierst meinen Sommer", knurrte er leise.

„Das ist okay, du ruinierst meine Toleranz gegenüber Teenagern", erwiderte Gareth. Dann warf er ihm ein schiefes Grinsen zu. Averys Trotz machte schnell Akzeptanz und dann offener Niederlage Platz. Es war ein kurzer Kampf, und ich hatte nie geglaubt, dass er gewinnen würde. Nachdem er einige Zeit mit seinem Onkel verbracht hatte, hätte er es besser wissen müssen. Ich hatte das Gefühl, dass das nur einer von vielen Machtkämpfen war, die sie haben würden.

Savannahs Aufmerksamkeit wanderte zischen Gareth und seinem Neffen und der Parade vor uns hin und her. An den Straßenrändern wurde es noch voller. Es war leicht, sich von den Feierlichkeiten mitreißen zu lassen, und die Menge genoss es.

Gareth war näher an mich herangekommen, die Hitze seines Körpers streifte meinen Rücken, und seine Hände ruhten auf meinen Hüften. Es war seltsam, und mein überaktiver und argwöhnischer Verstand lief auf Hochtouren. Es war nicht so, dass die Leute nicht von uns wussten, doch ich wollte es nicht zur Schau stellen. Es schien, als wäre alles unter den Teppich gekehrt worden: Unser Einbruch in den Lagerraum des Magischen Rates war nie gemeldet worden,

und Harrahs Tod wurde als willkürlicher Gewaltakt dargestellt. In allen Städten gab es Kriminalität, und Übernatürliche starben genauso wie Menschen. Doch ich fragte mich,
wie sie es so sauber aufgeräumt hatten – wen hatten sie, der
Harrahs Job übernehmen würde? Politik. Ich hasste alles an
den Illusionen, die präsentiert wurden, um eine freund-
schaftliche Beziehung zu den Menschen aufrechtzuerhalten.
Irgendwann würden uns all die Lügen und Manipulationen
zu nichts mehr als Jahrmarkt-Zerrspiegeln machen, in denen
nichts aussah, wie es tatsächlich war.

Ich versuchte, diese Gedanken aus meinem Kopf zu
verdrängen, kam aber nicht umhin, mich zu fragen, ob die
Leute über den Zustrom von Männern in Anzügen speku-
lierten, die durch die Stadt wanderten. Vielleicht waren sie
unbemerkt geblieben. Wenn sie ihre Waffen nicht zeigten,
würde niemand wissen, dass sie welche hatten. Ihre Abzeichen trugen sie versteckt. Vielleicht sahen die Leute in ihnen
nichts anderes als Männer in Geschäftskleidung.

Schließlich ließ ich mich von den Vampiren ablenken, die
jetzt bei uns angekommen waren und deren Erscheinen die
Männer in Anzügen weniger auffällig wirken ließ. Die
älteren Vampire schienen eine grundsätzliche Abneigung
gegen Freizeitkleidung zu haben, Frauen und Männer gleichermaßen. Ich sah es bei den jüngeren nicht so oft, die sich
den Moden der Gesellschaft leichter anpassten, doch die
älteren Vamps schienen zu stur zu sein, um sich darauf
einzulassen. Die Männer zeigten eine Vorliebe für teure
Anzüge, und die Frauen bevorzugten zarte Stoffe, die die
Rundungen ihrer Körper umflossen. Ihre Kleidung war
modern, obwohl gewisse altmodische Accessoires wie eine
Taschenuhr, Perlen oder eine antike Brosche hier und da
auffielen. Einige mochten große, altmodische Hüte, wie ich
sie in alten Westernfilmen gesehen hatte, doch bei der
heutigen Mode konnte man leicht annehmen, dass es

ironisch gemeint oder ultratrendig war. Eine Sache, die bei den meisten Vampiren gleich blieb, war, dass sie sich ein bisschen zu extravagant kleideten.

Als einer der Vampire meinen Blick zu lange festhielt, bevor er seinen Blick über Gareth und dessen Hände an meinem Körper schweifen ließ, wurde mir bewusst, dass ich nicht nur von irgendeinem Mann im Arm gehalten wurde, sondern vom Kommandanten der Gilde der Übernatürlichen. Ich war mir nicht sicher, ob es den Vampiren etwas bedeutete oder nicht. Savannah war sehr begeistert von der öffentlichen Liebesbekundung, da sie Team Gareth und ich kein Single mehr war.

Immer mehr Festwagen mit übernatürlichen Darbietungen fuhren die Straße hinunter. Diesmal war es ein anderer Magier. Ein wunderschönes Kaleidoskop von Farben tanzte über seine Finger, als Dinge vom Wagen verschwanden, wieder auftauchten und darüber tanzten und dann ihre eigene kleine Vorstellung bekamen. Plötzlich sackte der Magier zu Boden. Einen Magier hinter ihm ereilte dasselbe Schicksal. Ich sah zu, wie Körper vor uns zu Boden gingen, einer nach dem anderen. Der Festwagen kam vollständig zum Stehen. Ich schob mich durch die Menge und rannte auf den Wagen zu. Tänzer lagen jetzt ausgestreckt vor dem Wagen. Ich sah weder Blut noch Kugeln, und alle atmeten noch, ein sichtbares leichtes Heben und Senken ihrer Brust. Jeder der Gefallenen hatte eine kleine Eintrittswunde, aber keine Austrittswunde. Keiner von ihnen zeigte Anzeichen von Trauma oder Stress. Stattdessen befanden sie sich im Tiefschlaf. Als Gareth und ich sie untersuchten und uns umsahen, um festzustellen, woher die Schüsse gekommen waren, begannen sie, sich aufzusetzen und sich entweder Hals, Schulter oder Arm zu reiben. Einige standen auf und versuchten, weiterzumachen. Der Magier schnippte mit den Fingern, und der magische Funke, der sie hätte zum

Leben erwachen sollen, tat es nicht. Er runzelte die Stirn und schnippte noch einmal – nichts. Sein Gesicht war vor Anstrengung verzerrt, seine Halsmuskeln spannten sich an, als er einen weiteren erfolglosen Versuch unternahm. Dann brach er wieder zusammen und bewegte sich nicht. Ich konnte nicht sagen, ob er atmete.

Die Schaulustigen machten sich eilig davon, und ein Gilde-Officer drängte sich mit einem FSR-Agenten neben ihm durch die verbleibende Menge. Der Officer presste seiner Finger gegen das Handgelenk des Magiers. Die angespannte Maske blieb auf seinem Gesicht, bevor er sich zum Hals bewegte und nickte, sobald er einen Puls fand.

Andere Feds traten aus der Menge heraus, um besser sehen zu können. Einige von ihnen hatten ihre Hände an ihren Seiten und berührten die Pistolen, die dort in Halftern steckten, während sie die Blicke über die Menge und die Gebäude über ihnen schweifen ließen. Ich wusste, dass einer ein Vampir war, weil er – wie die meisten von ihnen – nicht widerstehen konnte, seine Lippen zurückzuziehen – und seine anderen Waffen zu zeigen. Für jeden, der kein Wandler oder Vampir war, hätte die Entfernung der Gebäude von über zehn Metern es schwierig gemacht, etwas zu sehen. Der Vampir kniff die Augen zusammen, und mir wurde klar, dass er auch nichts sehen konnte. Ich folgte seinem Blick, als er über das Dach des Gebäudes streifte. Es musste mehr als einen magischen Scharfschützen geben. Ich hatte mindestens zwanzig Opfer gezählt.

Ich scannte die Gebäude weiter, während immer mehr Leute in der Menge ins Visier genommen wurden. Die Angreifer schossen wahllos. Ich war mir nicht sicher, wie es sich auf Menschen auswirkte, doch ich konnte die Wirkung sehen, die die Geschosse auf die Übernatürlichen hatte.

Schüsse pfiffen durch die Luft, und weitere Opfer gingen zu Boden. Es entstand Chaos, als die Menschen in alle Richtungen davonrannten oder schreiend versuchten, in

Deckung zu gehen. Gareth befahl Avery und seinen Freunden zu verschwinden. Gerade als er weggehen wollte, hörte Gareth die Schussgeräusche und wies sie an, in Deckung zu gehen, doch es war zu spät. Ein Schuss traf Avery und ein weiterer seinen Freund nur wenige Meter entfernt. Beide gingen zu Boden. Wenige Augenblicke später, gerade als der Magier sich erholt hatte, taten sie es auch. Gareth und ich bewegten uns schnell in Averys Richtung und Savannah machte sich auf den Weg zu seinem Freund. Wir untersuchten ihre Körper, um die Eintrittswunden zu finden. Da Gareth viel besser sehen konnte als ich, trat ich beiseite und ließ ihn Avery beurteilen.

„Was schießen sie?", fragte Gareth, während sein Finger über die Arme und Beine seines Neffen strichen, immer noch nicht in der Lage, die Eintrittswunde zu finden. War sie so klein? Was konnte aus der Ferne geschossen werden und keine signifikanten Spuren hinterlassen?

„Kannst du aufstehen?", fragte er seinen Neffen. Avery nickte, doch als er es versuchte, verlor er das Gleichgewicht. Gareth sah ihn an und ließ ihn wieder auf den Boden sinken. „Ich möchte, dass ihr alle auf der Stelle versucht zu wandeln."

Nachdem ich gesehen hatte, wie Gareth und Avery ein paarmal gewandelt hatten, wusste ich, dass es ein Prozess war, den sie mit der Leichtigkeit des Ablegens von Kleidung durchführten. Doch Avery und seine Freunde hatten Probleme, es zu tun. Angespannte Grimassen verzerrten ihre Gesichter, Panik stand in ihren Augen, und ihre Münder öffneten sich entsetzt. Sie konnten nicht wandeln.

Gareth fischte einen Schlüsselbund aus seiner Tasche und reichte ihn Savannah. „Ich will kein Risiko eingehen. Kannst du sie ins *The Isles* bringen?"

„Und was werdet ihr tun?", fragte sie.

Ich wusste, dass er versuchen würde, herauszufinden, wer geschossen hatte. Als er aufstand, stand ich ebenfalls auf. „Du gehst mit Savannah", sagte er.

Ich verzog das Gesicht. „Nein. Ich muss herausfinden, wer das tut."

Ich musste wissen, wer es war – es gab einen neuen Akteur in der Stadt. Die meisten Tracker waren zusammen mit vielen der militanten HF- und Human Rights Alliance-Mitglieder in Gewahrsam genommen worden.

„Glaubst du, es ist die Human Rights Alliance?", fragte ich und ging schneller, um mit ihm schrittzuhalten.

„Vielleicht. In den letzten Wochen hat Lands sein Engagement für die Aufrechterhaltung einer Allianz mit Übernatürlichen und sein Ziel, eng mit uns zusammenzuarbeiten, lautstark zum Ausdruck gebracht. Das kam bei seinen begeisterteren Mitgliedern nicht gut an."

Ich bin mir nicht sicher, warum er ein Problem damit hat, sie als verrückte Militante zu bezeichnen. Aber gut, lass uns mit „begeistert" arbeiten.

„Sie waren an viel Gewalt und Zerstörung von Eigentum beteiligt. Die meisten von ihnen wurden von der Polizei festgenommen, und die anderen haben wir im Auge behalten." Er joggte jetzt.

„Glaubst du, es gibt einen neuen Spieler auf dem Spielfeld?"

„Ich weiß nicht, was ich denken soll." Mit jedem Moment, der verging, nahm seine Wut zu, und ich verstand es vollkommen.

Aus mehreren Richtungen fielen immer noch Schüsse. FSR-Agenten und Gilde-Leute begannen, auf sie zuzusteuern, ihre Augen zu Zielfernrohren zusammengekniffen, während sie auf die Dächer und offenen Fenster spähten. Einer der FSR-Agenten gestikulierte Gareth zu und gab ihm ein Handzeichen, um ihm mitzuteilen, welche Gebäude sie abdecken wollten. Gareth wurde gebeten, zu einem Gebäude zu gehen, das nur wenige Meter von uns entfernt war. Obwohl es zweifelhaft war, dass der Schuss, der seinen Neffen getroffen hatte, aus dieser Richtung gekommen war, konnten wir zumindest herausfinden, wer dort beteiligt war. Ich wusste, Gareth wollte denjenigen, der Avery erwischt hatte. Sirenen heulten in der Ferne, ich nahm an, Krankenwagen vom *The Isles* und vielleicht auch menschliche Ambulanzen. Die Verletzungen der Menschen stammten vom Eindringen der Objekte und schienen keine andere physiologische Wirkung zu haben.

Gesichter rauschten an uns vorbei, als wir durch die entgegenkommende Menge rannten, die sich bemühte, die Gegend zu verlassen. Ich fragte mich, was in den Projektilen war, und erinnerte mich wütend daran, wie Conner mich vergiftet hatte. Wenn es Eisen oder sogar Iridium wäre, würde es Übernatürliche daran hindern, Magie zu benutzen, ohne sie zu töten, doch wenn es etwas wäre, das ihnen die Magie entzog, würden sie sicherlich sterben. Ich holte keuchend Luft, und Gareth drehte sich um und sah mich an.

„Bist du okay?", fragte er. Seine übernatürliche Geschwindigkeit machte es mir schwer, mit ihm Schritt zu halten, doch ich konnte es, solange ich mich anstrengte. Wir sprangen die Treppe hinauf, schwangen uns um jeden Treppenabsatz und durchsuchten jedes der höheren Stockwerke, wo die Schüsse hätten herkommen können. Nichts. Der Lärm von der Straße war hektisch und ablenkend, und ich wollte aus dem Fenster blicken, um zu sehen, was draußen vor sich ging. Ich wollte wirklich, dass die Täter nicht zu Humans First gehörten. So etwas hatten sie noch nie getan. Vor zwei Jahren hatten sie einen Protest angeführt, der nichts anderes gewesen war als ein paar Typen, die ihre Hetzreden verbreitet hatten, und deren Lärm von den Feierlichkeiten übertönt worden war und Leuten, die sie ausbuhten oder ihnen einen Cocktail oder Hexenkraut angeboten oder ihnen gesagt hatten, „dass sie verdammt nochmal chillen sollten." Sie hatten erkannt, dass es den meisten Leuten egal war, und es letztes Jahr nicht nochmal versucht.

Das zweite Gebäude, in das wir gingen, war höher und

erlaubte dem oder den Schützen einen besseren Blick. Wir stapften die Treppe zum vorletzten Stockwerk hinauf und durchsuchten die Büros, als wir das offene Fenster entdeckten. Gareth atmete scharf ein, verzog das Gesicht und wies mich an, in den nächsten Raum zu gehen. Er ging in die entgegengesetzte Richtung einen Raum weiter. Ich öffnete die Tür und sah zwei Männer in dunkelblauer Camouflage, die ihre Waffen einpackten. Ich wedelte mit meiner Hand, und einer krachte gegen die Wand, wo ich ihn festhielt. Der andere griff nach seiner Waffe, doch bevor er sie erreichen konnte, trat ich sie außer Reichweite, während ich versuchte, mich zu konzentrieren, und seinen Partner weiter an die Wand drückte. Er griff mich an, traf mein Bein und riss mich zu Boden. Meine Schulter schlug hart auf den Holzboden auf. Schmerz schoss durch mich hindurch. Ich ließ nicht zu, dass er meine Konzentration störte, während ich seinen Kollegen weiter hielt. Das Gesicht dieses Mannes war knallrot, als er sich anstrengte, sich von der Wand abzustoßen. Seine bernsteinfarbenen Augen fixierten mich: zusammengekniffen, wütend und rachsüchtig. Ich kannte sie definitiv nicht, doch ich war mir nicht sicher, ob sie Teil der Human Rights Alliance waren. Sicher gehörten sie nicht zu Humans First. Ihnen fehlte die Kleidung der Möchtegern Spione oder sogar der neuere Anzug-Look, der das alte Klischee neu interpretierte. Diese Männer trugen Camouflage und waren bereit, gegen die Übernatürlichen in den Krieg zu ziehen. Ich rollte mich auf die Knie und rammte dem Mann, der mich umgerissen hatte, das Knie in den Schritt. Es gab keine Regeln, warum also nicht dorthin treten, wo's wirklich wehtat? Er packte seine Familienjuwelen, krümmte sich, und ich trat erneut gegen seinen inneren Oberschenkel.

Doch er gab nicht so leicht auf. Schnell rappelte er sich auf und trat mir mit seinen Stahlkappenstiefeln in die Rippen. Als ich ihn erneut schlagen wollte, bestand kein Zweifel, dass er meine Rippen verletzt hatte. Der Schmerz war ablenkend, aber ich schaffte es trotzdem, seinen Freund an der Wand festzuhalten. Er verzog das Gesicht, hieb nach mir und packte mich an den Haaren, riss mich zu sich und hämmerte Schläge in mein Gesicht. Ich hielt den anderen weiter mit Magie fest, weil ich wusste, dass ich nicht in der Lage sein würde, gegen beide gleichzeitig zu kämpfen. Der Schläger warf mich zu Boden und hatte sich weit genug von meinem Tritt in seine Hoden erholt, um zu versuchen, mich zu treten, während ich am Boden lag. Ich schlug und trat und landete einen schweren Schlag gegen sein Standbein. Er sackte zu Boden. Ich stieß meinen Ellbogen in seinen Bauch, er keuchte. Ein weiterer ging in seine Brust. Er versuchte, auf die Beine zu kommen, doch den nächsten Schlag landete ich auf seine Kehle und ließ ihn nach Luft schnappen. Dann rammte ich meinen Handballen gegen seine Nase. Beim Aufprall spritzte Blut.

Ich fing an zu glauben, dass ich es mit jemandem zu tun hatte, der kein Mensch war, als er einen schwachen Versuch unternahm, nach mir zu schlagen, wenn auch dank seiner verschwommenen Sicht erfolglos. Er wischte sich das Blut mit dem Handrücken von der Nase, verschmierte es und hinterließ blutige Streifen auf seinem Arm. Er blickte aus wässrigen, roten Augen zu seinem Freund hinüber, wahrscheinlich immer noch unfähig, viel zu sehen.

„Ihr seid alle gleich. Du betrügst. Du könntest uns nichts anhaben, wenn du deine Magie nicht hättest. Es gäbe kein Bündnis, wenn ihr eure Magie nicht hättet. Wir wissen, was ihr uns antut: Ihr manipuliert unseren Verstand, lasst uns vergessen, wie verwerflich ihr seid, aber wir werden es nicht vergessen. Wir waren zuerst hier, und wir werden zuletzt hier sein." Ich hatte keine Lust, ihm eine Geschichtsstunde darüber zu erteilen, dass historisch belegt war, dass es Übernatürliche gegeben hatte, lange bevor Menschen auf den Plan getreten waren. Ich war mir sicher, dass seine revisionistische Geschichte lehrte, dass seine Vorfahren zuerst hier waren und Übernatürliche von ihnen abstammten, und nicht umgekehrt. Ich wappnete mich für die nächste Salve seiner Rhetorik, dass wir falsch waren und er die Welt von uns befreien würde. Derselbe langweilige Monolog, den sie immer von sich gaben. Doch er tat es nicht. Es war fast so, als hätte er aufgegeben.

Ich behielt meine Verteidigungshaltung bei und wartete darauf, dass er erneut angreifen würde. Er stand auf und starrte mich und seinen Freund, der an der Wand stand, finster an. Beide kochten vor Wut. Wenn Blicke töten könnten, wäre ich tausend Tode gestorben. Als Gareth den Raum betrat, fixierte ihn der Mann, dessen Nase immer noch blutete, mit demselben feindseligen Blick, den er mir zugeworfen hatte. „Tier. Verdammte Tiere."

Gareth näherte sich langsam mit geschmeidigen, ruhigen Bewegungen. Der Wandlerring blitzte um seine Augen, und er zog die Lippen zurück, um seine Zähne zu entblößen.

„Womit zum Teufel habt ihr auf sie geschossen?", fragte Gareth durch zusammengebissene Zähne, ungezügelte Wut, gespannt wie eine Feder und bereit, alles auf seinem Weg zu zerstören. Beide Männer pressten ihre Lippen fest zusammen und schwiegen, als hätten sie einen Pakt geschlossen, niemals etwas preiszugeben. Sie warteten nur schweigend. Ich war ausgesprochen begabt darin, Gareth wütend zu machen – doch so wütend hatte ich ihn noch nie gemacht.

„Ich werde euch nur dieses eine Mal fragen. Womit zum Teufel habt ihr auf sie geschossen? Werden sie sterben?"

Der Mann stieß ein finsteres Lachen aus. „Hoffentlich."

Bevor er das Wort zu Ende gesprochen hatte, war Gareth bei ihm. Seine Hände schlossen sich um die Kehle des Mannes, bevor er ihn gegen die Wand rammte. „Du solltest besser hoffen, dass sie es nicht tun." Der Mann gab keuchende Laute von sich, als er nach Atem rang, und die

Sehnen von Gareths Armen traten hervor, als er fester und fester zudrückte.

„Gareth." Ich sagte seinen Namen leise, weil ich ihn nicht weiter aufregen wollte. Ich stellte mir vor, dass er nur an seinen Neffen dachte und daran, ob er leben würde oder nicht. „Gareth." Diesmal flüsterte ich sanft und beruhigend. Ich hatte nur begrenzte Erfahrung mit Wandlern, doch ich ging davon aus, mit ihm umzugehen, wie ich es mit einem Tier tun würde, das kurz vor dem Angriff stand. Keine plötzlichen Bewegungen, mit sanfter, beruhigender Stimme reden und vor allem: Ruhe bewahren.

Ich ging zu den Waffen, die sie wegzupacken begonnen hatten, und nahm die Patronen heraus, um zu untersuchen, was sie geschossen hatten. Das waren keine traditionellen Geschosse. sie ähnelten denen, die Gareth bei Conner und mir benutzt hatte. Basierend auf dem, was passiert war, nahm ich an, dass sich die Hülle beim Aufprall auflöste und das Serum im Körper des Ziels freisetzte. Ich warf einen weiteren Blick auf die Männer. Sie waren sicher nicht die Drahtzieher. Sie sahen nicht aus, als hätten sie die Ressourcen und das Geld, um Munition und modifizierte Gewehre herzustellen. Ich bezweifelte, dass eine kleine Organisation die Ressourcen dafür haben würde.

„Woher habt ihr die?", fragte ich und hielt eine Patrone hoch. Sie pressten einfach ihre Lippen fester zusammen und weigerten sich zu antworten. Ich zuckte mit den Schultern und ging auf den Mann zu, den ich an der Wand festhielt. Ich biss die Zähne zusammen und arbeitete hart daran, den Schmerz in meinen Rippen nicht zu zeigen. Mit jedem Schritt fiel es mir schwerer, da das Pochen anhielt, doch ich konnte meine Energie nicht auf die Heilung richten, weil ich Informationen von ihm sammeln musste. Meine Lippen verzogen sich zu einem Lächeln, aber es war freudlos, und ich muss ein beängstigender Anblick gewesen sein, denn seine Augen weiteten sich ein wenig, bevor er sie wieder zusammenkniff.

„Ich werde dir nichts verraten", zischte er.

„Musst du nicht", sagte ich mit leiser Stimme, hart von meiner Wut. Wut, die schon lange, bevor er auf meine Freunde geschossen hatte, da gewesen war, doch dadurch wieder entfacht wurde. Ich hatte es satt, dass Übernatürlichenhasser versuchten, Leuten zu schaden, die nichts dafür konnten, wie sie geboren wurden. Und Leute, die versuchten, anderen ihre Magie zu nehmen. Die letzten paar Wochen hatten wirklich angefangen, mich zu zermürben, und ich wusste, dass er das volle Ausmaß meiner Wut nicht verdient hatte, doch ich konnte nichts dagegen tun.

Ich fragte noch einmal: „*Wer* hat euch das gegeben?"

Wieder fixierte er mich mit einem trotzigen Blick, seine Lippen verzogen sich zu einem Knurren. „Ich werde dir nichts sagen." Seine Stimme war genauso schroff wie sein Aussehen. Ich lächelte süßlich und sanft. Seine Augen fixierten die Farbstrudel, die um meine Fingerspitzen tanzten. Er war ein Mensch und konnte wahrscheinlich nicht spüren, wie viel Kraft ich in die Magie einfließen ließ oder wie sie den Raum durchdrang. Doch er konnte die Bedrohung in meinen Augen sehen, und das reichte mir.

„Feenmagie kann viel bewirken, kognitive Manipulation, Menschen verzaubern und sogar das Manipulieren und Löschen von Erinnerungen. Wenn ich mit dir fertig bin, wirst du sein wie ein Kind, ohne die wesentlichen Fähigkeiten, um in dieser Welt zu überleben, und niemand wird es rückgängig machen können." Feen brauchten kein Blut dafür, und ich vielleicht auch nicht, doch ich hatte es noch nie versucht. Ich wusste, dass Blut den Zauber mächtig machte und garantierte, dass er funktionieren würde. Heute hatte ich keine Zeit zum Üben. Ich zog das kleine Messer aus meinem Knöchelhalfter; es war nicht zum Kämpfen geeignet, kaum lang genug, um einen tödlichen Treffer zu landen, doch es erfüllte seinen Zweck. Ich schnitt in seinen Arm, Blut quoll hervor, und ich flüsterte meine Beschwörung, während ich die Magie beobachtete, die um ihn herumwirbelte. Ich schob mich ein bisschen in seine Gedanken, ließ ihn spüren, wie ich langsam meine Magie darum wickelte, streichelte seine Erinnerungen und gab ihm einen kleinen Vorgeschmack darauf, wozu ich in der Lage war. Er schrie schrill. Nicht aus Schmerz – ich glaube nicht, dass es wehtat – sondern aus Wut.

Er heulte und schrie und verfluchte mich, gab mir jeden Schimpfnamen, der ihm in seinem verängstigten Zustand einfiel.

„Lass das. Ich habe noch nicht einmal richtig angefangen. Heb' dir das für die echte Sache auf."

„Du Schlampe."

„Im Ernst, das kann nicht das Beste sein, was dir einfällt. Du musst wissen, dass ich schon viel Schlimmeres genannt worden bin."

„Sag ihr kein Wort", sagte von der anderen Seite des Raums der Mann, den Gareth festhielt. Zumindest nahm ich an, dass er das gesagt hatte. Ich konnte seine verstümmelten und kaum hörbaren Worte nicht wirklich verstehen.

„Anscheinend hast du nicht aufgepasst. Ich werde in seine Gedanken eindringen und damit spielen. Hoffentlich finde ich, was ich will. Wenn nicht, wird das, was übrigbleibt, dem, der euch geschickt hat, nicht viel nützen. Was übrig sein wird, ist ziemlich bedauernswert. Und wenn ich es von ihm nicht erfahre, bist du der Nächste."

Ich warf meinem Typen einen Blick zu. Seine Augen weiteten sich, und ich hoffte, dass ich genug Angst in ihm geweckt hatte, dass er singen würde. Er erlaubte sich kurz, seine Angst zu zeigen, bevor er akzeptierte, was ich ihm antun würde. Er würde für seine selbstgerechte Sache sterben.

Gut, spiel den Märtyrer. Das Blau, Türkis, Pink und Orange meiner Magie hüllten ihn für einige Momente ein, bevor sie sich konzentrierten und sich nur auf die obere Hälfte konzentrierten. Ich ging langsam durch seinen Kopf und erhaschte einen flüchtigen Blick auf das, was dort war. Seine trotzige Gegenwehr machte es schwerer – es war, als würde man sich einer Stahlwand nähern. Ich rief mehr Magie und versetzte ihn in einen schläfrigen Zustand. Sein Körper entspannte sich, und sein Kopf sank gegen die Wand, als er sich seinem Schicksal ergab. Anfangs, als ich durch seine Gedanken ging, versuchte ich, alles zu bewahren, was ich fand, doch bald war es mir egal. Ich stöberte und fand absolut nichts Brauchbares. Nur Gesichter, die ich nicht kannte. Es war, als hätte der Mann gewusst, dass eine Durchsuchung seiner Gedanken möglich war, wenn er erwischt wurde, und sich große Mühe gegeben, um dafür zu sorgen, dass er nichts preisgeben würde. Verdammt.

„Miss Michaels!", bellte ein FSR-Agent. „Was zum Teufel tun Sie?"

„Ich versuche, die Opfer zu retten. Und herauszufinden, wer das getan hat." Ich blendete ihn aus und navigierte weiter durch die Gedankengänge des Mannes vor mir, bewegte mich Stück für Stück weiter und versuchte, diese Erinnerungen zu pflücken und ihnen einen Sinn zu geben. Doch wieder fand ich nichts. Der Mann sackte zusammen – geistige Erschöpfung. Ich war mir nicht sicher, ob er derselbe sein würde, wenn er aufwachte. Vielleicht wäre er weniger hasserfüllt, doch wahrscheinlich mehr, wenn er sich an mein Eindringen erinnern und es zu der langen Liste von Dingen hinzufügen würde, die er an den Übernatürlichen hasste.

„So handhaben wir das nicht", sagte der FSR-Agent.

Oh doch, genau so handhabt ihr das. Ich war nicht naiv genug, ihm zu glauben, doch aus irgendeinem Grund führte er eine Show für die Menschen auf, die gerade mehr als zwanzig Übernatürliche niedergeschossen und wahrscheinlich getötet hatten. Ihr Leben, ihr Geisteszustand und diese

Pseudo-Allianz, die wir teilten, war das, was er zu schützen versuchte. Ich wusste, dass es nicht um diese Jungs oder ihre Sicherheit ging, doch wenn sie festgenommen und schlecht behandelt würden, würde die Welt zusehen und urteilen. Als mein Gegenüber seinen Kopf wieder hob, richtete ich meine Aufmerksamkeit auf ihn, bereit, es noch einmal zu versuchen.

Einer der FSR-Agenten zog seine Waffe und zielte auf mich. „Lassen Sie ihn los."

„Wir sind auf derselben Seite", knurrte Gareth ihn an.

„Dann wird sie ihn loslassen, wie ich es verlangt habe", entgegnete er, seine Stimme war genauso schroff und rau wie die von Gareth. Und Sie auch. Lassen Sie diesen Mann los."

Fast gleichzeitig ließen wir die beiden los und sie zu Boden fallen, wo sie sich zusammenrollten. Weitere FSR-Agenten strömten herein, und nicht weit hinter ihnen waren drei menschliche Polizisten. Sie sahen die Männer an, untersuchten sie auf Verletzungen, bevor sie ihnen Handschellen anlegten und sie nach draußen eskortierten.

Der leitende FSR-Agent schnappte sich die Patronen, als die Polizei versuchte, sie zu konfiszieren, und schüttelte den Kopf. „Wir brauchen Proben davon, um zu sehen, ob wir ein Gegenmittel finden können. Den Leuten, auf die sie damit geschossen haben, geht es nicht gut. Es scheint, als ob es ihnen langsam die Magie entzieht, und wenn es das viel länger tut, werden sie sterben."

Ich sah zu Gareth hinüber. Sein Blick fiel auf die Stelle, von der aus die Männer geschossen hatten, seine Wut deutlich sichtbar in seinem Gesicht. Er ging zu dem Agenten hinüber, nahm ein Geschoss und ging ohne ein weiteres Wort zur Tür hinaus. Ich wusste, dass er wahrscheinlich vor dem FSR ins *The Isles* kommen würde.

Ich holte Gareth ein und ging neben ihm her. „Sie haben

dort die besten Ärzte und mächtige Magier. Sie werden in der Lage sein, ein Gegenmittel zu finden."

„Ich hoffe wirklich, dass du recht hast", sagte er leise.

Natürlich würden wir *The Isles* vor den anderen erreichen, denn Gareth ignorierte jede Geschwindigkeitsbegrenzung, als er durch die Stadt fuhr, um dorthin zu gelangen, und verkürzte eine Fahrt, die zwanzig Minuten hätte dauern sollen, auf etwas mehr als zwölf.

Im *The Isles* ging es hektisch zu. Wahrscheinlich mehr denn je. Sie behandelten Übernatürliche dort, was bedeutete, dass sie nicht oft mit großen Zahlen von Patienten zu tun hatten. Wandler wurden selten so schwer verletzt, dass medizinische Hilfe erforderlich war. Magier und Hexen konnten Heilzauber anwenden, und sogar Feen hatten ihre Version davon. Vampire waren nahezu unverletzlich, mit Ausnahme eines Pflocks durchs Herz. Im Allgemeinen waren die Patienten des *Isles* Menschen, die von Übernatürlichen verletzt worden waren. Wunden wurden schnell geheilt, und je nachdem, was passiert war, war vielleicht eine nette Fee beim Auschecken da, um dem Patienten mit einer verdaulicheren Schilderung des Ereignisses zu helfen, das zu seinem Besuch geführt hatte.

Der panische Ausdruck auf den Gesichtern der Krankenschwestern war ein Indikator dafür, dass sie auf das hier nicht vorbereitet waren. Sanitäter brachten Übernatürliche auf Tragen herein und brachten sie in die verschiedenen Behandlungsräume, Krankenschwestern kritzelten auf ihre Klemmbretter, während Ärzte Medikamente verordneten. Ansagen knisterten aus den Lautsprechern des Intercom-Systems. Das erinnerte mich an ein normales Krankenhaus – ein menschliches Krankenhaus. Wer auch immer hinter diesem Angriff steckte, schien uns genau darauf reduzieren zu wollen: verletzliche Menschen. Schließlich kam einer der Ärzte zu Gareth, zog ihn beiseite und fing an, mit ihm zu reden. Ich kam näher, um zuzuhören, doch sie sprachen so leise, dass ich vermutete, dass sie versuchten, diskret zu sein, obwohl die Datenschutzgesetze, die die menschliche Welt hatte, in der der Übernatürlichen nicht angewendet wurden. Ich beobachtete, wie Gareth versuchte, seine Gefühle unter Kontrolle zu halten. Es gelang ihm nicht besonders gut. Seine angespannten, aber fließenden Bewegungen machten deutlich, dass das Raubtier die Kontrolle hatte. Er reichte dem Arzt das Projektil, und sobald er es in seinen Händen hielt, telefonierte der Arzt. Augenblicke später kam jemand und brachte es weg.

Ich wollte gerade auf ihn zugehen, als eine große Frau mit hellbraunem Haar hereingerannt kam. „Gar, was ist passiert?"

Während Gareths Gesichtszüge markant und scharf waren, waren ihre weich und runder. Doch die durchdringenden, kristallklaren blauen Augen mit dem dunkleren kobaltblauen Ring, der um sie glitzerte, identifizierte sie als Familie. Ich wusste aus einem Telefonat, das er mit ihr geführt hatte, während ich im Zimmer war, dass sie etwa zehn Jahre älter war als er, doch ich konnte den Altersunterschied nicht sehen. Einer der Vorteile, ein Wandler zu sein – sie schienen nicht so zu altern wie andere.

Das war Gareths Schwester Charlotte, und sie war genauso abgelenkt wie ich von den Leuten, die sich durch das Chaos bewegten, ständig berieselt von Rufen aus den Lautsprechern. Sie stand wie erstarrt da, unfähig, etwas zu sagen, während Tränen über ihr Gesicht liefen. Gareth strich ihr mit dem Daumen über die Wange und wischte sie weg. Sie kamen immer wieder, und schließlich hörte er auf, es zu versuchen. Ich wusste nicht, was ich tun sollte, also beobachtete ich ihn, während er versuchte, sie zu trösten. Schließlich setzten sie sich nebeneinander, seine Hände auf ihrem Oberschenkel, beruhigend tätschelnd. Er winkte mich zu sich, und ich zögerte, da ich mich wie ein Eindringling fühlte. Es musste unangenehm sein, mich hier zu haben, während sie versuchte, mit der Tragödie fertigzuwerden. Nein, es war noch keine Tragödie. Die Ärzte hier mussten nur aufhalten, was mit den Opfern des Angriffs geschah.

Wir waren zwei Stunden hier, und ich hatte Angst, Fragen zu stellen. Ich hatte zu viele Zusammenbrüche, zu viele Krankenschwestern zu den verschiedenen Zimmern rennen und zu viele Ärzte an uns vorbeigehen gesehen, deren Gesichter zu einer Mischung aus Verwirrung, Wut und Frustration verzerrt waren. Gareth war so damit beschäftigt, seine Schwester zu trösten, dass er sich keine Sorgen zu machen schien, dass die Feds nicht kamen. Eine weitere Stunde verging, ohne dass sich etwas änderte, und schließlich kam Victor, der erste Agent, der mich nach dem Vorfall mit dem Magischen Rat verhört hatte, langsam auf mich zu.

„Miss Michaels", sagte er mit tonloser, nachdenklicher Stimme. Er runzelte die Stirn. „Können wir kurz mit Ihnen sprechen?"

Ich nickte und stand auf, und Gareth erhob sich ebenfalls, um ihnen zu folgen. Victor blieb stehen und sagte: „Wir müssen nur mit Miss Michaels sprechen."

„Wenn es etwas mit der Situation zu tun hat, will ich dabei sein."

„Wir müssen nur mit Miss –"

„Wenn es um etwas geht, das heute passiert ist, muss ich dabei sein. Es betrifft nicht nur meinen Neffen, sondern auch die Leute, die ich beschützen will. Also werde ich dabei sein", sagte er in scharfem Ton.

Ich nahm an, wenn es nicht so dringend wäre, würde es einen Kampf um die Dominanz geben und alle würden ihre Ausweise und Abzeichen um sich werfen, doch niemand hatte die Zeit dafür. Wir folgten ihm durch den Flur, und als wir an einem Ärztezimmer vorbeikamen, schloss sich uns ein Arzt an. Wir wurden in ein Büro begleitet, wo der Arzt die Tür schloss und uns bat, Platz zu nehmen. Ich setzte mich zuerst hin; Gareth ließ sich neben mir nieder, Victor und der Agent uns gegenüber an der Wand. Alle richteten ihre Aufmerksamkeit auf den Arzt, von dem ich annahm, dass er ein Magier war. „Was auch immer den Opfern injiziert wurde, ist in ihrem System und frisst ihre Magie auf – fast wie Krebs. Wenn sie alle Magie verloren haben, werden sie sterben. Ich habe keine Ahnung, was es ist, und es mutiert ständig, sodass wir nichts finden können, um es zu heilen.”

„Wie schnell ändert es sich?”, fragte ich.

„Schnell, mindestens viermal, seit ich versucht habe, eine Behandlung zu finden.”

„Was, wenn Sie es mit Magie versuchen?” Gareths Stimme war angespannt. Das war eine Ausnahmesituation. Wandler reagierten nicht so auf Magie wie andere, und ich hätte nie gedacht, dass das Einschränken ihrer Wandelfähigkeit dasselbe bewirken würde wie das Einschränken von Magie – oder vielmehr das Entfernen von Magie –, die in jedem von uns so verwurzelt war, dass sie die Essenz unseres Seins war. Das Entfernen der Magie eines Wesens tötete es. Ich versuchte weiter, dem Arzt zuzuhören, doch meine Gedanken drifteten immer wieder zu der Frage ab, wer die Ressourcen hätte, so etwas zu tun.

„Hier kommen Sie ins Spiel. Ihre Magie ist anders, und wir fragen uns, ob Sie vielleicht helfen können.” Er zögerte, und ich machte ihm keinen Vorwurf daraus. Blut war ziemlich mächtig, und jemanden so offen zu bitten, welches zu spenden, galt als verpönt. Sie mussten wirklich verzweifelt sein. Was ich war, war definitiv kein Geheimnis mehr – die Leute hier im *The Isles* wussten es, ebenso wie die Feds, die Gilde der Übernatürlichen, Gordon Lands, einige Mitglieder von Humans First und die neue extremistische Gruppe des Monats, die aus letzterer hervorgegangen war. Und die Extremisten, die es nicht wussten, würden es sicherlich wissen, wenn ihr Mitglied ihnen sagte, dass ich fast seinen

Verstand gelöscht und seine Erinnerungen aus ihm herausgerissen hatte. Ich war mir ziemlich sicher, dass es nicht allzu viele Leute gab, die das tun konnten. Mein altes Leben war sowas von vorbei.

Der Arzt hatte nicht direkt nach meinem Blut gefragt, und als er es tat, richteten sich alle Augen auf mich. Erleichterung breitete sich in allen Gesichtern aus, als ich zustimmte, doch es dauerte länger, als mir lieb war. Ich hätte sofort ja sagen sollen, doch ich hatte an die beiden Mors gedacht und daran, dass mein Blut es ihnen ermöglicht hatte, mich aufzuspüren. Doch ich musste das tun.

Gareth lehnte mit verschränkten Armen an der Wand. Er schenkte mir ein mitfühlendes Lächeln. Ich musste Leuten vertrauen, die jahrelang geglaubt hatten, meine Art sei ausgestorben. Gareth hielt meinen Blick fest, als sie die Nadel einführten, und ich fragte mich, ob er wusste, was ich dachte. Konnte er meine Angst spüren? Ich brachte ein schiefes Lächeln zustande. Es war besser, sich auf Gareth zu konzentrieren, als den Arzt zu beobachten, der beschlossen hatte, mir selbst Blut abzunehmen, anstatt es von einer Krankenschwester tun zu lassen. Seinen teils neugierigen und teils angewiderten Blick zu verbergen, schien ihm die Mühe nicht wert zu sein.

Es half auch nicht, die drei anderen Leute in Laborkitteln zu ignorieren, die gafften, als würden sie einem Einhorn beim Flamenco im Park zusehen. Also konzentrierte ich mich auf Gareth und den Shitstorm, der draußen tobte. Wir hatten es mit der nächsten radikalen Gruppierung zu tun, organisiert, strategisch und offensichtlich mit erheblichen Ressourcen. Während die anderen Gruppen über ihre Grundsätze diskutierten, die Leute dabei aber nur nervten und eher bellten als bissen, ging die neue leise vor. Wer hätte gedacht, dass sie so effizient zuschlagen würden? Wie lange hatten sie an diesem Virus gearbeitet?

Nachdem der Arzt mir Blut abgenommen hatte, betrachtete er hoffnungsvoll die Vacuette. Er gab sie einem anderen Mann in einem blauen Mantel, der so sehr mit dem Hintergrund verschmolzen war, dass ich ihn nicht bemerkt hatte, bis er in meine Sichtlinie trat.

Gareth und ich gingen in den Flur hinaus, und als er seine Hand an meinen Rücken legte, blieb ich stehen. Er sah mich an, brachte ein schwaches Lächeln zustande und nickte, bevor er lautlos *Danke* sagte. Ich denke, er verstand meine Sorge, doch ich sah es nicht wirklich als Opfer, da es vielleicht so viele Opfer retten könnte – es war eine Verpflichtung. Und doch wussten wir nichts über die Ärzte, denen ich gerade mein Blut gegeben hatte. Ich verdrängte die Sorge; sie würde nichts helfen oder ändern. Ich wollte ihnen kein potenzielles Gegenmittel für eine sehr reale Bedrohung vorenthalten.

Es war gut, Savannahs lächelndes Gesicht zu sehen, als wir in den Wartebereich zurückkehrten. Ich war nicht überrascht, Lucas an ihrer Seite zu sehen.

„Wo wart ihr?", fragte sie, stand auf und umarmte mich. Bevor ich antworten konnte, richtete sie ihre Aufmerksamkeit auf Gareth. „Du solltest wahrscheinlich nach deiner Schwester sehen, es scheint ihr nicht so gut zu gehen." Als Antwort auf seinen fragenden Blick sagte sie: „Ich bin reingegangen, um nach Avery zu sehen, und sie war bei ihm da drin."

Gareth nickte und ging. Sobald er weg war, erklärte ich ihr alles, einschließlich der Möglichkeit, dass mein Blut vielleicht ein Heilmittel für alle sein könnte. Sie holte scharf Luft und hielt sie lange an, bevor sie ausatmete. „Also weiß es jetzt jeder?", sagte sie mit angespannter Stimme.

„Ich glaube nicht, dass ich es geheim halten kann. Es ist zu viel passiert." Ich versuchte, meine Stimme ruhig und meinen Gesichtsausdruck neutral zu halten, doch ich kannte Savannah zu lange, als dass das wirklich etwas geändert hätte.

„Nun, wer auch immer das war, hat sich keinen Gefallen getan. Sie werden jetzt nicht nur von uns verfolgt, sondern auch von den Menschen." Es störte mich ein bisschen, wie schnell sie sich mit ihren Fähigkeiten in die übernatürliche Welt assimilierte und sich nicht mehr als Mensch identifizierte. Ich wollte, dass sie ein Mensch war, doch egal, wie wenig magische Fähigkeiten sie besaß, sie war mehr als das.

Zwei Stunden später kehrten Victor und der Arzt zu mir zurück. Der bedrückte Ausdruck auf seinem Gesicht war mehr als Antwort genug.

„Es hat nicht funktioniert", sagte ich.

Er schüttelte nur den Kopf. Die Hoffnungslosigkeit des Arztes machte mir den Ernst der Situation klar. Die Verletzten würden sterben. Verdammt.

„Ich dachte wirklich, es funktioniert. Es hat angefangen. Einige Minuten lang schien es zu wirken, sich mit den Mutationen zu verändern und sie zu stabilisieren. Wir dachten, es würde sie aufhalten. Es hat erste Anzeichen gegeben, doch dann hat es aufgehört. Es hat die Ausbreitung des Virus eingedämmt, sodass es den Patienten nicht schlechter geht. Solange sie noch ein bisschen Magie haben, werden sie nicht sterben."

„Aber sie werden nicht dieselben sein?"

Der Arzt schüttelte den Kopf.

„Es hat funktioniert. Sie haben gesagt, es hat angefangen, den Prozess umzukehren und dann aufgehört. Das antivirale Mittel muss einfach stärker sein, oder?", theoretisierte Savannah.

„Technisch gesehen ja."

„Es muss nur stärker sein, richtig?", wiederholte sie mit leuchtenden Augen, so wie sie es getan hatten, als sie vorge-schlagen hatte, dass ich sie beim Zaubern benutze. Sie war nicht magisch, aber sie konnte mir einen magischen Schub geben.

„Wenn Sie Zugang zu einer *Ignesco* hätten, würde das helfen."

Sie warfen ihr verständnislose Blicke zu. Nur wenige Leute wussten, was das war, weil sie so selten waren. Und als sie es erklärte, sah der Arzt aus, als wäre sie ein Kind und erzählte ihm eine Geschichte über eine Begegnung mit einem Drachen und ihrem Ausflug nach Nimmerland auf seinem Rücken – oder etwas genauso Fantastisches.

„Nun, sicher, wenn wir einen magischen ‚Booster' hätten, bin ich sicher, dass das funktionieren könnte." Sein Ton war unangenehm herablassend.

Savannah kniff die Augen zusammen, und ich beobachtete, wie ihr Hals zuckte, als sie herunterschluckte, was sie sagen wollte, was wahrscheinlich nicht sehr freundlich war. „Ich werde diesen Ton ignorieren und Ihnen meine Hilfe anbieten. Ich bin eine."

Der Arzt sah Victor an und zuckte mit den Schultern. „Ich kann mir nicht vorstellen, dass sie so etwas erfinden würde. Danke", sagte der Arzt. „Also bitte … bitte folgen Sie mir."

Wir wurden in denselben Raum eskortiert, in dem mir das Blut abgenommen worden war, und wir warteten. Und warteten. Und warteten darauf, dass jemand kam. Wir waren fast eine Stunde im Raum.

„Wie viel willst du wetten, dass sie gerade verzweifelt nach *Ignesco* googeln und jeden übernatürlichen Experten anrufen, den sie kennen?"

„Auf jeden Fall", sagte sie, doch aus irgendeinem Grund störte sie das nicht. Ihr Optimismus war ansteckend, und ich hoffte wirklich, dass sie die Antwort war.

Sein Versuch, zerknirscht auszusehen, stand dem Arzt

überhaupt nicht gut zu Gesicht. „Savannah, wenn Ihr Angebot noch besteht, würden wir Sie und Miss Michaels sehr gerne einsetzen. Mr. Reynolds hat bestätigt, dass Ihre Fähigkeiten in der Vergangenheit von unschätzbarem Wert waren."

Ich würde gerne sagen, dass Savannah nicht die selbstgefälligste aller selbstgefälligen Mienen aufsetzte, aber das wäre eine Lüge. Wenn sie einen „Ich habe es Ihnen ja gesagt"-Tanz hätte aufführen können, hätte sie es definitiv getan. Sie strahlte eine besondere Würde aus, als sie sich auf dem Stuhl niederließ und ihren Arm ausstreckte, um ihm Zugang zu ihrer Vene zu gewähren.

Dann warteten wir. Dass wir nichts hören, konnte etwas Gutes sein oder einfach bedeuten, dass es nichts anderes zu tun gab. Gareth war immer noch mit seiner Schwester im Zimmer, also warteten nur Lucas, Savannah und ich in dem kleinen Raum, in dem sie uns zu bleiben erlaubt hatten. Das *The Isles* füllte sich schnell mit Familienmitgliedern und Freunden. Mein Magen verknotete sich, als mir klar wurde, dass wir nicht wussten, was verstärkt werden würde, mein Legacy-Blut oder das Virus.

Ich fand Trost in der Tatsache, dass ich niemanden weinen hörte. Das war *etwas*, und ich klammerte mich mit aller Macht daran fest. Als der Arzt strahlend eintrat, wandte er seinen Blick Savannah zu. „Danke!" Dann wanderten seine Augen in meine Richtung. „Danke Ihnen beiden."

Savannah und ich waren offiziell geoutet. Das würde nicht unbemerkt bleiben.

Wir gingen zu dem Zimmer, in dem Avery war, und fanden ihn schlafend in seinem Bett neben seiner Mutter, die ihn im Arm hielt. Sein Haar klebte schweißnass an seiner Stirn, und ich konnte sehen, wie er mit so viel davongekommen war. Er sah so unschuldig aus und überhaupt nicht

wie der autostehlende Schlawiner, der ein besonderes
Vergnügen daran hatte, seinen Onkel zu ärgern.

„Er ist erschöpft. Er hat seit der Behandlung dreimal
gewandelt. Ich schätze, er musste sich vergewissern, dass er
es wieder kann."

Savannah und ich seufzten beide. Wir hatten keinen
Grund gehabt, dem Arzt nicht zu glauben, doch aus irgendeinem seltsamen Grund hatten wir Avery sehen müssen.

KAPITEL 18

„Es ist kein Urlaub, es ist Arbeit", klagte ich und warf die Kleider und den Badeanzug, die sie in meinen Koffer gepackt hatte, zurück aufs Bett.

„Du wirst nicht die ganze Zeit arbeiten. Legacy suchen Spaß und unanständigen Zeitvertreib bei Nacht."

Ich erinnerte mich daran, wie sehr ich Savannah liebte, obwohl sie in diesem Moment eher nervig als bezaubernd war.

„Und die hier." Sie zog zwei meiner BHs heraus, die nicht all den Draht, die Polster und die Spitze hatten wie ihre, aber taten, was sie sollten, nämlich meine Tatas gut halten.

„Es ist Arbeit, Savannah."

Sie ließ sich aufs Bett fallen, während ich weiter packte, und blickte hin und wieder zu mir auf. Sie hatte sich ganz gut in ihre Rolle der stillen Heldin eingelebt, und ich war mir sicher, dass es für sie vollkommen in Ordnung war, dass die Ärzte des *The Isles* die volle Anerkennung dafür beansprucht hatten, alle vor vier Tagen geheilt zu haben. Wir waren beide zufrieden mit dem selbstgefälligen Blick, den sie dem Arzt zugeworfen hatte, bevor wir gegangen waren. Diskret im Hintergrund zu bleiben schien ein guter Plan zu sein, obwohl wir niemals unbekannt sein würden. Im Moment waren wir zumindest nicht das Gesicht der Legacy und irgendeiner seltsamen Magie, von der noch niemand gehört hatte.

„Ich wünschte, ich könnte mir die Zeit nehmen, um mitzukommen."

Ich lächelte nur und warf ihr einen Blick zu. Doch wenigstens musste ich ihr so nicht sagen, dass sie nicht mitkommen konnte. Ich war nicht sehr begeistert davon, dass Gareth mitkam, doch mit ihm würde ich leicht einig werden, anders als mit meiner allzu begeisterten Mitbewohnerin, die immer bereit war, ihre Missionstasche über ihre Schulter zu werfen und sich ins nächste Abenteuer zu stürzen.

„Ich auch", sagte ich mit sehr wenig Enthusiasmus. „Ich werde deine Missionstasche vermissen", neckte ich und schloss meinen Koffer, bevor sie versuchen konnte, irgendetwas anderes hineinzupacken. Gareth klingelte gerade, als ich mein Schlafzimmer verließ.

Savannah öffnete die Tür, und er begrüßte sie mit zwei Flaschen desselben Weins, den er zuvor zum Abendessen mitgebracht hatte. „Ein Geschenk von meiner Schwester. Du kannst für eine Weile regelmäßig damit rechnen.

Savannah nahm die Flaschen und sagte: „Sag ihr, dass sie das nicht tun muss. Ich bin froh, dass wir helfen konnten."

Er warf ihr ein schiefes Grinsen zu. „Viel Glück beim Versuch, sie dazu zu bringen, damit aufzuhören. Auch Avery ist dankbar. Wenn er nicht gerade schamlos seine Genesungsphase ausnutzt, ist er in Tiergestalt."

„Hast du noch irgendwas darüber rausfinden können, wer verantwortlich ist?"

Er schüttelte den Kopf. „Nein, die Männer, die für das Attentat verantwortlich sind, haben nichts gesagt. Selbst als wir Feenmagie benutzt haben, um die Wahrheit aus ihnen herauszuzwingen, haben wir nur den Standort eines

Gebäudes bekommen, aus dem sie das Virus und die Waffen hatten. Es war nur ein Lager. Wir haben den Eigentümer befragt, und er weiß nichts. Wer auch immer dahintersteckt, geht sehr strategisch vor. Die Schützen sind Märtyrer für ihre Sache und haben nicht genug Informationen, um uns zu irgendjemand anderem zu führen. Sie haben keinerlei Verbindung zur Human Rights Alliance", sagte er stirnrunzelnd.

„Sollen wir mit der Suche nach den Legacy warten?" Ich wollte sie nicht aufschieben, doch ich wollte viel lieber die Leute finden, die für den Angriff verantwortlich waren, als meine entfernten Verwandten.

Er schüttelte den Kopf. „Nein, wir fahren nur drei Tage. Lass uns das tun. Ich bin zuversichtlich, dass sie hier klarkommen."

„Viel Spaß", sagte Savannah und winkte uns von der Tür aus zu.

Gareth grinste und warf mir einen anzüglichen Blick zu, bevor er über seine Schulter zurückblickte. „Werden wir haben."

„Es ist Arbeit", erinnerte ich ihn und stieß ihn mit meinem Ellbogen an.

„Natürlich ist es Arbeit, bei der ich die Führung habe und du meine Untergebene bist. Ich garantiere dir, ich werde viel Spaß haben." Er biss sich auf die Unterlippe und kämpfte gegen das wölfische Grinsen an, das sich auszubreiten drohte.

„Wir werden sehen", forderte ich ihn heraus, stieg ins Auto und starrte ihn mit zusammengekniffenen Augen an.

Doch der hochmütige Blick des Übermuts blieb und zerrte an meiner trotzigen Natur. „Ich kann einen anderen Partner verlangen", schnaubte ich.

Lachend fuhr er los. „Aber das wirst du nicht."
Dieser Typ.
Gareth teilte seine Aufmerksamkeit zwischen mir und

der Straße auf. Als wir einige Blocks vom Haus entfernt waren, beugte er sich vor und kniff die Augen zusammen, während er in den Rückspiegel blickte. Er hielt das Auto abrupt an, drehte um und raste zurück zur Wohnung. Erst, als wir uns dem Wohnhaus näherten, sah ich einen Van davonfahren und die Tür zu meiner Wohnung weit offen. Er gab Gas und verringerte den Abstand zwischen unserem Auto und dem Van. Eine Hand glitt aus dem Fenster des Lieferwagens. Als sie winkte, tobten Farbwirbel durch die Luft, und das Auto geriet außer Kontrolle. Gareth trat auf die Bremse, konnte aber nicht anhalten, holperte über den Bordstein und prallte gegen einen Baum. Wir stiegen beide aus dem Auto und rannten durch das Gras, in der Hoffnung, den Van in seiner entgegenkommenden Richtung abzuschneiden. Gareth nahm die Verfolgung auf, und mitten im Schritt wandelte er in diese riesige Katze und raste die Straße hinunter. Ich rannte zwischen den benachbarten Wohnblocks und Häusern hindurch und sprang über Tore, bis ich auf die Straße kam. Ich sah, wie Gareth sie einholte, zu weit entfernt, als dass ich etwas hätte ausrichten können. Der Abstand zwischen Gareth und dem Lieferwagen war jetzt nur noch wenige Meter, als er abbremste und mit einer Geschwindigkeit herumriss, dass ich hoffte, er würde umkippen; doch das passierte nicht. Stattdessen traf er Gareth und schleuderte ihn mehrere Meter weit durch die Luft, bevor er die Straße hinunter davonraste.

Gareth war in menschlicher Gestalt, als ich ihn erreichte. Er sah mich verwirrt an und schüttelte den Kopf.

Ich schloss für einen Moment die Augen, und alles, was ich sah, war die kaputte Tür. Gareth wirkte noch immer verwirrt.

„Hast du jemanden erkannt?"

Er nickte langsam. „Es war Conner."

NACHRICHT AN MEINE LESER*INNEN

Vielen Dank, dass Sie *Skrupellose Magie* aus den vielen Titeln ausgewählt haben, die Ihnen zur Auswahl stehen. Mein Ziel ist es, eine fesselnde Welt, faszinierende Charaktere und eine interessante Erfahrung für Sie zu schaffen. Ich hoffe, das ist mir gelungen. Rezensionen sind für Autoren sehr wichtig und helfen anderen Lesern, unsere Bücher zu entdecken. Bitte nehmen Sie sich einen Moment Zeit, um eine Bewertung abzugeben. Ich würde gerne Ihre Meinung zu diesem Buch erfahren. Egal, ob Sie ein paar Sätze oder mehrere Absätze schreiben, ich weiß Ihre Bewertung zu schätzen.

Um Benachrichtigungen über neue Cover, Werbeaktionen, Updates und Neuerscheinungen zu erhalten, melden Sie sich bitte für meine mckenziehunter.com/Mailingliste.de.